INTOCABLE

Viviana M. Sánchez

Nacida en México y apasionada por la lectura y la escritura, Viviana M. Sánchez, máster en Literatura infantil y juvenil por la Universidad Autónoma de Barcelona, publica su serie de siete libros, "Cromatismo", de la cual, los primeros cuatro pueden leerse en el orden que el lector prefiera.

Título original: *Intocable*
2018 por Viviana M. Sánchez.
Diseño de cubierta por: Gencraft
Número de registro: 03—2018—051812512300—01

Para toda mi familia por su increíble apoyo.
Un especial agradecimiento para mis siete
muchachos queridos que me han enseñado
que para triunfar, es necesario
derramar sangre, sudor y lágrimas.

Prólogo
Invitada sin invitación

Aquella era la torre más alta de todo el reino. En ninguno de los otros seis reinos de Cronalia había una torre que pudiese competir con esa. Para ser honestos, la imponente torre oscura era tan alta que se podía apreciar a kilómetros; pero, para ser aún más honestos, parte de su descomunal altura era una ilusión óptica, pues estaba suspendida en el aire a una enorme distancia del suelo y su gigante sombra se cernía sobre el pico de uno de los montes más altos del reino de Birmandia y la hacía ver gigantesca. De las personas que vivían cerca de allí, en chozas de madera o departamentos de lujo amueblados y con cocinas de cristal integradas, ninguna se atrevía a preguntarse más sobre la inmensa torre.

Nadie en su sano juicio hubiese querido subir a ese lugar tétrico e inexplorado, simplemente era ignorado; y los que no tenían idea o eran nuevos por aquellos lares, parecían no sentir ni el más leve interés en conocer la razón por la que esa sombra que parecía tan sólida y opaca, estaba allí tanto en el día como en la noche.

Y es que si uno miraba fijo hacia allí, con mucha atención y concentración, como ya lo había hecho la población entera con anterioridad, se podía ver, aunque no muy claramente, la silueta de una delgada escalera que oscilaba con la brisa del aire, muy lento. Incluso los pequeños más traviesos y los exploradores no se habían atrevido a subir esos escalones. Subirlos no. Pero siempre había existido quien se había atrevido a acercarse a verlos o tocarlos. Quienes lo habían hecho, compartían la misma idea… la escalera estaba hecha de humo. Algunos decían que era imposible subir hacia la torre, pero otros más, que gustaban de darle uso a su imaginación, aseguraban que solo quien hubiera cometido un hecho atrozmente terrible, o quien deseara algo con fervor, podría subir aquella empinada escalera, pero debía pagar un precio muy alto.

Dadas las circunstancias y los dichos que rodeaban aquella vieja y alta torre, era más que obvio que nadie querría subir allí. Así que a la escoba de la increíblemente bella hechicera que vivía en ese lugar, le sorprendió en gran medida sentir una presencia y le arrojó la noticia a su dueña.

—Alguien se acerca —comentó intrigado mientras la mujer se pintaba sus delicados y tersos párpados con el pétalo de una rosa.

Nima de Arles dejó el pétalo de color rosa pálido sobre la mesilla y se acomodó los anillos de mariposas en las manos con una sonrisa serena, mientras su vestido rosado caminaba detrás de donde ella estaba sentada y chocaba con todo lo que se le ponía enfrente.

—Lo sé. Olvidé decírtelo; sabes que tengo mala memoria.

La escoba puso mala cara y se acercó a ella con paso veloz. Nima se levantó de la silla, correteó al vestido y se lo echó por la cabeza y los hombros, deslizando los brazos por dentro de las mangas ribeteadas con listones de colores. Se miró al espejo y sonrió mientras se daba unas palmadas sobre la falda del vestido.

—¿Por qué pones esa cara?, ¿es que he hecho algo malo?

—Tú siempre haces cosas malas y olvidas que las haces. ¿No me dirás quién viene? No hemos tenido visitas desde hace más de quince años.

La mujer se asomó por la ventana de su habitación y observó a lo lejos, debajo de ella, una cabellera rubia que avanzaba con lentitud sobre la larga escalera de humo.

—Es cierto, ¿olvidé decírtelo?

—Probablemente.

—No puedo creer que haya olvidado decirte una noticia de tal magnitud. Es importantísima —dijo ella con un retintín gracioso al final.

—La mayoría de las cosas que olvidas decirme son importantísimas —respondió María Antonieta, que para su pesar tenía nombre de mujer pero era del sexo masculino. Nima tenía una fijación por aquella antigua reina francesa que había muerto decapitada, y sin importar la elección de María Antonieta, le había nombrado así. La hechicera hizo caso omiso a la burla de la escoba y se empolvó el rostro con una fina capa de azúcar nevada de la bolsa de bombones que tenía en su cajón. Le encantaban las cosas dulces y esa bolsa de bombones le servía para embellecerse y para saciar su apetito también. La mirada de Nima quedó atrapada en el espejo como si observase más allá del vidrio que se movía fluctuante como el agua de un lago. María Antonieta se acercó a ella con rostro preocupado:

—¿Es algo malo?

—Lo será algún día, pero ciertamente, ese día no es hoy —habló Nima con tono severo y mirada turbia; luego de unos segundos sonrió con felicidad genuina y se abrochó los puños de su vestido que tenían unos bellos botones de corazón—. Ven, vamos a recibir a mi invitada.

—¿La invitaste tú? —preguntó desconcertada la escoba mientras caminaba a su lado.

—Considero muy extraño que me preguntes eso sabiendo que soy una ermitaña. —María Antonieta gimió con desesperación.

—Entonces no es tu invitada —determinó, frustrado.

—El que yo no la haya invitado no quiere decir que no sea mi invitada. Trataría a cualquiera como mi invitado si viniera a mi casa; lo que sucede es que, al parecer, nadie se siente tentado a venir.

Nima se arregló unos tirabuzones que se le habían salido del moño alto que se había hecho con una cola de rata, que al parecer era de la buena suerte y nunca dejaba en ningún otro lado. María Antonieta no tenía ni la más mínima idea de por qué una bruja se preocupaba tanto por la suerte.

No volvió a cruzar palabra con ella, porque Nima avanzaba cada vez más rápido por la torre y cruzó de ala en ala, hasta llegar a la escalera de caracol que guiaba a la puerta principal. La bruja suspiró varias veces sintiéndose nerviosa y feliz a la vez; luego, con paso cauteloso, bajó las escaleras y cuando llegó a la puerta asió el picaporte justo en el mismo momento en el que se escucharon unos golpes fuertes y secos sobre la madera. La abrió sin esperar más de cinco segundos y María Antonieta pudo observar por detrás del vestido de Nima a una mujer delgada, de melena rubia y rizada que le caía hasta la cintura. Llevaba una capa de color negro azabache que brillaba cuando los rayos de la luna la tocaban y su mirada del mismo color, negra, como la de todos los habitantes de Cronalia, estudió a la persona rosada frente a ella e hizo ademán de querer hablar, pero se veía tan cansada que solamente salió aire de su boca. Nima habló primero, pero lo que se le hizo extraño a María Antonieta, fue que no se dirigió a la mujer, sino que se dirigió a él.

—Te presento a mi hija.

María Antonieta alzó una ceja en forma de pregunta, pues no entendía en absoluto lo que sucedía, estaba acostumbrado a las rarezas de su dueña pero, sinceramente, eso iba más allá de cualquier cosa que hubiese esperado de ella. Él sabía que la hechicera no tenía una hija, y esa mujer frente a ellos era demasiado mayor para serlo, si es que pudiese serlo. Miró con más atención para ver si no había pasado nada por alto y cuando observó a la mujer frente a ellos, jadeando mucho más de lo que había hecho al inicio y con unas gruesas gotas de lágrimas que resbalaban de sus ojos y se convertían en cristales al caer, María Antonieta se dio cuenta de que escondía algo. Había algo en su capa, inmóvil y pequeño. Era un bebé.

Ojos azules en la torre

De esa inesperada visita habían pasado ya más de diez años, pero no más de veinte, tal vez un poco más de quince. La bruja odiaba el paso del tiempo y prefería omitirlo de sus pensamientos. Durante esos años, Nima fue la mejor madre y a pesar de que por su naturaleza no estaba equipada con las herramientas de una madre como cualquier otra, se las arregló junto con María Antonieta para criar a la pequeña que había llegado en brazos del destino, de la mejor manera posible. La niña poseía una rara belleza; tenía el cabello del mismo color que la capa de su verdadera madre, era negro azabache y se podían ver reflejos azules por doquier cuando le daba el sol; su piel era blanca pero con un tinte rosado también, como todo lo que a Nima le gustaba. Pero lo que la hacía diferente a todos, eran sus ojos azules. Nadie tenía ojos de color claro en ninguno de los seis reinos de Cronalia y el hecho de que esa niña fuese tan diferente a los demás, escapaba del conocimiento de María Antonieta.

Los primeros años fueron un tormento para él. Nima, en cambio, estaba encantada con la pequeña que subía y bajaba por todos lados, que comía bombones en cantidades excesivas y manchaba todo con sus pequeños dedos llenos de azúcar. Bianca fue como una pesadilla andante cuando empezó a caminar con sus pequeños piecitos gordos, pues tiraba y rompía todo a su paso, por lo que él debía recoger todos los desperfectos que la malcriada infante dejaba en su camino. María Antonieta, como niñera fatigada, había preguntado un día a Nima cuál era la razón por la que siempre dejaba que la niña se saliera con la suya; la hechicera había levantado la cabeza y mirando melancólicamente el techo, había respondido:

—Una no puede sufrir toda la vida.

Aquella respuesta no le dejaba nada en claro a María Antonieta, que por mucho que lo detestaba, no tuvo de otra más que seguir trabajando en los desastres de Bianca, día tras día, semana tras semana y año tras año. No fue hasta su cumpleaños número doce, que las cosas cambiaron. Nima llamó a la niña al columpio en el pozo en el que Bianca gastaba horas meciéndose, a pesar de que estaba suspendido sobre un agujero enorme y viejo como un precipicio. A María Antonieta no lo invitaron, pero cuando la niña regresó a su habitación con un inusual objeto que colgaba de su cuello, después de casi dos horas, su mirada ya no era la misma. Desde ese punto, Bianca dejó atrás cualquier travesura o idea extraña para hacerle la vida imposible a María Antonieta y comenzó a estudiar diligentemente y con empeño todo lo que Nima le pedía. Incluso llegó a aprender cosas fáciles de las artes oscuras, puesto que ella no tenía ningún poder a diferencia de su madre adoptiva.

—¿Qué fue lo que le dijiste a la niña? —preguntó María Antonieta un día mientras aseaba la alcoba de la bruja, al tiempo que ella tomaba un baño de burbujas y leía un libro que pasaba sus hojas por sí solo.

—La verdad.

—¿La verdad? Dudo mucho que cualquier verdad que hayas dicho pueda hacer que una niña como ella cambie tan drásticamente de la noche a la mañana. ¿La reprendiste?

—¿Por qué habría de reprenderla? —quiso saber la bruja con el ceño fruncido sin mirar hacia la escoba.

—Tal vez por todo lo malo que hacía, sus travesuras y sus desates. No era tan malo, ¿sabes? A veces añoro esas cosas, por lo menos tenía actividades que hacer. Ahora lo único que hago es limpiar tu alcoba; la de Bianca está deslumbrante.

La bruja sonrió burlona y lo miró risueña, luego se levantó de la bañera, se puso la bata y caminó hacia su cama.

—¿Echas de menos sus travesuras?

—Puede que sí —admitió María Antonieta de mala gana—. No me dirás cuál verdad fue la que le dijiste, ¿cierto?

—No pude haberle dicho otra más que la única que existe —respondió.

La bruja se sentó al borde de su cama y cruzó las piernas. Con unos movimientos versátiles acomodó sus rizos que ya eran como pequeñas nubes de algodón; sin embargo, su piel, como la porcelana, seguía viéndose igual de hermosa que hacía años.

—¿Cuál es pues, la única verdad?

Nima miró de soslayo a María Antonieta. Se acostó sobre la cama después de un rato y suspiró varias veces antes de contestar, como si sopesara la idea de contarle a la escoba o no, mientras el fuego crepitaba y calentaba la alcoba.

—Bianca no podrá tocar a nadie.

María Antonieta se sorprendió por aquella confesión. No entendía muy bien de qué hablaba la bruja, pero se le hacía algo demasiado raro, puesto que Bianca solía sujetarse, abrazar y tocar todo lo habido y por haber.

—A ti te puede tocar sin problemas.

—Hablé en tiempo futuro, María Antonieta. Necesitas lecciones de gramática. —A pesar de que esa observación debía de tener un toque de ironía, no lo tuvo. Fue seca.

—No comprendo.

—Bianca está maldita, María Antonieta. No podrá tocar a nadie después de que cumpla dieciocho años. Cada vez que lo haga se le restará un año de su vida.

María Antonieta se acercó a la cama aún sin comprender lo que la bruja le decía. Nima se colocó de lado y apoyó la cabeza en la palma de su mano mientras lo observaba con una mirada nostálgica. Aquella noche en la que la mujer de cabellos rubios le había entregado a Bianca, también le había enunciado su sentencia. Nima no había tenido corazón para rechazar la petición de ayuda de la mujer y había tratado de revertir el hechizo de la pequeña sin lograr absolutamente nada.

—Lo sabías desde la noche en la que la trajo aquella mujer, ¿verdad? —Nima asintió y María Antonieta negó al sentirse de repente muy angustiado—. Me imagino que ya has intentado revertirla.

—No he tenido buenos resultados. Es una magia demasiado poderosa, ni siquiera mi maestro podría haberla eliminado. Y sabes que ya no es igual de seguro que antes utilizar la magia.

—¿Por qué le pusieron ese maleficio?

—Todo comienza siempre por pleitos familiares, ya sabes. Si no es el divorcio, el abandono o el asesinato, es la envidia de la cuñada enamorada.

—¿La cuñada enamorada?

—Te lo contaré después. Déjame sola, estoy cansada.

De inmediato la habitación rosada se opacó poco a poco hasta llegar al gris. María Antonieta sabía que la torre cambiaba de color por dentro dependiendo del estado de ánimo de la dueña, y a pesar de que Nima siempre mantenía la torre de color rosa, que era su símbolo personal de alegría, de vez en cuando sucedía algo así. La bruja le echó una mirada mortífera; María Antonieta aceptó con desgana y no tuvo más remedio que salir de la habitación de la hechicera.

—¿Qué es lo que le has hecho a mamá para que se ponga así?

María Antonieta observó a Bianca apoyada en el barandal de caoba de las escaleras, que con mirada adusta lo culpaba de haber molestado a Nima. Se sintió compasivo y sus sentimientos cruzaron por sus grandes ojos de botones negros. Bianca se acomodó el pelo alborotado que le llegaba debajo de los hombros.

—Supongo que ya lo sabes. No me mires así María Antonieta, tú eres un objeto; probablemente a ti sí podré retorcerte por el mango —señaló la pequeña con tono de advertencia.

—Te equivocas, querida. El mango de las escobas no puede retorcerse.

—Te sorprendería saber todo lo que se puede retorcer cuando le aplicas calor.

María Antonieta sonrió admirado del modo en el que Bianca se había tomado la noticia. Era increíble que una niña de su edad no estuviese deprimida después de haber escuchado algo como lo que le sucedería a ella.

—Estoy bien —aseguró. Sonrió a medias.

—Lo sé. ¿Vas a entrar?

Bianca asintió, se acercó con paso firme y tocó la puerta. Sin esperar la respuesta de Nima giró el picaporte y entró en la habitación. Incluso el fuego era gris. Bianca suspiró, caminó hasta la cama y subió a esta con trabajo, pues era muy alta y ella era muy bajita.

—¿No deberías estar en tu habitación, haciendo tus deberes?

La voz de su madre sonaba realmente cansada, cosa rara porque ella era el alma de la casa y rara vez la tristeza o la preocupación la inundaban.

—Supongo; pero madre, ya que cada vez tengo menos tiempo para poder abrazarte, debo aprovecharlo.

Nima, que había apoyado su rostro en la almohada debajo de la cual escondía golosinas, se volvió y observó a la niña junto a ella con una sonrisa triste.

—María Antonieta es un vejestorio metiche. No debió haberte recordado mi problema.

—Está preocupado por ti.

—Lo sé. Yo también lo quiero —aceptó Bianca a regañadientes. Y era cierto. La escoba se había convertido en el único amigo en su vida. Bianca solía observar por las ventanas de la torre a los niños que debajo de ella jugaban juntos, a las familias que cenaban unidas por las noches y a los padres que se abrazaban y besaban;

15

y solía pensar que algún día ella podría ser parte de algo así. Ahora lo único cercano a eso que podría llegar a tener, sería la compañía de María Antonieta, pues sabía bien que su madre no permanecería con ella por toda la vida.

—Bianca… siempre hay opciones, lo sabes, ¿verdad? —Nima acarició el puente de la nariz de la niña con amor y ella respingó su nariz al sentir su suave tacto.

—Dudo mucho que vaya a tener opciones, madre.

—Nada más no olvides lo que te he dicho. Encontrarás una opción, lo prometo.

Bianca se apretó más contra Nima y le rodeó con fuerza la cintura. Sus bracitos inmóviles le brindaron un cálido sentimiento a la hechicera que continuó peinando el cabello negro de la niña mientras la abrazaba.

—No me importaría no poder tocar a nadie, si pudiera estar siempre contigo.

La habitación se iluminó con el color rosado de siempre y Nima sintió una alegría que pocas veces había tenido en su vida.

—Si pudiéramos estar siempre con las personas que amamos, no podríamos llegar a apreciar el verdadero regalo que es un segundo a su lado —susurró Nima sonriendo en su oído.

—¿Para qué es esa canica que traes colgada? —cuestionó María Antonieta unos días después, cuando Bianca se encontraba en la cocina haciendo un puchero para Nima. Se detuvo al comenzar a cortar las zanahorias y lo miró por encima del hombro, dejó el cuchillo y con cuidado sujetó la piedra, redonda como una perla y azul traslúcida, que descansaba sobre su pecho.

—¿No te lo dijo mi madre?

—No te preguntaría si lo supiera. De la historia, tu madre me contó menos de la mitad y después de cómo se puso, no quise volver a indagar.

—Tal vez no quería decírtelo sin mi consentimiento. Según lo que me dijo Nima, mi tía estaba enamorada de mi padre, y durante el embarazo de mi madre le dio de beber extrañas pócimas y por eso salí así de rara —contó como si relatara una ida al circo.

—¿Por qué todo lo tienes que tomar a broma?

—¿Se supone que la cosa cambiaría si no lo hago?

María Antonieta puso al cielo como testigo de aquellas palabras y en seguida observó con fijeza la canica con la que la niña jugaba; era de un fulgurante color azul pero lo suficientemente traslúcida para poder apreciar su cuello.

—La piedra… ¿te la dejó tu madre?

—Ella la trajo cuando vino aquí, pero no es un regalo de mi madre. Es de mi tía. Parece ser que esta piedra… tiene guardados mis años.

María Antonieta la estudió sin creérselo, mientras Bianca sonreía ante su desconcierto. La niña comenzó a picar las zanahorias, con pulso firme y movimientos precisos. La escoba esperó paciente a que la niña continuara.

—Cada vez que toque a alguien, se hará una pequeña grieta en la piedra. Cuando junte cien grietas, la piedra se fragmentará y yo moriré.

—¿Qué pasa si alguien te toca?, ¿sucederá lo mismo?

—Sí.

El burbujeante ruido de la olla en la estufa les hizo prestar atención al fuego y Bianca corrió hacia allí y bajó la llama; después se pasó el dorso de la mano por la frente, suspiró y regresó a la mesa para pelar las patatas. Desde pequeña siempre había sido hábil para manejar los instrumentos filosos y a María Antonieta todo el tiempo le impresionaba la facilidad con la que cortaba las cosas.

—Debe haber una solución, Bianca. La encontraremos.

—Hay una solución.

—¿La hay? —preguntó emocionado y rodeó la mesa, mientras ella asentía de manera enigmática—. ¿De qué se trata?

—Puedo hacer un pacto. Puedo escoger a alguien con quien pueda compartir años.

—¿Compartir años?

—Sí. La persona con la que puedo hacer el pacto, deberá darme la mitad de su vida. Deberá renunciar a vivir su vida completa para que el maleficio no se cumpla. Ambas viviríamos solo la mitad de nuestras vidas.

Bianca se sonrojó por el calor de la cocina, mientras el fuego de la chimenea se movía en una ágil danza. Era invierno y las tormentas de nieve no tardarían en llegar; así que solo permitían a Ceres estar por allí cuando lo necesitaban en serio, ya que era el más metiche de toda la torre.

—Qué desagradable noticia —intervino Ceres con voz grave desde la chimenea, mientras su rostro danzaba alegre—. Yo mismo soy la prueba viviente de que los maleficios, cuando se hacen, son extremadamente difíciles de revertir.

—Calla la boca Ceres. Si Nima te llega a escuchar te echará un cubetazo de agua —regañó la escoba mientras miraba hacia el fuego con repulsión.

—Tu maleficio lo tenías bien merecido.

—No me imaginaba que una niña tan compasiva como tú, estuviese de su lado.

—Es mi madre, ¿qué esperabas?

Los tres sabían cuál había sido la razón por la cual Ceres crepitaba en la chimenea más grande de la torre, en vez de estar en un sillón, recostado cómodamente. En su juventud, Ceres y Nima habían compartido un bello romance y Nima lo amaba con toda su alma; sin embargo, la hermana de Nima, Cassandra y él, se habían encontrado a sus espaldas durante meses. Cuando Nima se había enterado de la traición, había roto todo lazo con su hermana y había convertido a Ceres en su chimenea personal; y para su placer, solo lo encendía en invierno para tener el tiempo justo para mofarse de él y no quedar hastiada con su presencia.

—Lo lamento mucho niña, en realidad espero que logres hacer ese pacto con alguna persona.

—Nadie sería tan tonto como para renunciar a la mitad de su vida para complacer mis intereses e impulsos táctiles.

—Yo conozco a alguien que lo haría sin dudarlo —sostuvo con seguridad Ceres. Bianca sabía a la perfección a quién se refería.

—Yo jamás se lo permitiría, aunque me lo suplicara, no lo aceptaría.

Los tres estaban al tanto de la naturaleza benéfica de Nima. Incluso Ceres sabía que ella podría haberlo castigado con algo mucho peor y no lo había hecho. Bianca estaba segura de que al cumplir los dieciocho años, su madre se ofrecería a hacer el pacto con ella, pero Nima ya estaba entrada en años y, si Bianca accedía a hacer el pacto con ella, no sobreviviría mucho más tiempo. El verse privada de compañía por su problema era malo, pero era aún peor saber que Nima la podría abandonar antes de lo que había esperado. Aún recordaba cuando era pequeña y que, acostada en la parte más alta de la torre para tomar el sol, imaginaba que su madre llegaba a ser una hermosa anciana a la que tendría la alegría de cuidar. Nima era su familia, la única que había tenido y la única que llegaría a tener; no podía darse el lujo de perderla.

—Sería como una sentencia de muerte para ella. Nunca es agradable saber cuándo vas a morir —admitió la pequeña de ojos azules con el rostro ensombrecido por la tristeza.

—Tal vez debas aprovechar el tiempo. Deberías salir de la torre ahora que puedes hacerlo, de modo contrario, te arrepentirás.

María Antonieta le dirigió una mirada de advertencia a Ceres, como anunciándole que se metiera en sus propios asuntos, pero las palabras del hombre fuego quedaron grabadas en su mente durante todo el tiempo en el que cocinó. Nunca lo había pensado así. Probablemente no lograría tener una vida normal como la mayoría de las personas, pero si iba a estar confinada en esa torre durante, prácticamente toda su vida, esos seis años que restaban debía aprovecharlos.

—Me habría encantado que hubieses utilizado tu cambio para largarte de aquí y no tener que verte más —declaró la escoba con cara de pocos amigos. Bianca frunció el ceño.

—¿De qué cambio hablas?

—Todo hechicero tiene la opción de cambiar de forma de modo permanente, una vez en la vida. Ceres podría haber cambiado de su forma de fuego a la forma humana de manera permanente, pero todo apunta a que usó su comodín antes de que Nima lo transformara en fuego.

—¿Es verdad?

Ceres no contestó y puso cara de fastidio.

—Allá afuera no es tan genial como crees Bianca —intentó disuadirla María Antonieta al fijarse en la vibra decidida que emitían los ojos azules.

—¿Qué es todo este alboroto? —La voz de Nima se alzó desde la puerta de entrada de la cocina. Llevaba un vestido de color lavanda con pequeños dulces pegados por doquier; su vestido favorito, ya que de vez en cuando buscaba la envoltura de algún dulce, la abría y se lo llevaba a la boca. Bianca suponía que cualquier persona normal, a esa altura, probablemente ya se habría visto atacada con achaques de hiperglucemia.

—¿Cómo te sientes madre?

Nima asintió con la cabeza y le echó una mirada de disgusto y desaprobación a la chimenea. Se sentó en la silla a la cabecera de la mesa y bebió un sorbo del líquido... nunca lo había aceptado, pero tenía una notada inclinación hacia las bebidas alcohólicas y de vez en cuando se pasaba de copas.

—Las paredes de esta torre son tan delgadas que puedo escuchar todo hasta mi habitación. ¿Qué es tanto cuchicheo? Pensé que les había dicho a ambos que no me gusta que le dirijan la palabra a esa cosa de allá.

—Que terrible decepción vas a llevarte cuando Bianca te confiese lo que le ha parecido la idea que le he dado.

—No recordaba que tu voz fuera tan irritante —observó la bruja de mal humor sin siquiera dirigirle una mirada.

—Madre —interrumpió Bianca mientras se sentaba junto a ella y la tomaba de la mano—. Es verdad. Ceres me ha pedido que contemple la posibilidad de salir ahora que puedo hacerlo, sé que soy joven pero ¿crees que puedas permitírmelo?

Nada podría haber salvado a Ceres de aquella mirada furibunda que la hechicera le disparó sobre la copa de algodón. El hombre en llamas se encogió y fijó la mirada en otro lado para evitarse la mala pasada. María Antonieta sirvió, de muy mala gana, dos platos de puchero con costras de queso, al ver a su ama tan enfadada.

Nima se tomó su tiempo para contestar. La bruja nunca decía o hacía nada sin pensárselo más de diez veces y analizaba todos los pros y los contras.

—No puedo dejarte ir sola, aún eres muy joven, querida —Bianca comprendió su punto y asintió con las esperanzas perdidas.

—No podría pasarle nada peor que ese maleficio —abogó Ceres una vez más, exponiéndose a la furia de la mujer. Nima descansó una mano en la frente y tamborileó con sus dedos sobre ella una y otra vez con desasosiego.

—Por mucho que no quiera aceptarlo, tienes razón —contestó ella con voz apagada. El dejar ir a la niña sola, abajo, a la tierra, con esas personas… era peligroso, cierto, pero no más que el problema que se cernía sobre su futuro. Bianca sonrió en agradecimiento mientras se llevaba una cucharada de puchero a los labios.

—Aunque lo que este hombre infame dice, tiene sentido, es muy peligroso para nosotros —dijo gravemente María Antonieta—. Si la ven bajar pensarán que también pueden subir con la misma facilidad, le preguntarían cosas acerca de la torre…

—Puedo bajar antes del amanecer y subir al anochecer —sugirió Bianca esperanzada.

—¿En dónde te quedarías? No es correcto que una niña ande sola y ninguna familia querría hospedarte pues nadie te conoce; y en caso de que alguien quisiera darte hospedaje, te preguntarían de dónde vienes, ¿qué responderías ante algo así?

Bianca entendió el miedo de María Antonieta tanto por ellos como por ella, pero era tozuda; cuando una idea entraba en su cabeza era difícil olvidarla. Sabía que no volvería a tener una oportunidad para tratar de convencer a su madre pero tampoco quería obligarla a nada.

—No lo sé. Tal vez una escolta podría ir conmigo —María Antonieta miró ansioso hacia el techo al descifrar a qué se refería la diablilla.

—¿Qué haría yo allá abajo todos los días? ¡No podría siquiera moverme! Me niego.

—Me alegra que hayas venido conmigo.

Bianca sonrió cuando bajaron los dos últimos escalones de la delgada, larga y alta escalera de humo que se escondía en la sombra de la torre. No había salido el sol aún, pero aunque era temprano, tenía justo el tiempo para poder llegar a la escuela. Nima había escrito una carta hipnotizante para el director de la escuela más cercana, para que la aceptaran; así que entrar como una alumna de traslado no representaría ningún problema.

—El único problema será que entres con un hurón —había dicho María Antonieta con tono burlón. Nima lo había transformado en animal para que María Antonieta tuviese más libertad de movimiento.

El camino de piedras que llevaba al pueblo era largo y sinuoso, lleno de pequeños animales que saltaban por todos lados sin miedo a su presencia. Bianca estaba encantada y casi no prestaba atención a las miradas despectivas que lanzaba María Antonieta a todo el lugar, como si nada de eso fuese merecedor de su presencia. La niña sonrió al entender de antemano el sacrificio que significaba para él acompañarla. Realmente lo apreciaba de corazón. Después de unos minutos escuchó un ruido constante a lo lejos. Bianca se llevó las manos a la perla que colgaba sobre su pecho y la metió en los pliegues del cuello de su vestido. Su corazón se aceleró y miró hacia todos lados. María Antonieta, comprendió su exaltación, sonrió y se adelantó un poco para quedar frente a ella, justo cuando la luz del sol comenzaba a aparecer.

—Es un riachuelo.

—¿En verdad?

María Antonieta afirmó y guio a la niña por otra pequeña ruta que se abría paso entre unos arbustos rojizos a la derecha. Bianca no perdió tiempo y caminó detrás de él, observando, después de unos minutos, un vibrante riachuelo de color lavanda.

—Pensé que el agua de los ríos se vería azul —comentó desconcertada al acercarse.

—Sí, bueno… el agua es transparente, pero dependiendo del fondo sobre el que esté puede verse de otro color. Este río tiene un montonal de turmalinas moradas y una que otra amatista en la arena, por eso el lago brilla y se ve de este modo.

—¿Ya habías venido aquí?

María Antonieta confirmó con un movimiento, pero por la expresión que puso, Bianca supo que no quería hablar mucho sobre el tema. Se acercó al riachuelo lo suficiente para sentir el cauce con los dedos. Era suave, como un aleteo de un ave que chocara con sus dedos una y otra vez; una sonrisa cruzó por sus labios y se volteó de nuevo para mirar a María Antonieta, inquisitivamente.

—Cuéntamelo. Tenemos tiempo suficiente —comunicó. Se sentó sobre una de las rocas cercanas mientras tomaba una rama larga y fina, y hacía garabatos en la arena.

—Cuando tu madre era una chicuela como tú, estudiaba en una academia de magos que era considerada furtiva. Comenzó a aprender las artes oscuras desde que tiene memoria; sus padres también eran hechiceros y no dudaron ni un segundo en conseguirle al mejor mentor, y resultaba que ese mentor estaba en esa academia. Los hechiceros siempre han tenido que vivir escondidos. El gobierno de Cronalia los tolera, pero los grupos religiosos son una pesadilla. Allí fue en donde la conocí.

—¿Eras un mago? —preguntó Bianca interesada, pues María Antonieta nunca hablaba de su pasado. La escoba negó con su cabeza de hurón y esperó unos minutos antes de continuar.

—No. No lo era… yo era el niño sin padres que, como tú, había sido adoptado por el director de la academia, más por fuerza que por gusto. Yo era su sobrino.

—¿Cómo te llamabas?

—No lo recuerdo. Hay cosas de mi pasado que no recuerdo. Siempre me llamaban niño. Yo era el encargado de la limpieza de los baños y de la cocina. Hacía pequeños trabajos de entregas en mis horas libres y después espiaba a los magos y… —comenzó a reír. Bianca se sorprendió ya que no era muy común ver de buen humor a María Antonieta y sonrió complacida.

—Y… ¿qué?

—Y tu madre era la peor bruja de todas.

—Bromeas —contestó mientras cruzaba las piernas y ponía las manos abiertas sobre su rodilla. No podía creer algo así… había tenido la idea equivocada sobre ella, al parecer.

—Era la peor bruja de todas, Bianca, pero no lo fue por siempre. Recuerdo que cada vez que hacía alguna pócima o usaba su varita, todo terminaba mal.

—¿Cómo terminó haciéndose tan buena?

—Yo la ayudé. Fui su amigo durante años y conseguía cosas para que mejorase. Robaba libros de la biblioteca para ella y de vez en cuando le susurraba los hechizos antes de la clase. Nima siempre fue agradable conmigo y no era como los demás. Según recuerdo, ella no quería ser una bruja como todos. Nunca vestía de negro y siempre llevaba zapatos brillantes, lazos de colores vivos y se negaba rotundamente a utilizar animales muertos en sus clases. Supongo que fue esa actitud la que enamoró a Ceres.

—Ese hombre no estaba enamorado de ella. La engañó —dijo Bianca, ofendida.

—Las cosas en el mundo real son más difíciles de lo que crees Bianca. Tu madre vivía en su mundo de fantasía, nunca se tomó en serio lo que realmente era. Ceres la amaba, pero ella era como un circo andante y fue difícil para él defenderla en cuanto sus padres se opusieron a su relación. A este mismo río, vino a llorar por horas, cuando para Ceres fue más fácil quedar con su hermana que se mostraba mucho más normal que ella… la mayoría de las personas escoge el camino fácil. Se necesitan agallas para ir en contra de la corriente; para aceptar quedarte con una persona tan diferente a ti a pesar de las burlas o las palabras de los demás.

—Supongo que no puedes culpar a alguien por no poder ir contra la corriente —susurró Bianca al observar que un pequeño pez trataba de acercarse a sus dedos… no mucho rato después se rindió y nadó río abajo.

—La mayoría de los peces nada con la corriente, pero hay peces, Bianca… hay peces que logran nadar contra la corriente.

Ambos se quedaron allí por algo más de tiempo sin decir palabra, mientras el aire bailaba entre sus dos. Esa sensación era refrescante y limpia, ligera y amable. Bianca no lo sabía, pero las palabras de María Antonieta quedarían grabadas en su mente por muchos años y tomarían un significado mucho más profundo.

—Enfermé de gravedad dos meses después de que Nima se enteró de lo de Ceres.

La chica cerró los ojos para terminar de escuchar la historia y suspiró cuando pudo sentir la tristeza en la voz de la escoba.

—Nima estuvo a mi lado día y noche, pero no pudo hacer nada. Mi último deseo fue estar siempre con ella, pues su amistad significaba mucho para mí. Tu madre no tuvo otra idea más que la de trasladar mi espíritu a una vieja escoba… y cien años después, llegaste tú.

Bianca sonrió y se levantó de la roca, se peinó un mechón detrás de la oreja, con paso firme se acercó a María Antonieta, lo cargó y lo abrazó con cariño.

—Gracias por cuidarme.

El cielo estaba de testigo que la sabiduría de María Antonieta era legendaria. Durante todo el tiempo que Bianca llevaba conociéndolo, sabía que nunca se equivocaba en ninguna observación y, ese día, su primer día de escuela, no fue la excepción. Parada en la puerta del elegante salón, con relucientes paredes de mármol y columnas con bellas esculturas, recibió la mirada incrédula de todos los que, sentados en sus mesas de trabajo, se habían percatado de su presencia, y aunque María Antonieta trataba de no llamar la atención, todos les miraron sorprendidos. Una de las niñas dejó sus objetos en su mesa de trabajo, se acercó a ella y la estudió de cerca y de lejos también.

—¿Por qué traes a la escuela un hurón?, ¿es que eres una bruja?

Bianca abrió tanto los ojos azules que la niña frente a ella se asombró al verlos y los señaló entretenida y admirada.

—No; pero si fuera una bruja… seguro sería la peor de todas —contestó.

La niña frunció el ceño y levantó una ceja, muy extrañada, pero milésimas de segundos después, sonrió genuinamente.

—Nunca me han gustado las sabelotodo. Me da gusto que aceptes que en caso de ser una bruja, estarías por debajo del promedio. Mucho gusto, me llamo Nora. Tu hurón es muy lindo. —Sin esperar que Bianca levantara la mano, Nora la estrechó y la guio con ella hacia su mesa de trabajo.

Ese día fue el día más feliz de Bianca y, en su mente, agradeció a María Antonieta por haberle obsequiado una amiga.

Miedo al futuro

Los años afuera de la torre fueron como un respiro para Bianca y, aunque siempre había gente que desconfiaba de ella, de sus ojos, de su hurón tan obediente o de su procedencia, siempre encontraba a alguien agradable para conversar, en especial Nora, que pasaba la mayor parte del tiempo de escuela con ella, menos los días libres, puesto que tenía que pasarlos con su familia, ir a misa y demás. Bianca aprovechaba esos días para contarle a su madre todas las cosas que había hecho afuera de la torre. Nima no se mostraba especialmente contenta de que su hija estuviese fuera durante todo el día, pero por lo menos la tranquilizaba el hecho de que María Antonieta estaba a su lado.

—Tu amiga, ¿aún no ha preguntado de dónde vienes?

Esa misma pregunta era la que atormentaba a la bruja día y noche, y cada vez que tenía oportunidad de hablar con Bianca, la cuestionaba sobre eso. Bianca siempre respondía con una negación de cabeza y la miraba con consideración, como si comprendiera su miedo. Su amiga Nora era muy diferente. Nora gustaba de brincar por todos lados como un conejo hiperactivo, recogía guijarros del suelo y hacía extraños proyectos y experimentos con ellos; era parlanchina e incluso habían llegado a castigarlas a ambas por su culpa, más de una vez. Bianca, que era mucho más tranquila, adoraba observar a su amiga que sonreía con facilidad, hacía tratos y extorsionaba a sus compañeros para obtener las cosas a su manera.

—A veces siento que camino acompañada de una muñeca de porcelana. Eres impasible. ¿Realmente crees que sea normal que una niña de nuestra edad se porte tan bien?

Bianca había reído muchísimo el día en el que Nora había hecho esa observación.

—Si sólo me hubieses conocido hace unos años, no pensarías igual.

Bianca había aprendido que lo mejor era tratar de no llamar la atención. Sus ojos y su hurón eran suficiente razón para atraer demasiadas miradas, por lo que prefería apaciguar su carácter. Y así pasaron los años.

Un día, mientras las dos amigas paseaban cogidas de la mano por un sendero, Nora, que normalmente era muy prudente cuando le preguntaba cosas, se detuvo y señaló hacia el horizonte.

—Tu casa, ¿está más lejos que aquel pino que se ve por allá?

A Bianca se le paró el corazón y retiró la mano de la de su amiga porque por reacción inmediata comenzó a sudar. Carraspeó mientras se acomodaba la melena desarreglada por el aire y sonrió para intentar verse despreocupada.

—¿Por qué quieres saberlo?

—Pues —empezó Nora, pateando una piedra lejos de allí—, somos amigas desde hace varios años y nunca te he escuchado hablar de tu familia ni del lugar en donde vives. No soy una persona cotilla, lo sabes, pero hay veces en las que mi interés rebasa mi prudencia —sonrió avergonzada.

—Soy adoptada. Por eso no me gusta hablar sobre mí, mucho menos sobre cosas relacionadas con mi familia; lo poco que sé, no es nada agradable —confesó Bianca lo primero que se le vino a la mente. Supuso que con eso apaciguaría la curiosidad de su amiga y se sentiría menos mal. No le gustaba mentir… mucho menos mentirle a ella. Como lo esperaba, Nora aceptó sus palabras y cambió de tema.

—Pronto me iré de aquí —confesó y observó a Bianca que a su vez la miraba desconcertada—. No eres la única que guarda secretos.

—¿Irte?, ¿a qué lugar piensas ir?

—¿Por qué me lo preguntas como si fuera algo malo?, ¿esperas quedarte aquí por el resto de tu vida?

Bianca se sintió apabullada. Por supuesto que no deseaba quedarse allí para siempre, pero lo que ella deseaba seguramente estaba muy lejos de su realidad.

—Nunca lo había pensado —mintió.

—Bueno pues, yo quiero irme de aquí. Quiero trabajar en la industria.

—¿En cuál?

—La que me contrate.

Nora comenzó a escalar un árbol como normalmente lo hacía. De pronto se detuvo y se giró para mirar a Bianca, luego señaló hacia arriba y la de ojos azules comprendió lo que su amiga le pedía; de inmediato se negó.

—Tienes que apreciar la vista allá arriba Bianca. Vamos. Siento que eres demasiado miedosa para tu propio bien.

—La vista es bellísima desde aquí también.

—Anda niña que tengo que regresar a casa antes de la cena.

—¿Por qué andas tan apresurada hoy? —preguntó Bianca y utilizó la conversación como pretexto.

—Es un notición. Te lo diré en cuanto estemos en la copa.

A regañadientes, Bianca dejó a María Antonieta sobre una roca y subió poco a poco con ayuda de Nora. Con temblores, algunos rasguños y los nervios agitados, logró llegar a la copa del árbol y observó maravillada el horizonte rosado que se preparaba para quedarse a oscuras.

—Me debes un tremendo notición.

Nora la sujetó de la mano cuando ambas se acomodaron y se sentaron en una gruesa rama. Su tacto era suave y gentil. Nora la tocaba siempre con tanta amabilidad que, a veces, Bianca deseaba poder guardar esa sensación en su memoria con martillo y cincel.

—Mis padres me tienen preparado un prometido para la cena.

Bianca sabía lo mucho que Nora odiaba a los hombres en general. Desde pequeña siempre había rechazado a los compañeros que la tomaban de la mano y golpeaba a quienes se atrevían a jalarle de las trenzas. Era obvio que la idea del casamiento no era atractiva para ella. Era, como ella misma decía, un espíritu libre.

—¿Se acompaña con alguna bebida en especial? —Nora dejó salir una carcajada que hizo volar a todas las aves de la copa del árbol.

—Te mofas porque no estás en mis zapatos. ¿Qué harías si te quisieran prometer con alguien sin tu consentimiento?

Bianca se quedó callada por un largo rato. Nunca había tenido que sopesar esa idea, puesto que casarse con alguien estaba completamente borrado de su lista de actividades futuras, en las que se repetían sin descanso: despertar, desayunar, tomar el té, leer, platicar con María Antonieta, dibujar, hacer la cena, dormir y despertar de nuevo.

—Probablemente me negaría —mintió después de unos segundos. No podría haber respondido con la verdad, aunque hubiera querido, pues era algo que jamás le podría pasar.

—Tú me entiendes, por eso me agradas.

—Pobre niña, tener que aceptar casarse con alguien con quien no desea hacerlo —dijo Nima, horas después de que Bianca hubiese regresado a la torre. Comía unas enormes palomitas dulces de un cuenco y ponía cara de pocos amigos, mientras Bianca jugaba con su vestido en el sillón frente a la chimenea del cuarto de su madre—. Pero, por tu mirada, podría decir que la envidias.

Bianca no se sorprendió de que su madre supiera lo que pasaba por su mente, incluso antes de que pudiese ponerle nombre.

—No me gustaría casarme con alguien con quien no deseo estar, pero envidio el hecho de que ella pueda hacerlo y yo no. Nunca tendré una vida normal.

—Cariño, las vidas normales están muy sobreestimadas. Pero si es lo que quieres, bueno pues… podría darte parte de mi vida para que vivas feliz un poco más de tiempo.

Bianca sabía a lo que se refería y negó con la cabeza, se puso de pie y se acercó a la cama. Su madre, que se había hecho un peinado victoriano que pesaba más de lo que podía mantener sobre su coronilla, la miró con una sonrisa.

—Es una buena oferta, querida.

—Lo sé y lo aprecio; pero me he jurado a mí misma que nunca viviré mi vida sobre la de alguien más.

—Debes pensar las cosas con claridad. Pronto la maldición dejará de ser solo una pesadilla y se volverá real —advirtió en tono severo la hechicera y acarició gentil, las mejillas de su hija—. Eres tan hermosa —dijo con cariño mientras regaba besos sobre sus ojos y su frente—: Mi niña querida.

—Mamá ¿es en verdad tan desagradable estar sola, como pienso que es?

Nima era la prueba viviente de lo que la soledad significaba. Había vivido sola en aquella torre por más de cien años con la única compañía de una escoba parlante y las cenizas de un amor pasado. La bruja se mordió el labio inferior al comprender que Bianca le pedía un consuelo que ella no podía darle.

—¿A qué soledad te refieres?

—¿Es que hay muchos tipos? —preguntó desconcertada.

Nima se rio, con aquella risa burbujeante que Bianca había llegado a amar. Asintió varias veces y la invitó a su regazo aunque ya era mayor, la acunó y habló cerca de su oído.

—La soledad es un enigma. Incluso para mí que tantos años conviví con ella y que parecería que era mi mejor amiga. A veces la soledad puede ser apabullante, pero a veces la soledad es pacífica, en otros momentos es un modo de conocerte más y a veces es un modo de conocer más a otras personas. Estuve rodeada de gente durante mi infancia y juventud, mas sentía como si nadie estuviera conmigo más que la soledad; pero cuando llegué a mi torre la soledad se fue y regresó como los familiares que se separan y se ven de vez en cuando, en invierno o en verano. La soledad nunca te abandona.

—¿Debo recibirla con los brazos abiertos, pues?

—Puedes recibirla como tú gustes. Cariño, debo decirte algo.

—¿Qué sucede?

Bianca, pegada al pecho de su madre, sintió cómo el corazón se le aceleraba con rapidez. Ella ya lo sabía, pero esperó pacientemente a que su madre se lo dijera.

—Pronto cumplirás años —suspiró y prosiguió—, debes andarte con cuidado, pues no estamos seguras de tu fecha exacta de nacimiento. Preferiría que ya no salieras más. Sé que es difícil, pero es mejor así.

La joven guardó silencio por un buen rato y analizó todo consciente de que su madre tenía razón; pronto llegaría el día en el que el maleficio se activaría y pasaría un muy mal rato si la tomaba desprevenida fuera de la torre. El sonido de la madera al quemarse la hizo recordar los momentos en que, sentada en el regazo de su madre, la escuchaba leerle cientos de cuentos. Sus ojos se humedecieron al darse cuenta de que aquellos momentos solo podrían repetirse en su memoria.

—Lo haré. Mañana me despediré de Nora, lo prometo.

Nima convino y después de unos segundos su acelerado latido se calmó, su respiración se acompasó y se quedó profundamente dormida. Bianca gozó del calor que emanaba del cuerpo de su madre y sonrió con tristeza mientras se acurrucaba contra ella.

Por supuesto, Nora no se tomó muy bien la noticia de Bianca; de hecho, la cuestionó una y otra vez tratando de comprender las fatídicas palabras de su mejor amiga.

—Es decir que te vas y ya no volveré a verte, ¿es eso lo que intentas explicar?

—Sé que es difícil de entender; la noticia me ha perturbado a mí también.

—Pero… ¿mudarte tan lejos? No lo sé. Ayer hablábamos de eso y no parecías tener ni la más mínima idea de que algo así pudiese pasarte. ¿Por qué la prisa?

—Mi madre lo había pensado desde hacía tiempo, pero no había tomado la decisión. Apenas ayer por la noche me lo comunicó y quiere que la acompañe. Podrá trabajar mejor si le ayudo.

—Pues te envidio, pero a la vez me siento triste por tu partida.

—Lo sé. También voy a extrañarte —y sin esperar un segundo más se abalanzó sobre su amiga, la abrazó con fuerza y tocó ligeramente con sus labios su mejilla—. Nunca había tenido una amiga. Despedirme de ti será de lo peor —susurró sobre el oído de su amiga con lágrimas en los ojos. Nora la estrechó y la besó también.

Cuando se separaron quedaron con las manos enlazadas y Nora reprimió las lágrimas al igual que Bianca. Luego de lo que parecieron horas, Nora dejó salir una bocanada de aire con ímpetu y brincó emocionada.

—Haremos una fiesta de despedida. Solo tú y yo, ¿qué opinas?

Bianca se alarmó pero no emitió ninguna respuesta negativa, pues no tenía idea de qué decir y aunque sabía que no era correcto, la tentación de estar juntas por última vez y divertirse como antes, la hacía estremecer.

—No lo sé… debo partir pronto.

—La haremos mañana cuando sea de noche. Haremos una fogata y bailaremos como en un ritual…

—No voy a sacrificar a ningún animal.

—De acuerdo —dijo Nora—. ¡Luego haremos peticiones a los astros y nos lanzaremos desnudas al río!

Bianca la miró asustada y negó frenética, mientras Nora brincoteaba a su alrededor. Ella siempre había pensado que por su maleficio y el color de sus ojos era una persona extraña, pero Nora era extraña sin necesidad de nada de eso.

—No me lanzaré desnuda a ningún lado.

—Está bien —respondió de malas. Bianca sonrió y volvió a abrazarla—. Mañana por la tarde volveré a tener una cena con el susodicho. Ese tipo me saca de mis casillas; es metiche y tiene una panza del tamaño de un barril… se cree la gran cosa. En fin, cuando acabe la cena, vendré y te esperaré aquí.

Bianca no pudo negarse y asintió despreocupada, pero todo su cuerpo temblaba de la emoción y también del miedo. No sabía si decirle a su madre la verdad o no, pues le había prometido que se despediría ese mismo día. Así que mientras subía de nuevo las escaleras hacia la torre, pensó todo el trayecto en la decisión que tomaría.

—No creo que sea una buena idea —opinó María Antonieta cuando Bianca iba a la mitad de la escalera.

—Ya se me había hecho extraño que no hubieses dicho nada.

—Le prometiste a tu madre que hoy sería el último día que bajarías de la torre. No debes romper nunca una promesa hecha a una bruja —advirtió María Antonieta—; solo observa lo que le ocurrió a Ceres.

Bianca se mordió la parte interna de las mejillas para no replicarle absolutamente nada, porque sabía que él tenía toda la razón, pero Nora había sido la única amiga que había tenido, quien había compartido su comida con ella y la había defendido siempre que la habían llamado rara o la excluían.

—Le diré la verdad a mi madre. Será lo mejor.

María Antonieta se mostró mucho más tranquilo al escuchar las palabras maduras de Bianca y continuaron por la escalera de humo.

—No.

Esa fue la seca respuesta de Nima cuando, sentada frente a la chimenea leía uno de sus libros favoritos, mientras Ceres trataba de hacerle plática en vano. Bianca sintió que su corazón se quebraba poco a poco y se dejó caer en el suelo frente a ella.

—Aunque te quedan muy bien los dramas de adolescente —dijo Nima sin dejar de leer su libro—, no estoy de humor para eso y tú hiciste una promesa conmigo. Además tengo una migraña infernal.

—Lo sé mamá, pero en verdad quiero hacer esto con ella. No volveré a verla nunca. Unas pocas horas no harán mayor diferencia. —Nima siguió en la lectura con su tranquilidad acostumbrada y Ceres le dio una mirada de compasión a la joven, quien gimió frustrada—. Por favor.

La bruja cerró su libro y se levantó del sofá con aires majestuosos; se inclinó, puso una mano en el hombro de su hija y se debatió entre sus múltiples emociones.

—Bianca, ¿qué pasará si es mañana? Si mañana se detona el maleficio y estás fuera de la torre. No me puedo arriesgar; no te puedo arriesgar, tienes que entenderlo.

—Solamente estaremos Nora y yo. Si comienzo a sentirme mal o lo que sea que me suceda, le pediré a María Antonieta que me traiga de vuelta a la torre. Irá como escoba esta vez, una escoba de una bruja puede volar, ¿no es así?

—En ese caso, Nora se daría cuenta de todo. ¿Cómo vas a explicárselo?

—Yo confío en ella, madre. Nora nunca me traicionaría, la conozco desde que éramos niñas.

—Querida niña, eres demasiado ingenua. ¿Cómo puedes confiar tan ciegamente en una persona ajena a ti? Mírame: fui traicionada no por una amiga, sino por el hombre al que amaba y por mi propia hermana. Tu madre y tu padre fueron traicionados por tu tía, ¿qué te hace pensar que Nora es la excepción?

—No lo sé madre. Pero a diferencia de ustedes no hay muchas personas en las que yo pueda confiar, además de ti. No quiero que entre mis últimos recuerdos esté el de sentirme desconfiada de esas pocas personas a las que elegí darles mi confianza. Necesito creer que no todos son como dices.

Nima estaba completamente fuera de sus casillas mientras caminaba de un lado a otro de la sala con paso lento. María Antonieta se había encogido y estaba detrás de una silla con aspecto angustiado; se percató de que la hechicera tenía esa expresión que pocas veces había visto en ella. Certeza. La bruja sabía algo… él estaba seguro, pero no tenía el valor de preguntárselo en ese instante.

—María Antonieta me puede regresar en cuanto sea necesario.

Nima miró molesta a María Antonieta mientras la escoba cruzaba sus pequeñas ramas que fungían de bracitos, sin estar muy conforme con la idea.

—Puede; pero eso no significa que lo haga muy bien. María Antonieta siempre trabajó en labores del hogar. Nunca ha sido usado con ese propósito. —Después se volvió hacia la escoba y preguntó—: ¿Te crees capaz para traerla de regreso a casa, si es necesario?

María Antonieta no pudo eludir la mirada suplicante de Bianca. De repente lo invadió un sentimiento de admiración, pues ella había hablado con la verdad, aunque sabía que tenía pocas posibilidades de convencer a su madre.

—Lo haré.

La hechicera parpadeó confundida de que su amigo aceptara sin rechistar la petición de su hija, y haciendo un puchero se sentó en el sillón y señaló con el dedo índice a la chica, que con una sonrisa le agradecía silenciosamente a la escoba.

—Jamás te permitiré volver a romper una promesa, ¿te ha quedado claro, señorita?

Bianca aceptó gustosa, se puso de pie y la abrazó. Ceres sonrió guasón y Nima le echó una fúrica mirada al notar que se burlaba porque había perdido la batalla. Pero entonces, su aspecto se ensombreció. Ceres frunció el ceño… suponía que la hechicera omitía algo y sabía otras cosas más, pero ella no dijo nada, ni él tampoco.

Al día siguiente, Bianca se sentó en su cama rosada, igual que toda su habitación. Usaba un vestido corto de color azul oscuro. Empezó a trenzarse el largo cabello negro y se dijo que estaba feliz de haber podido convencer a su madre de dejarla ir con Nora a celebrar su fiesta de despedida y, como nunca había tenido una, la esperaba con ansias. Eran las cinco de la mañana y aún no salía el sol cuando Bianca se dispuso a bajar de la torre.

—Algo no me huele bien.

La observación de Ceres, que siempre se había destacado por su actitud despreocupada, la hizo detenerse al pasar por la cocina para recoger a María Antonieta. Lo miró con desasosiego en tanto que el cuerpo del hombre crepitaba por doquier.

—¿Qué es lo que te preocupa? —quiso saber Bianca, quien jamás se imaginó preguntarle una cosa así a él.

María Antonieta dejó de barrer, dio por terminada su labor de la mañana y le dirigió una mirada de advertencia al fuego mientras le decía:

—Ten cuidado con lo que dices. Aunque estés maldito eres un hechicero y tus palabras podrían causar estragos. Guárdate lo que sea que pienses.

—Tranquilízate, Ceres. Solo será una fiesta de despedida con Nora y María Antonieta. Si el maleficio se activa el día de hoy, volveré lo más pronto que pueda, ¿de acuerdo?

Ceres guardó silencio por unos segundos mientras sopesaba la idea, arrugó el ceño e intentó salir de la chimenea, pero como todas las veces anteriores que Bianca lo había visto intentarlo, falló.

—Hay algo que Nima no te está diciendo, niña.

—¿Y qué es eso? —preguntó María Antonieta de mala forma.

—No lo sé, pero estoy seguro de que ayer se percató de que una situación difícil se podría presentar. Y yo también, aunque no logro vislumbrarlo con claridad.

—¿Qué crees que sea? —cuestionó y se sintió, por primera vez, insegura ante la idea de salir de nuevo.

—No es algo. Es alguien.

—¿Es Nora?

Ceres se concentró y cerró los ojos, pero pasados unos minutos, resopló y negó.

—No puedo. No puedo ver nada con claridad. Lo único que sé es que hay alguien más. —Miró hacia la ventana y observó que comenzaba a salir el sol—. Debes irte, pero ándate con cuidado niña.

Bianca, incapaz de saber si estaba segura del todo o no de bajar de la torre, asintió, asió a María Antonieta y caminó veloz hacia las escaleras de caracol en dirección a la entrada principal, abrió la puerta y bajó rápida y equilibradamente hasta el monte. Ceres se quedó preocupado. Al cabo de un rato apareció en la cocina su ex—prometida, con una bata de color rosa pálido, y ni siquiera se dignó a echarle una mirada.

—¿Qué escondes? —preguntó él, perspicaz. Nima levantó la vista sobre su taza llena con café caliente y se mostró inquieta ante la insistencia de él.

—No te incumbe.

—Dímelo. Me incumbe pues vivo contigo y esta también es mi casa.

—La única razón por la que vives aquí es porque yo te lo permití y no tengo por qué darte razones de absolutamente nada. No eres nadie… no eres nada en esta casa y las decisiones que tomo únicamente me incumben a mí.

Enfurruñada, salió de la cocina y Ceres se sintió extrañado ante su comportamiento. Ella nunca se había portado así de cruel; algo la contrariaba… algo iba a suceder.

Después de haber dado un paseo por el centro de la pequeña ciudad, cosa que no era de sus actividades favoritas, pues la gente solía mirarla con gestos extrañados y malas caras, por lo que prefería no ir muy seguido, Bianca se sentó bajo la sombra de un árbol y sacó unos refrigerios que situó sobre un pañuelo que había puesto en la falda de su vestido.

Admiró por última vez la vista de los troncos de los árboles y de los pájaros, cuyos nidos parecían flotar sobre las ramas. La luz del sol brillaba con intensidad y las flores reflejaban sus colores con calidez. Los días que no tenía clases, como ese, casi siempre iba a la casa de su amiga desde temprano y solían ver programas de televisión o escuchar la radio, hacer retratos de animales o simplemente comer golosinas en el jardín, de esas que parecían que tenían un reloj por dentro cuando las agitabas y si no te las comías con rapidez, explotaban y te llenaban del relleno de caramelo, fresa o chocolate. Pero ese día había preferido quedarse a ver el paisaje que la rodeaba y a llenarse los pulmones con el aire que flotaba y que comenzaba a sentirse helado, pues el otoño estaba a la vuelta de la esquina.

—¿Estás bien? Te noto demasiado pensativa —inquirió la escoba a su lado. Bianca lo observó con una sonrisa nostálgica.

—¿No vas a contarme ninguna historia hoy?

Algo que le encantaba de él era que siempre tenía algo interesante que contarle cuando estaban solos. Era cierto que peleaba con él seguido, pero también era cierto que prefería un millón de veces más su compañía, que la de cualquier otra persona.

—Se me ha acabado el repertorio.

—María Antonieta… ¿habrías preferido que Nima te hubiese convertido en algo diferente?

—Por supuesto, pero estoy tan acostumbrado a ser una escoba que, aunque me hubiese gustado ser un sillón o una marmota, no puedo imaginarme a gusto siendo otra cosa más que una escoba.

—¿Por qué?

—Bueno porque… a veces uno odia ser quien es, pero a la vez se ama demasiado para cambiarse. ¿Querrías ser alguien más si pudieras?

—Claro que sí. Me gustaría ser alguien como cualquier otra persona.

—Eres muy joven entonces para entender lo que digo. Es cierto que tienes un maleficio que es terrible, pero con el tiempo aprenderás a ser feliz con quien eres. Te darás cuenta de que, aunque ansías una vida normal, jamás podrías renunciar a lo que en realidad eres.

—No creo que ese día llegue.

—Yo creo que sí. Las personas menos comunes son quienes tienen las aventuras más extraordinarias. Yo mismo podría calificarme de anormal, pero soy feliz de serlo; y aunque envidio a otros por sus destinos, no me cambiaría por nadie. Me he divertido demasiado… hasta podría afirmar que he sido más feliz como escoba que como humano.

—¿Qué has tenido de bueno siendo una escoba?

—Una familia.

Bianca parpadeó varias veces sorprendida por la respuesta y sonrió con cariño a la escoba que la miraba contento. La tarde pasó realmente rápido como todo lo que uno vive cuando es feliz y

Bianca se dispuso a caminar hacia el río amatista. Cada paso que daba la alejaba más y más de la torre a la que debía de regresar esa misma noche y en la que debía permanecer por el resto de sus días. Cuando llegó al río decidió lavarse; se quitó la ropa, se quedó en ropa interior y se sumergió en el agua, que aunque llevaba corriente no era tan fuerte para ella, además, lograba alcanzar con sus pies el fondo lleno de piedras moradas.

Cuando terminó se tendió en la tierra y dejó que el aire helado recorriera su piel. No tenía miedo de enfermarse… solo quería sentir el aire en su cuerpo y quedarse allí, acostada mirando al cielo, por siempre. Sin embargo, no pasó mucho tiempo antes de que el sol se escondiera detrás de las montañas. Se levantó a regañadientes del suelo al percatarse de que probablemente había pasado más de media hora y se vistió para esperar a Nora.

—No viene —dijo María Antonieta que aún estaba apoyado en el tronco del árbol a su derecha y observaba el camino que llegaba hasta el pueblo.

—No debe tardar mucho —contestó Bianca, aunque también creía que era raro que su amiga no hubiese llegado ya, puesto que Nora siempre se había caracterizado por su puntualidad. Decidió esperar otra media hora a que llegara y mientras observó el cielo estrellado—. ¿Sabes de estrellas, María Antonieta?

—Mínimo. Recuerdo haber leído un libro sobre constelaciones cuando trabajaba en la academia. Esa de allá —dijo y señaló con la punta de su dedo de madera hacia el cielo—; es Casiopea.

—¿Quién?

—La hija de Andrómeda. Y por allá, están las dos Osas y —alejando aún más su dedo de ella, señaló con una sonrisa triste— esa de allá es Draco.

—¿De un dragón? No alcanzo a ver ningún dragón.

—Se ve mejor en junio. Y no lo alcanzas a ver bien, puesto que no tiene alas.

—Pero es un dragón… ¿por qué no tiene alas? No tiene sentido.

—Sí pues, recuerdo haber leído algo sobre esa constelación en específico que me dejó con un mal sabor de boca. Resulta que antes tenía alas, pero un filósofo decidió que sus alas debían ser parte de otra constelación y se las cortó. Draco no volvió a volar nunca más. —Luego, después de pensárselo con mucho cuidado, agregó—: No debes dejar que nadie más decida lo que harás o dejarás de hacer con tus alas, Bianca. Una vez que le das el poder a algo, o a alguien, para que te las quite, nunca las recuperarás.

—No entiendo… ¿a qué te refieres?

—Me refiero a que ese maleficio que tu tía te puso no debe impedirte vivir tu vida. Sé que tu idea es quedarte en la torre y hacernos compañía mutuamente, pero eso no es lo que en verdad quieres.

—Si sugieres que debo actuar como si nada y continuar con mi vida aquí abajo a merced de la muerte, creo que se te han zafado algunas astillas.

—La muerte está también demasiado sobreestimada. —Bianca lo miró sorprendida y pensó que María Antonieta no se mostraba para nada como él. Normalmente tan cauteloso y rígido, apegado a las reglas, a la moral y a toda cosa correcta en la vida… No podía creer que él dijese algo así—. Sé que suena a una locura, mas pienso que vivir en la torre, con tu espíritu… será como una muerte, pero una demasiado lenta. Sé que tienes miedo del dolor y de la muerte, pero para todos es igual. Debes intentar vivir como quieres o te arrepentirás toda la vida; mírame a mí, morí demasiado joven y pude apreciar muy poco.

—¿Dices que no debo regresar a la torre? —susurró Bianca, más para ella que para él. Qué locura. No regresar a la torre sería como firmar su sentencia de muerte, no podía… no debía ni pensar algo así y, aún con esa idea en mente, las palabras de María Antonieta sonaban muy razonables.

—Creo que vale más vivir unos meses de felicidad que vivir años en tristeza.

Bianca sabía que María Antonieta se arriesgaba mucho al darle esos consejos; si su madre se enteraba probablemente se enfadaría en extremo y, aun así… ahí estaba él hablando de tomar al toro por los cuernos, provocándole pavor y, al mismo tiempo, una extraña añoranza.

—Es una locura —contestó después de unos segundos y se rio con los nervios a flor de piel—. ¿No lo crees? —Su mirada se perdió en la oscuridad de aquel bosque y apretó los labios para acallar la risa—. ¿María Antonieta? —preguntó una vez más para llamar su atención, pero no hubo respuesta; se giró y lo observó inmóvil, como cualquier escoba lo estaría.

—Perdona por tardar.

Bianca se puso de pie en seguida, asustada por la aparición de su amiga, que la miraba con los ojos enrojecidos y la respiración agitada, como si hubiese corrido un maratón. Se llevó una mano al pecho para tratar de ocultar los rápidos latidos de su corazón y sonrió animosa.

—Pensé que ya no vendrías.

—Jamás. Eres mi mejor amiga, nunca te daría un plantón. No pude llegar a tiempo porque el asqueroso de mi prometido no me dejaba en paz. —Nora se sentó en la roca que estaba al lado de María Antonieta y comenzó a desabrocharse los puños de su elegante vestido de gala—. Toda la cena se la pasó de encimoso, tratando de hablarme al oído, diciéndome poesía barata. ¡Qué asco!

Bianca también creyó que era algo muy poco agradable, y arrugó el ceño entre perpleja e inquieta de que su amiga tuviese que pasar por esa situación.

—Lamento que hayas pasado una mala experiencia. ¿Cómo te libraste de él?

—Mentí, claramente. Les dije a todos que me sentía indispuesta y salí por la ventana de mi habitación.

Bianca sonrió entretenida. Otro dato fascinante de Nora era que tenía increíbles habilidades para el parkour; subía y bajaba de cualquier lugar con una facilidad envidiable.

—Pero mejor olvidémonos de la cena y de mi prometido de pesadilla, y hagamos nuestra fogata. —Nora se quitó el vestido para quedarse con un pantalón negro y una camisa que parecía que era de su padre—. Traje ropa de repuesto abajo. No pensaba quedarme con este espantoso vestido toda la noche.

Nora la cogió de la mano y se la llevó a recoger ramas mientras le platicaba lo que había hecho esa mañana antes del desagradable evento. Bianca siempre se divertía en su compañía y dejaba que Nora hablase hasta por los codos, sin interrumpirla. Cuando juntaron las ramas y prendieron la fogata, la luna ya había alcanzado su mejor punto y brillaba mucho.

—¿Lo pensaste, pues?

—¿Pensar qué? —preguntó Bianca sin captar a qué se refería.

—Pues qué va a ser… me dijiste que no harías sacrificios de animales y me imagino que tampoco de humanos —comentó con sorna—. Por lo tanto, solo nos queda nadar desnudas en el río.

—Ya nadé antes en el río, te tardaste mucho y comencé sin ti.

—Pero no desnuda, ¿verdad?

—No. ¿Por qué nadaría desnuda?

—Para producir endorfinas, claro está… es algo arriesgado y nada pudoroso. Ya sabes cómo me encantan esas cosas. —Bianca no pudo evitar reírse y denegó divertida, con la cabeza—. Tienes que empezar a tomar riesgos.

Y se dio cuenta de que su amiga tenía razón. Desde hacía años, cuando se había enterado de lo que le sucedería, había vivido con miedo y había dejado de hacer las cosas que solía hacer con tanta libertad… sin duda, si siguiera siendo como antes, saltaría desnuda a ese río sin pensarlo.

—Está bien. Lo haré.

Nora se detuvo sorprendida ante su actitud inusualmente decidida, entornó los ojos y la estudió con curiosidad, mientras Bianca retorcía una mano entre la otra.

—¿Hablas en serio?

—Sí. Muy en serio.

—Pero, ¡tú eres una mojigata! —Se encogió ante su mirada indignada y agregó—: sin ofender.

—No lo soy. Al menos ya no más —le aseguró Bianca mientras se desabrochaba el vestido y lo deslizaba fuera de su cuerpo. Nora la miraba completamente asombrada.

—No tienes que hacerlo, solo porque yo lo dije. Era una broma.

—Yo lo haré. Si tú eres demasiado cobarde para hacer lo mismo, es cosa tuya —y sin más, se retiró la ropa interior y corrió desnuda entre los árboles hasta llegar al río. Sus pies descalzos sintieron el agua helada y una sensación de euforia la embargó. Sonrió feliz ante esas chispas de emoción y sin pensarlo dos veces se tiró de clavado en el río. El frío le recorrió todo el cuerpo y al principio se sintió tan entumida que no pudo nadar a la superficie, pero no se permitió el ponerse nerviosa ni desesperada; simplemente cerró los ojos y se quedó allí a que su cuerpo se acostumbrara a la temperatura. Segundos después, una fuerza a su lado la hizo moverse; abrió los ojos debajo del agua y observó a su amiga que se reía por el frío. Bianca entrelazó las manos con las de Nora, y disfrutó también. Ambas se acercaron y Nora dejó descansar su frente sobre la de su amiga.

No pasó mucho tiempo, pero para Bianca fueron como minutos interminables. Subieron a la superficie. Las dos aspiraron una profunda bocanada de aire y comenzaron a reír con tanta fuerza que se sintió como si sus pulmones fuesen a estallar. Jugaron un rato en el agua y, cuando el cuerpo volvió a entumírseles de nuevo, decidieron salir. Corrieron desnudas por el bosque y encendieron la fogata. Después de vestirse, y con el fuego crepitando frente a ellas, contaron historias de su infancia y comieron frutos silvestres… esa fue la mejor fiesta de despedida.

—Aún tengo hambre —comentó Bianca que estaba acostada al lado de la fogata. Nora a su lado convino y casi en seguida se golpeó la frente con fuerza.

—Debí haber robado algunos canapés de la cena. Salí tan deprisa que no lo recordé.

—Déjalo, iré a buscar más nueces.

Nora asintió, se quedó tumbada y descansó al aire libre con su precioso cabello largo de color rojo que se arremolinaba por debajo de sus brazos extendidos en la tierra. Bianca se levantó obligada por el hambre y comenzó a caminar lentamente entre los árboles. Estaba tan acostumbrada a ese lugar que no sentía temor, aunque la noche apacible descansaba sobre los árboles y los sonidos de los animales podían llegar a sonar perturbadores… ella prefería estar allí que en su torre. No tardó en encontrar un árbol con un montón de nueces alrededor de su tronco en el piso y se inclinó casi a gatas para recogerlas y guardarlas en sus manos. Un sonido agudo, seco y desesperado cruzó el aire hasta llegar a sus oídos. Bianca se detuvo perpleja… eso no era un animal. Se levantó del piso, dejó caer todas las nueces de sus manos y agudizó su oído de nuevo, justamente cuando otro sonido similar llegó a ella. Parpadeó confundida... era un grito.

—Nora —dijo tan suave que ni siquiera ella pudo escuchar su propia voz. Sus piernas reaccionaron antes que cualquier otra parte de su cuerpo y corrió tan veloz que sentía que en cualquier instante sus piernas dejarían de avanzar; pero cada vez que pensaba en eso, pasaba lo contrario y sus largas extremidades se acercaban cada vez más rápido al punto de color naranja frente a ella.

—Ya sé que me miras con desprecio, ¿crees que no me he dado cuenta de lo que piensas sobre mí?

Aquella era una voz masculina que sonaba desgarradora hasta ella… y cuando por fin llegó al lugar, miró a su amiga debajo de un cuerpo de hombre que la tenía sujeta de las muñecas sobre su cabeza, a la vez que intentaba acercar su rostro al de la chica. Nora gemía desesperada y pataleaba al aire mientras movía de lado a lado la cabeza para esquivar el contacto.

—¿Indispuesta? Mis bolas; eres una mentirosa. Siempre me has gustado porque eres como un animalito salvaje. ¿Sabes qué debe de hacer uno con los animalitos salvajes?

—¡Suéltame, pedazo de imbécil!

El miedo embargó a Bianca. El hombre era muy grande y pensar que debía acercarse para ayudar a Nora la dejaba helada, mucho más que cuando había nadado en el río desnuda. ¿Qué podía hacer? Sin provocar ni un ruido se acercó sigilosa a su bolso, en donde siempre llevaba guardada una navaja, rebuscó mientras su amiga gemía desesperada detrás de ella y al encontrarla, la tomó con manos temblorosas y se puso de pie.

—Los animales salvajes se deben domesticar, pequeña zorra. No te vas a volver a escapar y desde ahora en adelante me vas a tratar como lo merezco. —Dicho eso, le apresó ambas muñecas con una mano, le dio una potente bofetada que la dejó embotada y estampó sus labios contra los de ella.

Bianca levantó una mano formando una "L" con el pulgar y el índice y con la otra sopesó la navaja unos segundos; la sujetó con delicadeza, apuntó al trasero del tipo y la arrojó. La navaja salió disparada con una precisión envidiable y se insertó en la nalga derecha del hombre, que de inmediato aulló de dolor, se levantó y se miró de reojo la nalga que sangraba copiosamente. Nora no se levantó, el golpe la había dejado aturdida. El hombre miró de un lado a otro hasta encontrar la figura de Bianca y después de halarse la navaja y producir un rugido de furia, se acercó a ella con paso lento y cojo.

—¿Quién demonios eres tú?

Bianca estaba anonadada. No podía moverse aunque sabía que el peligro se dirigía hacia ella. Él llegó a su encuentro y la estudió a la luz de la fogata con atención; le puso ambas manos en los brazos apretándolos a sus costados y ella gimió. La tiró de espaldas al piso, se puso a horcajadas sobre Bianca y comenzó a zarandearla.

—Si ella no va a complacer mis deseos, lo harás tú, mocita.

El aliento a alcohol le llenó las fosas nasales y sintió un mareo y una repulsión desconocidos. El hombre paseó su rostro por el de ella hasta llegar a su oreja y cuando estuvo allí, con los dientes mordió el delicado lóbulo de la muchacha que gritó por ayuda. Él soltó una risa sarcástica y, así como había hecho con su amiga, colocó sus labios sobre los suyos, apretándola con fuerza. Bianca se quedó con los ojos abiertos; todo pareció desaparecer alrededor de ella y una luz blanca y cegadora emergió de algún lugar cercano. Sintió como si mil cuchillos se clavaran en todo su cuerpo y un intenso grito de dolor salió de su garganta y espantó al hombre que aún seguía sobre ella y que dejó de frotar su cuerpo contra el suyo. Segundos después, él se puso una mano en los ojos y profirió una exclamación de sorpresa, se quitó la mano y notó que no podía ver claramente lo que sucedía a su alrededor.

—¿Qué mierda pasa aquí?

Bianca se percató de lo que había sucedido. El intenso brillo de su piedra había lastimado la vista de aquel hombre. El dolor que sintió, después, cuando él pudo enfocar correctamente de nuevo y volvió a sujetarla de las manos, fue aún peor que el primero y la piedra volvió a brillar y a resquebrajarse.

—¡Bianca!

El prometido de su amiga la liberó con prontitud al escuchar esa voz masculina, se levantó sorprendido con las pupilas dilatadas y miró hacia todos lados. Bianca se abrazó con los dos brazos gimiendo y gritando en posición fetal por el dolor que invadía todavía su cuerpo. Dentro de su campo de visión miró a Nora, que levantada sobre los codos y con sangre en el labio inferior, se veía como una espectadora de un espectáculo de terror.

La voz de María Antonieta llegó aún más cerca. Bianca levantó el rostro sudoroso, como pudo, y reparó en lo asustado que estaba. Parecía decirle y preguntar cosas que no podía escuchar ni entender bien, ya que estaba obnubilada por el dolor. Sintió presión en los oídos y todo su cuerpo tembló sin control.

Nora se levantó con trabajos y se acercó con paso rápido e inseguro, se hincó a su lado y estiró una mano con intención de colocarla en su hombro. De súbito María Antonieta se posicionó entre las dos y gritó con un frío tono de advertencia:

—¡No la toques!

Inmediatamente, Nora, asustada, retiró la mano y miró a la escoba como si fuera la primera vez que la hubiese visto. Parpadeó sorprendida y paseó su mirada del artefacto de limpieza viviente a su amiga y viceversa.

—¡Nora, aléjate! ¿Es que no ves que es una maldita bruja?

Ella se movió hacia el llamado de su prometido, que mirando la escena, se veía como si se le hubiese escapado el alma al cielo; le temblaba la mano mientras señalaba hacia el cuerpo de su amiga que se contraía con movimientos convulsivos. Nora no sabía qué tan cierta era la afirmación del hombre, pero aun así, hizo caso omiso de su comentario y miró a la escoba con decisión.

—No tengo idea de lo que sucede, pero quiero ayudar.

María Antonieta bajó ambos brazos y suavizó su expresión para agradecerle con un asentimiento.

—¡Eres una estúpida! —gritó el hombre que se alejó con una marcada cojera. Nora hizo una mueca de desagrado mientras lo miraba alejarse y fue hacia su amiga. Se acercó sin tocarla y le llamó por su nombre varias veces.

—Es muy importante que no la toques, ¿entiendes eso?

Nora aceptó, todavía estupefacta de ver a María Antonieta que le hablaba con firmeza y se movía de un lado a otro para inspeccionar a su amiga.

—Bianca… ¿puedes escucharme?

La aludida, que aún temblaba en el suelo, pero con menos frecuencia, pudo escuchar la voz de su amiga, juntó sus fuerzas, giró su rostro hacia ella y asintió.

—¿Puedes ponerte de pie? —Bianca negó, ya que de repente sintió unas terribles ganas de vomitar, y la sola idea de ponerse a caminar la asqueaba sobremanera. Nora miró a la escoba como para pedirle consejo y María Antonieta frunció el ceño. Quién habría pensado que, llegado el momento, Bianca no podría dar ni medio paso.

—Habrá que esperar unos minutos a que pueda incorporarse.

Nora dijo que sí con la cabeza y preocupada observó a su amiga pacientemente. Bianca, que en un principio había pensado que el dolor jamás la dejaría en paz, comenzó a darse cuenta de que su cuerpo empezaba, poco a poco y muy lento, a relajarse; su respiración se volvía acompasada y los temblores desaparecían despacio. María Antonieta le quitó unos mechones que le habían caído sobre los ojos y las mejillas, y le limpió el sudor de la frente. Diez minutos después, la voz grave volvió a sonar cerca de ella, que había caído en un estado tal de debilidad que ni siquiera sus dedos la obedecían.

—Bianca, necesito que te pongas de pie. Ahora.

Nora se sentía sorprendida por la actitud dominante que tenía esa escoba y se preguntaba una y otra vez, cómo no había reparado nunca en ella. Es decir, siempre le había extrañado que Bianca estuviese acompañada todo el tiempo del hurón, pero había llegado a ser algo tan normal que no le había levantado ninguna sospecha. Bianca gimió al escuchar la demandante petición.

—Ahora, Bianca. No tenemos mucho tiempo.

—¿Tiempo para qué? —María Antonieta no contestó la pregunta de Nora hasta tiempo después, pues se aseguraba de que Bianca lo escuchara.

—Tu prometido seguro vendrá acompañado de la guardia nocturna. No pueden vernos aquí o se la llevarán. Y a ti y a mí con ella, posiblemente. Bianca, debemos irnos, solo así podremos ayudar a Nora. —Se volvió hacia Nora, la miró con cariño en sus ojos de botones y agregó—: Tienes que irte. Siempre quisiste viajar lejos de aquí. Es tu momento. Si te quedas aquí te tomarán por una cipriana y te ejecutarán.

—¿Una cipriana? —preguntó Nora sin comprender nada.

—Es un grupo relativamente nuevo de hechiceros que han estado causando estragos en los seis reinos de Cronalia. No hay tiempo de explicar. Debes irte.

—Debo ayudarla antes. No puedo dejarla aquí.

—Tampoco puedes hacer nada por ella. Bianca no podrá volver a estar cerca de ninguna persona. Jamás. Yo lo arreglaré y le diré adiós por ti.

Nora no se percató de que sus ojos estaban anegados en lágrimas, hasta que las sintió deslizarse sobre sus mejillas. Miró por última vez a su amiga y estaba por despedirse cuando escuchó ruidos cerca. Eran gritos de personas y luces de linternas que se acercaban cada vez más rápido.

—Vete —ordenó la escoba, terminante. Nora se levantó del suelo y dio tres pasos hacia atrás como en cámara lenta mientras observaba la figura de su mejor amiga acostada en el piso, se movió veloz y corrió todo lo que sus piernas la dejaron. María Antonieta la observó y se apresuró a ordenar sus pensamientos. Los hombres los alcanzarían en menos de diez minutos y Bianca no podía moverse—. Bianca, escucha con atención y asiente si puedes entenderme. —La aludida concordó con un movimiento de cabeza—. Me colocaré debajo de ti, pero tu tarea es aferrarte al mango lo más fuerte que puedas. ¿Entiendes? Si te caes cuando me eleve, probablemente morirás y si no mueres, la guardia te asesinará de todos modos.

—Entiendo.

María Antonieta se sintió aliviado al saber que Bianca atendía a sus indicaciones. Los hombres estaban cada vez más cerca y él sintió que se le venía el tiempo encima. Se arrastró por debajo del cuerpo de ella con la mayor delicadeza posible y después de unos instantes logró colocarse en el ángulo correcto.

—Sujétame con fuerza. —Bianca asintió como pudo, juntó las pocas energías que le quedaban y se agarró con ambas manos al mango de su acompañante—. Por lo que más quieras bonita, no vayas a soltarme.

Y comenzó a elevarse lentamente para acoplarse a la extraña actividad que hacía años no practicaba. Miró de reojo el camino y observó a los hombres que movían sus linternas y los buscaban ansiosos. Cuando al fin dieron con ellos, los señalaron y la luz encandiló a Bianca, que cerró los ojos y se dejó llevar. Tardaron solo cinco minutos en llegar a la torre y María Antonieta entró por una de las ventanas, dando tumbos sobre las escaleras hasta que se dejó caer exhausto.

—¡Nima! —exclamó y dos segundos después la hechicera estaba a su lado. La escoba observó el rostro preocupado de la mujer y sintió un temblor interno. Ella ya lo sabía—. ¿Cuánto tiempo tenemos antes de que lleguen? —preguntó con voz entrecortada.

—No lo suficiente.

Sin agregar más, levantó el cuerpo de su hija con un sutil movimiento de su mano y la llevó hacia su habitación.

Ojos verdes

Cuando Bianca despertó estaba acostada en la cama de su habitación, su madre se encontraba a su lado y la abanicaba con uno de sus bonitos abanicos de colores que solía guardar en una vitrina especial, cerca de la chimenea principal. Los ojos negros de su madre reflejaban tal tranquilidad que Bianca se preguntó si lo vivido hacía horas o minutos, había sucedido realmente o si solo había sido un sueño. Movió su rostro para observar con atención la habitación y la mirada preocupada de María Antonieta, negó sin palabras su primicia.

—¿Cuánto tiempo ha pasado desde que aterrizamos?

—Han pasado veinte minutos. Te he inyectado una solución que yo misma preparé para reanimarte. Tenemos poco tiempo.

—¿Poco tiempo? —preguntó desconcertada, mientras la mujer dejaba de abanicarla y la apremiaba a incorporarse con un movimiento de sus manos, sin tocarla. Bianca hizo una mueca de dolor al levantarse y la habitación comenzó a girar a su alrededor—. Estoy mareada.

—Es normal. No tienes que preocuparte por eso. Está a punto de suceder algo mucho peor.

Nima se dirigió con paso veloz a uno de los armarios, abrió las puertas de concha y sacó un vestido negro y largo hasta los pies, con mangas y guantes unidos y con cuello de tortuga. María Antonieta fue al encuentro de Bianca como si leyera su mente y le ofreció ayuda para ponerse de pie.

—Necesito que uses esto y no te lo quites. Lo hice yo misma, te servirá para aislar cualquier contacto. Lo demás depende de ti.

Bianca se puso el vestido con ayuda de Nima y de María Antonieta. En seguida su madre la asió del brazo y la haló hacia la entrada de la habitación y hacia las escaleras que guiaban a la cocina.

—No entiendo qué está pasando —confesó con un hilillo de voz.

—Es normal que te sientas desorientada —explicó la bruja mientras seguían escaleras abajo—. Ya no puedes quedarte aquí. La torre ya no es más un lugar seguro.

—¿De qué hablas?

—El ejército se unió recientemente con el grupo alfa —dijo Nima.

—¿Quién es el grupo alfa? —preguntó.

—Según lo que sé, son los restos de un grupo católico que, desafortunadamente, aún sobrevive. Ambos están cazando a los ciprianos.

—Los ciprianos son hechiceros que han vendido su alma a las artes oscuras —explicó María Antonieta mientras Nima abría la puerta que daba hacia la habitación de juegos en la parte trasera de la torre—. Como en la actualidad hay pocos hechiceros, el ejército y el grupo alfa los cazan y ejecutan, sin importarles si pertenecen o no a los ciprianos. El prometido de tu amiga observó todo y se lo dijo a la guardia nocturna; es probable que ellos hayan corrido la noticia y el ejército y el grupo alfa estarán por llegar en cuestión de minutos.

Esa era mucha información para retener. Bianca observaba cómo todo lo que había creído que sería su vida, se desmoronaba frente a ella.

—Vendrán conmigo, ¿verdad?

Nima se quedó callada cuando al fin llegaron al pozo. Suspiró unas cuantas veces y se aferró a las manos enguantadas de su hija. La miró de arriba hacia abajo y de nuevo hacia arriba, hasta encontrarse con sus vibrantes ojos azules.

—Debes ir primero. Si vamos contigo nos seguirán. Te alcanzaré en cuanto tenga oportunidad, pero tú tendrás que irte antes. Pasando la frontera es el único lugar en donde podrás estar a salvo. Debes llegar allá y buscar un lugar para esconderte mientras dejan de buscarte. Luego, si por alguna razón no puedo alcanzarte, deberás regresar a la torre cuando consideres que es seguro. Hay cosas que debo decirte.

—No puedo irme sin ustedes. No puedo.

—Sé que es difícil, pero tienes que entender que no hay nada más que podamos hacer. Yo los entretendré.

Bianca deseó abrazar a su madre con fuerza, pero detuvo sus impulsos al recordar que su oportunidad se había esfumado con el maleficio. Los ojos se le llenaron de lágrimas y Bianca reprimió la caída de las mismas. La mirada de Nima reflejaba tranquilidad, pero de pronto, el color de la torre cambió y reveló con un tono azul pálido, lo triste que se sentía.

—Quiero que olvides lo que dije. Acerca de la confianza. No seas como yo… no pierdas la fe en las personas que te rodean. Promételo.

—Lo prometo.

—Recuerda que una promesa que le has hecho a una bruja… nunca se debe romper.

Bianca asintió y apretó con ímpetu las manos de su madre con deseos de transmitirle todo su amor y agradecimiento; y pensó que las cosas nunca salían como uno esperaba. Nunca hubiese imaginado que la que abandonaría primero sería ella y no su madre. María Antonieta se acercó y aunque Bianca quería pedirle que marchara a su lado, sabía que el lugar de la escoba estaba con la bruja. Eran amigos… y lo serían por siempre. Le regaló una sonrisa cariñosa y María Antonieta se acercó y la abrazó.

—Debes mantener tus alas pegadas a ti… y si alguien se atreve a querer cortarlas, atácalo.

Nima la ayudó a subir a la escoba y cuando Bianca estuvo sentada y firmemente sujetada del mango con las manos enguantadas, se escuchó el ruido de las hélices de los aviones que se acercaban por el frente de la torre. La bruja se volvió hacia el lugar donde provenía el ruido y Bianca advirtió que su respiración comenzaba a agitarse; cerró los ojos y movió la cabeza de lado a lado en cuanto María Antonieta se posicionó sobre el espacio abierto hacia el vacío.

—Yo lucharé también —dijo con la voz entrecortada por las lágrimas que caían a borbotones al vacío e intentó bajar de la escoba. La hechicera se volteó y la apretó de la mano con tanta fuerza que Bianca pensó que la halaría hacia ella.

—Tu destino es más grande que esto. Yo ya he aclarado mis cuentas. Ahora es tu turno —contestó la bruja e hizo un gigantezco esfuerzo para no llorar—. Jamás olvides que fuiste mi mejor regalo —susurró Nima con una sonrisa triste antes de soltarla de nuevo y con un movimiento de su mano, ordenó a la escoba que la encaminara hacia el fondo del precipicio.

—Te amo mamá.

Esas fueron las últimas palabras que la bruja escucharía de ella. Y eso estaba bien. No necesitaba absolutamente nada más, pues la mejor recompensa que podía tener en la vida, era saber que su hija estaría a salvo. Nima se permitió el tiempo de asomarse por el pozo y mirar hacia abajo para contemplar la figura distante unos minutos más. Nadie la apresuraría, ni siquiera ese maldito ejército. Un tiempo después María Antonieta regresó a su lado y la contempló preocupado. Nima seguía con la mirada fija en el vacío y el corazón roto.

—¿Qué podemos hacer ahora? —La pregunta de María Antonieta la sacó de su ensimismamiento y con una calma desesperante se volvió hacia la puerta que llevaba al frente de la torre.

—Me sentaré a tomar el té. Tú, por otro lado, debes guardar este mensaje y protegerlo con tu vida —Nima le entregó un frasco de cristal lleno de una sustancia de color azul oscuro y él lo sostuvo como si se tratase de un tesoro.

—¿Dices que debo esconderme mientras tú te enfrentas al ejército sola?

—Exacto. Vamos María Antonieta, eres una escoba. No hay mucho que puedas hacer para ayudar —agregó con mofa.

—No puedes dejarme al margen.

—Ese frasco es más importante que el enfrentamiento en el que estúpidamente deseas participar. ¿Qué piensas hacer? ¿Lanzarles astillas? Debes darle esto a Bianca, y para poder hacerlo, esa sustancia en el frasco debe madurar. Cuando esté listo, cambiará de color. Necesitas cuidarlo mientras tanto. Si muero hoy, es posible que mi magia se esfume y volverás a ser humano, pero no durarás mucho tiempo. Debes tratar de mantenerte con vida lo más que puedas, hasta que el frasco cambie de color. ¿Lo has entendido?

María Antonieta confirmó con un ademán, sorprendido de que las cosas se hubieran salido de control de ese modo. No tenía idea, ni tampoco imaginaba cómo iba a poder controlar su propia vida y extenderla todo lo posible; pero Nima contaba con que él hiciera aquello y él iba hacerlo.

—Ahora, quiero que vayas a la sala de limpieza y te quedes allí. No salgas hasta que puedas distinguir que es seguro.

Nima se fue sin siquiera despedirse. La escoba permaneció de pie y la observó con atención mientras ella caminaba con paso decidido a la puerta. Cuando estiró su mano para sujetar el picaporte se detuvo y volvió el rostro lleno de lágrimas resplandecientes que caían hasta romperse en el suelo. Él nunca la había visto así de triste. Era algo hermoso y también algo tan poco humano que asustaba.

—Eres el único en el que confié ciegamente. Lamento tener que dejarte.

—Mi espíritu siempre estará contigo.

Esas palabras llenaron a Nima de una nostalgia incontrolable y al observar a su amigo, inclinado frente a ella por última vez, inspiró dos bocanadas de aire y avanzó hacia la batalla. Estaba nerviosa por supuesto. El color rojo que había inundado la torre lo reflejaba claramente, pero sabía que era su destino. Caminó con paso decidido mientras por sus oídos entraban y salían las palabras de advertencia que vociferaba por un megáfono uno de los militares, quien, fuera de la torre, esperaba verla con los brazos en alto y sin armas. El hombre siguió recitando palabras sin fin… había cosas que nunca cambiaban.

Estaba decidida a que, pasara lo que pasara, no iba a salir de su torre. Si ellos querían pelear, debían ser lo suficientemente valientes para entrar, porque no les iba a facilitar las cosas. Bajó por unas delgadas escaleras de caracol en dirección a la cocina; quería tomar un último té de hierbas finas, pues no tenía idea de si en el lugar en donde su espíritu viviría, habría de esos. Era su favorito.

Entró por la puerta de la cocina sintiéndose desmoralizada, pero decidida a beber por lo menos un sorbo de té, antes de dejar su mundo para siempre. Sabía que no sobreviviría porque había vertido su poder en ese frasco y deseaba que él lo recibiese; ella ya era muy vieja para sacarle provecho. Sujetó una taza, vertió agua caliente de una tetera en ella y sumergió el sobre de té. Lamentó en silencio que las hierbas tardasen tanto en liberar el sabor; no tenía tanto tiempo como le hubiera gustado.

—¿Por qué no me sorprende verte hacer algo así en una situación como ésta?

Nima levantó la mirada de su taza y sonrió despreocupada. Tomándoselo con calma, se sentó en una de las sillas de madera que descansaba cerca del fuego, mientras el soldado repetía por el aparato, desde afuera, las oportunidades que tenía para entregarse de manera pacífica. Eso de lo pacífico, jamás había sido lo suyo.

—¿Vas a ignorarme?

—Parece ser que no recuerdas lo que dije antes de lanzarte ese hechizo. Pero lo citaré de nuevo para que se te aclaren las lagunas mentales. Dije: "No volvería a dirigirte la palabra, incluso si fueras la única persona en el mundo".

—No soy la única persona en el mundo —contestó con obviedad el fuego—. No sé si últimamente tengas problemas de audición, pero todo apunta a que allá afuera hay cientos más.

—Así es, pero eres la única persona aquí conmigo. Y este, que está a punto de desmoronarse, es mi mundo. Así que si no te importa, prefiero tomar mi última taza de té en silencio.

Nima le regaló una mirada final recelosa y se acercó el borde de la taza a los labios. Solo pudo tomar dos sorbos pues, cuando se acercaba por tercera vez el vidrio a los labios, la torre se sacudió con violencia y todo el líquido se desbordó en el suelo cuando dejó caer la taza, asustada.

—¿Qué demonios? ¿Planean bombardearme?

—Libérame.

La hechicera levantó las cejas tanto que sintió las pequeñas patas de gallo al lado de sus ojos, estirarse sobremanera. Ese maldito. Ella no entendía cómo se le ocurría pedirle eso en una situación así de crítica. Realmente tenía agallas.

—Te ayudaré —agregó al ver que Nima se pensaba lo peor.

—No necesito tu ayuda —espetó y golpeó el suelo con la planta del pie.

—La necesitas. No podrás pelear sola contra ellos, y ambos sabemos que no quieres morir hoy. Libérame.

—No lo haré. No confío en ti. Si te libero del hechizo, nada más te lavarás las manos como solías hacerlo y huirás. No gracias. Prefiero morir que volverte humano de nuevo.

Otra violenta sacudida la hizo gritar y cayó de sentón en el suelo. El dolor la embargó y reparó en que un vidrio roto de la taza se le había clavado en la palma de la mano. La sangre salió a borbotones y le dieron unas náuseas terribles.

—¿Estás bien?

—¿Y a ti qué te importa? Cállate.

—¡Libérame!

Nima cerró la herida con una rápida secuencia de movimientos con los dedos y con trabajo se puso de pie. Quedó frente a un espejo y se miró absorta, con una expresión de terror. Estaba horrible. Siempre había pensado que recibiría a la muerte en sus mejores galas, pero todo indicaba que la muerte la recorrería con una mirada hostil, enfocándose especialmente en sus rizos enmarañados y llenos de cenizas, y en su vestido manchado de sangre y té. Le dio una furibunda mirada a Ceres y puso los brazos en jarras.

—Tengo ceniza en el cabello. ¡Todo por tu culpa!

Ceres no sabía si llorar o reír ante aquel comentario singular y descontextualizado. Aquella mujer, a punto de morir, preocupada por tener cenizas en el cabello. En serio estaba loca.

—¡Libérame! —ordenó de nuevo con voz grave y mucho más alta de lo habitual. Nima negó emberrinchada por la situación.

—¡Nunca! Los bastardos egoístas deben morir como bastardos egoístas.

—¿Puedo morir como bastardo egoísta humano?

Ella estuvo a punto de contestar pero de nuevo otro temblor sacudió la torre y la hizo chocar contra la mesa de la cocina; esta vez se golpeó la espalda tan fuerte que pensó que se le había roto una costilla. Sudorosa, se incorporó como pudo, pero otro ataque la forzó a caer de nuevo; se golpeó la cabeza con el mueble de la despensa y quedó inconsciente. Cuando después de unos minutos despertó, sintió algo suave debajo de ella. Claramente no era el piso, pero no podía confiar en sus sentidos ahora que se sentía tan mal.

—No te muevas.

Nima parpadeó varias veces seguidas para poder enfocar bien y notó que estaba recostada sobre las piernas de alguien. Y lo peor, podía reconocer esa voz.

—¿Puedes, por una vez en tu vida, hacerme caso y dejar de moverte? Trato de cerrarte la herida.

—¿Cómo...?, ¿qué...? —y se calló. Tal vez estaba muriendo y el maleficio de Ceres se había esfumado, dándole una oportunidad para escapar. No obstante, minutos después, cuando la herida de su cabeza se cerró, no sintió la muerte. Al menos no en ese instante. Se incorporó y lo miró de cerca. Estaba igual que como ella lo recordaba. Qué maldito.

—Supongo que por una vez te has quedado sin palabras. Me alegro. Probablemente te preguntes cómo salí de allí —dijo al señalar con el dedo índice la chimenea. Pero Nima no estaba segura de querer conocer la razón, así que se levantó del suelo y le golpeó los brazos para alejarlo de ella con una expresión repulsiva.

—No me interesa.

De nuevo la torre se agitó una vez más y unas botellas de gas cayeron por las ventanas hacia el piso de la cocina. Ceres sujetó a Nima por los brazos para ayudarla a permanecer de pie y en equilibrio.

—¿No quieres saberlo?

—No.

—Pues igual te lo diré. Usé mi cambio. Figúrate, aún lo tenía —pero no se veía sorprendido. Ceres parecía haberlo sabido desde el principio.

—Has caído en la cuenta a buena hora, ¿verdad?

—Ya lo sabía. Lo sabía desde que me transformaste en tu chimenea.

—¿De qué hablas? Déjate de disparates.

Fuertes y ruidosos sonidos casi le perforaron los oídos y advirtió que disparaban proyectiles. Se puso las manos a ambos lados de la cabeza y con las palmas se cubrió los oídos. Ceres se concentró en hacer un campo de protección alrededor de ellos.

—No resistirá mucho. He perdido mucha práctica y usé toda mi energía en el cambio —confesó cuando Nima se quitó las manos de los oídos y miró hacia todos lados, sorprendida de seguir viva. Ceres la tenía sujeta de un brazo mientras apretaba los dientes para poder sostener su magia con el otro.

La hechicera no comprendía nada. No tenía idea de por qué él estaba allí a su lado sin rechistar, la ayudaba y se paraba frente al fuego del cañón, sin pedir nada a cambio.

—¿Por qué no hiciste el cambio antes?, ¿por qué aceptaste quedarte hechizado sabiendo que tenías otra opción?

Ceres no contestó en ese instante, pues estaba demasiado concentrado en mantener el campo de protección alrededor de ambos. Las bolas de cañón seguían llegando tan rápido que todo en su cocina se había desmoronado. Y así tan súbitamente como había empezado, el sonido de los disparos se detuvo. Ceres se desplomó sobre la loza y consiguió apoyar una rodilla antes de darse de bruces. Levantó su rostro, con su envidiable cabello rubio que le caía por la frente y le sonrió.

—¿Para qué? No había otro lugar en el que hubiera preferido estar.

Nima, que reparó en que lo había sujetado del brazo cuando él había perdido fuerzas, se alejó como si se hubiese quemado. Lo miró completamente anonadada y negó con la cabeza como si eso pudiese cambiar los hechos.

—Yo te amaba. Te amaba mucho y fui un estúpido por dejarme influenciar por mis padres. Tuve miedo y lo arruiné… arruiné todo. Pensé que jamás volvería a estar a tu lado, que no volvería a verte; pero me sorprendiste. Me trajiste contigo y me tuviste aquí para calentarte durante cada invierno. Por un lado lo acepté como mi castigo, pero por el otro lo acepté como una bendición.

Las puertas de la torre se vencieron ante la fuerza de los cientos de soldados, que al entrar se detuvieron sorprendidos casi como si hubieran chocado contra una pared invisible, al ver el color rosado que se esparcía por todos los rincones de la torre.

—Si vamos a morir —agregó él en un tono de voz lento y decidido—, más nos vale morir juntos —y le alargó la mano para que ella la tomara entre la suya.

Nima lo hizo. Por supuesto. Se aferró a la mano cálida y ambos se pusieron de pie. Ya no tenía miedo, no había nada más que paz en su interior. Una paz que no había conocido nunca, ni en sus mejores y más felices días. Ese sentimiento la embriagó y se quedó allí mientras miraba de hito en hito a su ex prometido. No se dio cuenta de cuándo se abrió la puerta de la cocina ni de cuándo entraron los soldados y les apuntaron con los rifles con sus corazones en la mirilla. No se percató del dolor, pues nunca se había sentido más aliviada que cuando lo escuchó decir:

—Nunca dejé de amarte.

Bianca miró hacia arriba por última vez antes de seguir adelante. Observó con detenimiento la torre que había sido su hogar por tantos años y se despidió parcialmente de todo eso. Volvería. Se armó con el valor que no había utilizado en años y siguió el camino solitario entre los árboles. Pensó que debía seguir el cauce del río para ver a dónde conducía, pero al llegar se detuvo en seco. Las manos debajo de los guantes comenzaron a sudarle; sus ojos se pasearon por la figura de una persona que estaba hincada en la orilla del río y traía puesto un uniforme. La sangre se le heló en las venas. Un soldado de la guardia nocturna… o tal vez un militar del ejército. Había tenido demasiados encuentros desagradables en una sola noche y algo le decía que eso no acabaría nunca.

La persona estaba absorta con la mirada dirigida hacia el reflejo fulgurante de la luna en el río. Bianca maldijo por lo bajo. No quería tener que enfrentarse de nuevo a nadie, pero era imposible seguir de largo sin pisar alguna rama que lo fuese a alertar de su presencia; debía estar preparada por lo menos. Metió la mano a su bolsa de caracolas, que parecía lo único permanente en su vida, buscó a tientas la navaja y dio un paso.

—Supongo que eres tú a quien busco.

Bianca se detuvo de sopetón y se sintió gratamente sorprendida. La voz que se había dirigido a ella, era una voz femenina. Era una mujer. En efecto, cuando la persona la encaró, pudo ver, de lejos, su silueta curveada y su cabellera larga amarrada en una trenza que le caía al costado. Bianca no pudo definir la expresión de la mujer, pues estaba algo lejos. Analizó sus opciones. Lo mejor que se le ocurrió fue correr; con suerte, siendo mujer no sería más rápida que ella.

—Seguro piensas en escapar. No llegarías ni a aquella roca —dijo la mujer con voz cansina al señalar una piedra a unos diez metros a su derecha—. Ahórrate la mala pasada y deja que te lleve con el sargento.

—¿Cómo supiste que estaba aquí? —preguntó Bianca entre asustada y nerviosa.

—No me dirijas la palabra, no me gusta conversar. Algunos dirían que soy pésima para eso. Pierdes tu tiempo si quieres intentar convencerme de que te deje ir.

La chica soldado dio pasos lentos hacia ella y Bianca sintió que su corazón comenzaba a latir tanto que casi se le salía del pecho. Pensó que iba a ser muy difícil librarse; si intentaba huir la atacaría por detrás y la noquearía en menos de unos segundos, así que la única opción era hacerle frente. Se paró derecha, consciente del equilibrio que debía mantener y abrió la navaja al mismo tiempo que la escondía detrás de su vestido. Se percató entonces, cuando la soldado se acercó un poco más, que apenas era una joven, no tendría más años que ella. No alcanzaba a ver bien su rostro pues le daba la espalda a la luz de la luna.

—No te ves como una bruja —susurró la soldado contrariada cuando la estudió con cuidado.

—No tienes que entregarme, no soy una bruja. Lo juro.

—Te he pedido que no me hables. Te llevaré conmigo y mis superiores decidirán qué hacer contigo.

Bianca esperó nerviosa a que la mujer soldado se abalanzara sobre ella; pero la que estaba frente a ella, en vez de eso, levantó la mano, como pidiéndole sujetarse a esta. Bianca se percató de que no iba a atacarla, que esperaba que fuera con ella como un animalito temeroso. No lo haría. Cerró sus dedos con fuerza alrededor del cuerpo de la navaja y se adelantó con dos pasos rápidos hacia ella.

La mujer soldado reaccionó con premura y se movió de costado para frenar la dirección de su brazo con el antebrazo. Le sujetó la muñeca de la mano con la que sostenía la navaja con su mano libre y apretó con tanta fuerza que la de ojos azules pudo sentir claramente el calor de la soldado a través de la ropa. Cerró los ojos por el dolor que le causaba la presión de los dedos de la chica en su muñeca, y tuvo que liberar su navaja.

—Te pedí que no te resistieras. ¿Por qué siempre lo tienen que hacer más difícil de lo que es? —se preguntó la soldado mientras Bianca se retorcía de dolor y caía de sentón en la tierra junto al arma. La uniformada la liberó cuando ella tocó piso y le regaló una media sonrisa… como si sintiera pena por ella, pero a la vez, parecía pensar que la situación era graciosa. Se hincó a su lado y alzó una mano para llevarla a su cara. Bianca entró en pánico y trasladó las manos enguantadas al rostro para evitar que tocase su piel.

—No me toques. Por favor —suplicó y meció su cuerpo hacia atrás.

—Te harán un juicio justo. No llores, no es necesario —dijo, casi como si hubiera ignorado lo que le había dicho.

Bianca hizo lo más bajo y cobarde que se le ocurrió en ese momento de desesperación, y pateó en dirección a la cabeza de la soldado lo más fuerte que pudo. Sin embargo, la joven se tiró hacia atrás para eludir el impacto con un movimiento fino y ágil. Bianca agarró la navaja en automático, la metió a su bolsa, se levantó y corrió en lo que la uniformada se incorporaba con una exclamación de molestia y la seguía a toda velocidad. Al llegar la sujetó de la cintura para detenerla, pero su velocidad era tal que la soldado no pudo controlar su cuerpo y el de Bianca juntos, y las dos se precipitaron al río. El agua seguía tan helada como la recordaba, pero la corriente, por otro lado, era mucho más veloz que hacía unas horas.

Segundos después de haber caído al agua, las dos salieron a la superficie y se vieron arrastradas incontrolablemente por la corriente. Bianca ni siquiera gritó, pues estaba demasiado preocupada de atraer a otras personas en su dirección. Su garganta pareció congelarse al tragar una cantidad de agua gélida y comenzó a toser con ímpetu. Trató de sujetarse de ramas o rocas, pero el agua la llevaba sin control de un lado a otro del río. De pronto se hundió. El pie le dolía tanto que creyó que se había golpeado con algo, pero luego, consternada, se percató de que no se había golpeado, sino que estaba atorada entre dos rocas y no podía sacar el pie. Los pulmones empezaron a dolerle por la falta de aire y el esfuerzo que hacía para poder sacar el pie de entre las rocas.

De reojo observó algo que nadaba encima de ella y vio, claramente, que se trataba de la joven con uniforme, que sin pensarlo dos veces se había sumergido y nadado a donde estaba su pie ataviado con unas botas negras. La soldado inspeccionó el área y buscó alrededor hasta dar con un tronco no muy grueso, lo sujetó con fuerza y nadó hasta colocarse cerca de una de las rocas. Bianca sintió un dolor agudo en el pecho al notar que se quedaba sin aire. La otra intentó tres veces en vano, colocar el palo debajo de la roca para hacer palanca. Nadó de nuevo por la zona con brazadas veloces y se percató de que una de las rocas estaba apoyada sobre un punto de equilibrio inestable. Se sumergió aún más, sin importarle el dolor en el pecho que también le avisaba que estaba a nada de quedarse sin aire. Con ambas manos cavó y sacó las pequeñas rocas que servían de soporte a la otra más grande y segundos después la venció. La roca se movió solo lo justo para permitirle a Bianca sacar el pie, pero supo en ese punto que ya no podría nadar hacia la superficie. No tenía suficientes fuerzas.

Al sentir el frío aire de la noche golpear su rostro, advirtió que al fin podía respirar de nuevo. Una sensación de tranquilidad la embargó. La soldado había nadado con ella, sujetándola de la cintura con fuerza, para poder llevarla a la superficie y las dos, tosiendo y muy débiles, nadaron hacia una enorme roca que estaba ya cerca de la orilla. Bianca gateó cansada y se dejó caer al llegar a tierra. Estaba agotada y sentía todo el cuerpo dormido, le escocía el pie y supuso, que debajo de la bota, sangraba.

—No vas a hacerlo de nuevo. Me has conseguido una jaqueca con ese susto.

La uniformada, que ni siquiera se dio unos segundos para descansar, se levantó y buscó unas esposas en una de las bolsas de sus pantalones. Se puso a horcajadas sobre ella y le levantó una mano por encima de la cabeza, tapando parcialmente la luz que le cubría el rostro y por la cual, Bianca había cerrado sus ojos.

—¡Bea!

Las voces lejanas comenzaron a alzarse cada vez más cerca, y llamaban, supuso Bianca, a la chica que estaba sobre ella, que parecía no haberse dado cuenta del llamado, hasta que Bianca levantó el rostro hacia la dirección de dónde provenía el sonido. La soldado, al notar que algo había llamado la atención de Bianca, dirigió el rostro hacia las voces y la de ojos azules tanteó el terreno con la mano libre hasta dar con algo duro y largo. Era un palo de madera que, por supuesto, no iba a dudar en utilizar. Bea se movió rápidamente hacia ella con una mano aún en la muñeca encima de su cabeza y se quedó paralizada al mirarla cuando la luz de la luna le dio de lleno en el rostro; se quedó entre sorprendida y perpleja, o al menos eso creyó Bianca, quien no podía ver bien los rasgos de la muchacha pues estaba a contra luz. Bianca no se lo pensó dos veces; levantó la mano con el palo de madera y lo estampó en la cabeza de la soldado que se desplomó sobre ella. Bianca se protegió el rostro con el antebrazo de la mano libre, se giró a un lado y la tiró hacia el suelo.

Al ponerse de pie, lo primero que buscó fue su bolso; lo agarró y salió disparada hacia el bosque. Ya no podría seguir el cauce del río, tendría que ir por otro lado, y rápido.

Bianca avanzó tan velozmente que cuando los demás soldados llegaron al punto del río en donde se habían encontrado las dos chicas, ya no había rastro de ella. Bea se levantó del suelo a duras penas, auxiliada por dos compañeros que cargaban con unas linternas. Cuando estuvo mejor equilibrada se llevó una mano a la cabeza, en donde había recibido el golpe.

—Tienes un buen chichón allí. Me sorprende que no hayas podido esquivar el golpe —comentó uno de sus compañeros con una sonrisa divertida.

—La agredió una bruja —dijo el otro tipo a su lado izquierdo, pero ella no lo escuchó. Se volteó para ver si había algún rastro de la chica de ojos azules, pero ya se había esfumado. Otro uniformado se acercó con una linterna, la sujetó del mentón con las yemas de los dedos y le movió el rostro de un lado a otro para examinarla y ver si se encontraba bien, luego dijo:

—Es verdad. El jefe se dará cuenta de que aunque es una excelente luchadora, jamás podría vencer a una bruja. Te tiene en una estima demasiado alta.

Bea manoteó hacia arriba para soltarse del roce de los dedos del sujeto frente a sí y arrugó el ceño, molesta ante la clara muestra de desprecio y envidia de él.

—Me distraje. Lo siento. —Se disculpó con el rostro sereno, sin agregar más, aunque era evidente que su compañero deseaba escuchar una explicación y como ella no dio señales de aclararle sus dudas, le preguntó directamente:

—¿Te distrajiste?, ¿en una misión? Eso no es muy común en ti, ¿qué fue con exactitud lo que te distrajo?

Bea no contestó. Juntó las piernas, se llevó la mano a la frente en señal de saludo, se volvió para caminar con paso lento hacia el bosque y dejó al otro, ofendido por su falta de cortesía. Pero ella no podía decir nada. Estaba demasiado conflictuada para continuar con normalidad cualquier cosa. Después de caminar unos minutos se detuvo frente a un árbol. La herida le dolía mucho y sentía como si alguien golpeara con un pequeño martillo en su sien. Lentamente elevó la palma de la mano a sus vibrantes ojos verdes y apoyó la cabeza en el tronco del árbol para descansar.

Los tres últimos descendientes

Había pasado más de tres noches fuera de la torre y seguía con vida. Era todo un milagro, tomando en cuenta la suerte que había tenido al salir sola de su antiguo hogar. Bianca aún no se había podido acostumbrar a estar por su cuenta, pues a cada paso que daba recordaba lo pasado con su madre, con Nora, y también extrañaba a María Antonieta. Bianca no se había percatado del sentimiento que la llenaba cada vez que recordaba a su amigo, probablemente porque era verdad que no sabe uno lo que tiene hasta que lo pierde. María Antonieta había formado una parte de ella todos esos años; era como un brazo o una pierna que siempre estaba allí para arreglar sus desastres y para apoyarla en las situaciones malas. Pero ya no estaba y no tenerlo a su lado le causaba mucha pena.

Por otro lado, el estar sola y sobrevivir en un lugar en el que nunca pensó que estaría, la hacía sentirse más confiada y animada. Jamás pensó que llegaría tan lejos. Recordó esas noches, cuando esperando a que todas las luces de las casas del pueblo se apagaran, paseaba por el bosque y no sentía ni una pizca de temor. Seguía siendo así. Seguía siendo valiente. La diferencia era que ahora debía utilizar ese valor para otras muchas cosas. Probarse diariamente en diferentes situaciones la hacía sentirse independiente. Nunca lo había sido. Siempre esperaba que su madre resolviera sus dudas y sus problemas. Ahora ya no podía depender de ella ni de nadie. Solo se tenía a sí misma.

Por las tardes recogía frutos secos que veía en el camino y comía todo el tiempo para mantener su energía. Ya entrada la madrugada dormía unas pocas horas y se despertaba antes de salir el sol. Debía tener en cuenta que ella era solo una, los soldados eran demasiados y no podía detenerse mucho tiempo. Su ventaja, estaba claro, era la distancia, y no estaba dispuesta a perderla.

El pie le dolía aún y con el paso del tiempo, la herida había empeorado pues no le había dado tratamiento inmediato. Ya llegaría el punto en el que podría tomarse el tiempo para curar su pie, pues sabía de una pasta de hierbas que era excelente para curar heridas. La mayoría de las personas preferían las pastillas y esos horribles jarabes que solo debías de tomar una vez, pero que sabían muy mal. Bianca aún creía en la herbolaria y de su madre había aprendido a hacer mezclas realmente interesantes para curar todo tipo de afecciones.

Había aprendido a pescar y, gracias a Nora, quien le había enseñado hacía años a encender una fogata, podía asar una trucha o un bagre pequeñito para mantener sus proteínas y tener fuerzas para seguir andando. No cabía duda de que todo en la vida tenía una utilidad. En su mente le dio las gracias a su amiga por cada fogata que encendió por las noches para mantenerlas calientes. De vez en cuando también se comía unos deliciosos caracoles de tierra; ella siempre había preferido los de agua, pero a falta de pan… y no estaban mal de todos modos. Esa noche, juntó diferentes hierbas y se trató el pie con paciencia y delicadeza.

Durante un día y medio más continuó su camino hasta que llegó a la ciudad principal. Kaal. Se dijo que no le vendría mal una cama y se metió la mano a la bolsa de conchas para contar cuántas monedas tenía por allí. Advirtió que no tenía suficientes. Aun así, decidió hacer su intento.

Cuando caminó por el largo puente de entrada, notó que la mayoría de las personas la miraban extrañados. Se sintió abrumada al principio y pensó que tal vez ya había llegado su retrato con la muy usada frase de: "Se busca". Pero luego recordó que la gente de la ciudad en donde vivía, también hacía eso y con el paso del tiempo fueron acostumbrándose a ella y dejaron de mirarla raro; así que se tranquilizó y siguió su camino. A diferencia de la zona en donde se encontraba su torre, este lugar era mucho más vivo. Había más ruido en las calles, muchos más autos que pasaban veloces por las intersecciones, muchas más tiendas y departamentos lujosos por todos lados. Bianca se sintió contenta de ver algo diferente, después de tantos años con el mismo paisaje.

Se detuvo para comprarse un bollo de chocolate, que parecía haberle dicho "cómeme" desde que lo había mirado en el escaparate de una cafetería/panadería, con fachada rosada. De inmediato recordó a su madre.

Un hombre adulto con cara regordeta y bigote, abrió la puerta del lugar y se detuvo al toparse con ella. Le regaló una mirada como la que le daría a un animal salvaje y se quedó estático; en seguida de unos segundos se dio cuenta de que estaba haciendo el tonto, se inclinó y la dejó pasar antes de cerrar la puerta detrás de ella, que murmuró un quedo "gracias" justo antes de que él cerrase la puerta del negocio.

—Buenas tardes —saludó y movió el rostro de un lado a otro en busca del dependiente.

—Buenas tardes.

Bianca volvió a virar el rostro hacia dónde provenía la voz extrañamente grave, pero no vio nada. Frunció el ceño sorprendida, y caminó con paso lento hacia una mesa para tratar de ver si había alguien cerca.

—Quisiera un bollo de chocolate —dijo al aire y se sintió muy tonta al pensar que tal vez pudiese estar hablando sola.

—Por supuesto. Siéntese, en un minuto estoy con usted.

Se dejó caer en una de las sillas que eran algo bajas al igual que las mesas y siguió estudiando el lugar. Por dentro tenía muchos cuadros de paisajes de estilo impresionista, pero se veían demasiado joviales, no parecían de algún artista serio sino de alguien que pinta por diversión, y aun así eran indudablemente vivos y coloridos. Había también unos grandes maceteros con orquídeas de diferentes colores y variedades.

La puertilla de acceso al mostrador se abrió con un chillido que indicaba que las bisagras ya estaban dañadas. Bianca se sorprendió al ver salir por la puerta a un pequeño niño, que no tendría más de seis años. Vestía unos pantalones de mezclilla gastados, un delantal a cuadros rojos y blancos, y una camisa que lo hacía ver como un señor pequeñito. Se acercó a ella con una charola en la que llevaba un plato de cerámica de color rosado también, con el bollo de chocolate encima, decorado con azúcar glas.

El chiquillo se detuvo de súbito cuando la miró de lleno y arrugó la frente, denotando curiosidad. Bianca supuso que se comportaba de ese modo porque había visto sus ojos, pero el chiquillo, casi de inmediato, volvió a tener el mismo semblante serio y concentrado de antes. Dejó el plato sobre la mesa con una envidiable maestría y le colocó una servilleta sobre el regazo.

—¿Eres nueva por aquí? No te había visto antes.

—Sí, acabo de llegar esta mañana. Me he paseado mucho y me ha dado un hambre terrible —dijo Bianca con una sonrisa amigable. El niño apoyó los codos sobre la mesa y la volvió a estudiar con interés.

—No vas a aplacar tu hambre con un bollo —contestó él con obviedad.

—No tengo mucho dinero y debo guardar un poco para poder costearme un lugar para descansar esta noche.

Los ojos del chiquillo brillaron con curiosidad, pero no preguntó ni dijo más; la miró por un tiempo, mientras Bianca comía a pequeñas mordidas su bollo.

—Está delicioso. No he comido algo tan rico en mucho tiempo —confesó y se sintió en verdad emocionada por el sabor tan extraordinario del bollo.

—Gracias. Soy muy bueno en esto.

—¿Lo hiciste tú?

—Sí claro. Me ha resultado extraño —agregó al inclinarse hacia ella—, que aún no hayas preguntado por qué un niño atiende un lugar así. Todas las personas que son nuevas aquí lo preguntan, y a las que ya me conocen, aún les sorprende verme hacerlo.

—Tú tampoco me has preguntado por el color de mis ojos. Todas las personas que conozco desde el principio me lo preguntan y las que ya lo saben siguen mirándome de forma extraña —contestó Bianca con las cejas alzadas en un gesto de aclaración. El pequeño sonrió con gratitud y se movió un mechón que le caía sobre uno de sus infantiles y brillantes ojos negros.

—A mano, pues.

—Eres un excelente cocinero. ¿Haces todo eso tú solito? —preguntó al señalar todos los postres y panes dulces que había en el mostrador. El pequeño asintió orgulloso y sonrió con felicidad genuina.

—Mi madre me enseñó a cocinar desde los dos. Soy bueno haciendo estas cosas y puedo pagarme la vida.

—¿Vives solo? —le cuestionó Bianca, sin estar segura de si lo que sentía era admiración o preocupación.

—Sí. Mamá murió hace un año y mi padre nos abandonó al nacer yo. La pastelería era de mis abuelos maternos; no era tan conocida ni exitosa hasta hace dos años, que empecé a hacer mis propios panes.

—Es increíble.

—¿En dónde está tu familia? —Ante la pregunta del pequeño, Bianca sintió que se le desaparecía el hambre. Sonrió triste y se encogió de hombros.

—No sé qué fue lo que le pasó a mi verdadera madre ni en dónde está, pero tuve que abandonar a mi madre adoptiva recientemente. Y a mis dos mejores amigos.

El pequeño convino como si comprendiera su situación, se sentó frente a ella en una de las sillas y observó a las personas que caminaban fuera de su negocio, y que iban de prisa, de un lado a otro.

—Yo no tengo amigos y probablemente nunca los tendré. Siempre estoy demasiado ocupado con el trabajo como para hacerme tiempo y salir a jugar.

—Seguro los tendrás algún día. Siempre hay tiempo para todo —aseguró sonriente y siguió con el bollito. El chiquillo se levantó de la silla con un breve sentimiento de intranquilidad por haber compartido todo eso con una extraña; por alguna razón, había sentido la necesidad de sentarse a charlar. Eso nunca le sucedía.

Regresó al mostrador y continuó con su trabajo. Bianca se estremeció ante el cálido rayo de sol que atravesaba las ventanas de vidrio y caía en su rostro y cuello cubierto. Una caricia caliente y suave. Casi como el tacto de su madre. De repente, el sonido de un plato deslizándose en la mesa, la sacó de su ensoñación y la obligó a mirar hacia abajo. Era un emparedado de queso y carnes frías.

—Va por la casa —comunicó el niño con una sonrisa.

—Gracias…

La puerta del negocio se abrió y entró por ella una persona alta con una capucha de color marrón en la cabeza. Era un muchacho. Bianca lo distinguió por la forma de su cuerpo. De hombros anchos, piernas largas y fuertes, y manos gruesas con dedos largos bien torneados. Tenía en el dorso de la mano unos símbolos que se extendían hasta la punta de los dedos. Tatuajes con caracteres en algún idioma diferente, supuso.

—¿Ryu?

El recién llegado se volvió ante el llamado del chiquillo. Su piel era blanca, casi brillante como una perla; sus ojos, ligeramente rasgados, denotaban su origen oriental, una esencia del pasado que ella pocas veces había visto. Sus cejas pobladas de color negro, contrastaban de manera drástica con su cabellera plateada, que no parecía ser natural para nada, pero que, no obstante, a Bianca le daba la impresión de que sí lo era. Los pómulos altos y bien formados, de nariz aguileña y labios gruesos que se curvaron en una sonrisa dirigida hacia el niño.

—Hola, Theo. —El saludo del que acababa de entrar, quien no tendría más de veinticinco años, iba dirigido al pequeño, pero su mirada estaba clavada en la chica que comía su emparedado.

—¿Quieres tres pasteles de carne?

Ryu dejó de observar a la chica y su mirada se volvió tierna cuando la posó en el pequeño. Se metió la mano con tatuajes a los bolsillos frontales del pantalón gastado de color negro y se adelantó unos pasos al mostrador.

—Sí. Puedes prepararme también…

—¿Arroz frito? —interrumpió Theo con una sonrisa y el joven profirió una ligera carcajada, burbujeante y jovial.

—Veo que esto es mucho más que solo una cafetería. Tus conocimientos culinarios se extienden más allá de la repostería, ¿verdad? —cuestionó Bianca, asombrada por todo lo que el chiquillo sabía hacer. Theo sonrió orgulloso y asintió mientras caminaba con paso veloz a la parte trasera del mostrador y después desapareció por la puerta de la cocina.

Fue en ese punto, cuando se quedó a solas con el mayor, que se sintió realmente incómoda. Jamás había intercambiado más de dos o tres palabras con sus compañeros de clase. En el aula, la única que platicaba con ella, era Nora; y ella solía solo escucharla parlotear sin parar. Supo que sus herramientas interpersonales eran escasas. Así que hizo lo que su instinto le ordenó y se giró en la silla para darle la espalda a él. Pero en menos de cinco segundos ya estaba a su lado.

—¿Te importa si me siento?

A Bianca se le trabó la lengua y no pudo contestar, cosa que a él le resultó divertido; ella pudo notarlo por el chispazo de burla inocente que se asomó en sus ojos y por el modo en el que intentaba guardar la sonrisa que peleaba por salir. Se sentó sin invitación; obviamente, era de esperarse que no iba a quedarse de pie tratando de ver si se organizaba para responderle.

—Tus ojos reflejan más de lo que podrían decir tus palabras.

Su voz era tersa. Bianca pensó que podría quedarse dormida de tan solo escucharlo hablar durante unos minutos. Pensó que posiblemente hacía el tonto, pues seguía sin decir nada y se aclaró la garganta.

—Eres la primera persona que me dice algo así.

—Siento como si fuese la primera persona que te observa con atención.

—¿Qué te hace pensar eso?

Él se encogió de hombros y sonrió. La sonrisa le rejuveneció el rostro y le hizo unas pequeñas arruguitas en donde en un futuro, seguramente, estarían sus patas de gallo.

—No te ves como el tipo de persona que se queda el tiempo suficiente para que la analicen.

—No me gusta que me analicen.

—Juzguen —puntualizó él al hacer hincapié con la mano mientras juntaba el dedo índice y el pulgar.

—¿Disculpa?

—Digo que a lo que te refieres, es que no te gusta que te juzguen. La gente usualmente tiende a juzgar a otros a primera vista y más si hay algún aspecto que llame la atención. Para analizar se requiere estar interesado en ver más allá de lo que ves o piensas que es la persona. No creo que nadie te haya analizado nunca.

Bianca tragó grueso e irguió la espalda. Se dijo que tal vez ese sujeto que acababa de conocer tenía razón; tal vez la gente ni siquiera se tomaba el tiempo para mirarla con atención más allá de lo que se veía por fuera y solo la juzgaba. Y ni siquiera Nora, que había sido su amiga tantos años, se había tomado el tiempo para conocerla a fondo, tal vez porque ella no lo había permitido o porque el espíritu de Nora era demasiado intenso para mantenerse tranquilo y analizar a quien fuera.

—No pongas esa cara. Juzgar a alguien no es algo malo. Todos lo hacemos. Lo malo es cuando actuamos movidos por lo que hemos juzgado, sin en realidad conocer a la persona. —El chico ubicó el codo en la mesa y apoyó su mentón en la palma de la mano para mirarla, analítico. Bianca sintió la invasión de su espacio personal y se movió hacia atrás en la silla. Ryu entornó los ojos como si estudiara su reacción y, despreocupado, regresó su espalda al respaldo de la silla para cruzar los brazos sobre su pecho. Bianca se sintió sorprendida ante el modo en el que él estudiaba todos sus movimientos—. Supongo que no eres de aquí.

—Supones bien.

—¿Puedes decirme tu nombre?

—Soy Bianca. Bianca de Arles.

—Pues es todo un placer. —Ryu ni siquiera hizo amago de levantar la mano para pedirle que la estrechara, como normalmente se acostumbraba hacer al presentarse.

Bianca sonrió al sentirse orgullosa de haber podido cruzar algunas palabras con él sin salir corriendo. Había advertido el miedo que la había llenado desde que había entrado a la ciudad. El encuentro con el ex prometido de su amiga le había causado demasiado dolor; solo de recordarlo se le helaba la sangre en las venas. Tenía miedo de que en cualquier punto alguien se acercase demasiado por accidente o de manera premeditada y volviera a lastimarla; pero por alguna razón, el chico frente a ella la hacía sentir tranquila y confiada. Él parecía conocer su intranquilidad y le daba espacio para interactuar, sin provocarle preocupación por otras cosas.

—¿Tú eres de aquí? —La pregunta de Bianca lo animó, sus ojos reflejaron la grata sorpresa que sintió al ver el intento de la chica para hacer conversación con él.

—No. Tampoco soy de aquí; apenas llegué hace unas semanas. Pero desde que llegué y encontré este lugar, no lo he dejado. Ese niño es un prodigio para la cocina. Ni siquiera mi abuela cocinaba el arroz frito como él lo hace.

Bianca miró hacia el mostrador sin dejar de pensar en que aquel pequeño estaba solo. Igual de solo que ella… pero a diferencia de ella no se mostraba preocupado por el hecho de haberse quedado sin nadie; tan independiente y con su negocio, él tenía algo que hacer para sobrevivir. Tal vez necesitaba buscar algo que hacer también.

—El negocio lo mantiene ocupado. Es un niño muy centrado para tener tan pocos años —comentó Ryu, casi como si pudiese leer sus pensamientos. Bianca se abrazó cuando una corriente de aire entró por la ventana abierta a su derecha.

—Me gustaría poder trabajar, también.

—¿Vienes huyendo de algo o de alguien? —La pregunta le dejó la boca seca y abrió mucho los ojos cuando él la miró con los suyos entrecerrados y semblante serio.

—¿Por qué… por qué crees eso? —Al preguntar, su voz salió entrecortada y él lo sintió. Pronto cambió su expresión seria y sonrió animado.

—Bueno, es que conozco un lugar en el que puedes trabajar si es el caso. Si es que en verdad —comentó con una mirada penetrante y una sonrisa en los labios pero con los ojos serios—, en verdad huyes.

Bianca apretó las manos en su regazo, sin saber con exactitud, lo que debía o no decir. Lo único que sabía era que necesitaba dinero, no podría llegar a la frontera sin nada. Trató de pensar fríamente las cosas; empero, antes de que pudiese decir algo, Theo salió de la cocina y del mostrador con una bolsa en las manos. Ryu se levantó sin decir nada y fue a su encuentro.

—Gracias por tener mi encargo tan pronto —dijo y le puso la mano sobre la cabeza, desarreglándole el pelo en una acción que el pequeño pareció apreciar.

—Agregué verduras capeadas en el arroz. Avísame qué tal están.

Ryu le sonrió, se metió la mano en la bolsa trasera del pantalón y sacó unas monedas que Theo recibió contento y metió en una caja del mostrador.

—Te veo pronto, enano —se despidió con cariño y después se dirigió a la puerta de entrada. Antes de salir la miró por unos segundos—. Si te interesa, pregúntale —dijo mientras señalaba al niño—. Él sabe en dónde encontrarme.

Y ya sin más salió de la cafetería. Theo se quedó mirando un rato la puerta con rostro desconcertado, negó con la cabeza y se acercó a Bianca que aún tenía, en el plato, medio emparedado sin terminar.

—¿A qué se refería con eso? —preguntó e indicó con el pulgar hacia la puerta detrás de él.

—¿Por qué vendes solamente panes y pasteles?

—No entiendo a qué te refieres.

—Quiero decir que también eres bueno haciendo otro tipo de comida. Como la que le preparaste a él. ¿No te vendría bien servir otras cosas?

El pequeño sonrió y se dio el tiempo para contestar, mientras jugaba con el salero de la mesa y lo giraba entre su dedo índice y la loza, empujándolo con su dedo pulgar.

—Necesito una cocina más grande si quiero hacerlo. Y mínimo tres o cuatro personas más. No podría manejar un restaurante yo solo. Y no hay mucha gente que quiera trabajar bajo el mando de alguien mucho más joven.

—Entiendo.

—Pero lo haré —aseguró segundos después con una tierna seguridad en sus ojos negros—. Algún día este será el restaurante más famoso de toda la ciudad.

—Seguro que sí —afirmó Bianca con la certeza de que así sería.

—Y bien, ¿qué fue lo que te dijo Ryu?

Bianca suspiró, se llevó la mano enguantada al cabello negro y lo peinó por unos segundos, mientras Theo esperaba paciente a que respondiera.

—Me ha ofrecido ayuda.

—Seguro que debes aceptar —respondió sin pensárselo dos veces. A Bianca le sorprendió la confianza que resultó tenerle al sujeto y asintió con la cabeza.

—¿Es una buena persona?

El chiquillo se rio y se puso una manita en el abdomen. La observó con una burla inocente y negó con la cabeza. Bianca levantó las cejas en gesto de sorpresa.

—¿De qué hablas? Ni siquiera yo, que soy un niño, ignoro que no existen las personas totalmente buenas o malas. Todos tenemos de todo. Mamá me enseñó que somos una mezcla y que dependiendo de las circunstancias, una persona puede actuar bien o mal. Incluso yo a veces actúo mal.

Ese niño no dejaba de sorprenderla. Más tarde Theo le explicó por dónde debía ir para poder encontrarse con Ryu; Bianca lo escuchó con atención y asintió en cada indicación que el pequeño le dio.

—Iría contigo pero debo hacer unas trufas para la señora del tercer departamento del edificio de enfrente. Luego, si tardo mucho, viene a sentarse aquí con sus gatos que me dejan las sillas llenas de pelo —confió en silencio él con mala cara.

—Está bien. Iré sola, puedo arreglármelas. Gracias por todo. Fue muy agradable conocerte.

—Igual. Puedes volver cuando quieras.

Bianca agradeció y se dirigió hacia la puerta, mientras el pequeño la despedía con un ademán de mano y después desapareció por detrás del mostrador.

Bianca fue recordando las indicaciones del pequeño que había sido muy claro, pues con sus descripciones había creado casi un mapa mental para ella. Después de caminar a través del parque, dobló a la derecha en la esquina en donde, efectivamente, tal como le había dicho él, había una librería. Bianca quiso detenerse a ver los libros pero se apremió a seguir pues no quería olvidar nada. Aún no sabía si iba o no, a aceptar el trabajo que le propondría el chico, pero no pasaba nada con darle el visto. Siguió su camino y llegó a una pequeña glorieta que tenía una linda fuente en medio, con peces esculpidos en madera y arcilla, y que sacaban chorros de agua por las bocas abiertas.

Cruzó la glorieta con cuidado y llegó a una calle muy transitada. A lo lejos observó un edificio del que entraban y salían muchas personas y recordó que el pequeño le había dicho que ese era el lugar. Un rascacielos muy concurrido. Caminó con paso más rápido para poder llegar lo antes posible; cuando estuvo frente al inmenso rascacielos, subió las escaleras de entrada y siguió a las personas por la puerta principal. El piso del edificio era de mármol que brillaba con la luz de las lámparas y cambiaba de un color a otro.

Se paró enfrente de los elevadores, pero se dio cuenta de que la atiborrada multitud con la que había entrado, también esperaba el elevador. Así que se movió a un lado; cuando las puertas del ascensor se abrieron, todos entraron y se apretujaron unos a otros y Bianca sintió que sudaba la gota gorda. Iba a ser imposible entrar allí. Dejó salir un jadeo y decidió que lo mejor era esperar el siguiente elevador. Pero cuando se abrió la puerta del elevador a su izquierda, sucedió lo mismo, y una gran cantidad de gente corrió hacia allí. Bianca apenas tuvo tiempo de moverse para no chocar contra alguien. Juró por lo bajo y en su mente urdió un plan. Se metería al elevador antes que los demás y cerraría las puertas. Bien, al menos eso era lo mejor en lo que podía pensar. Eso, o subir las escaleras hasta el penúltimo piso, de…

—¿Ciento veinte? —se preguntó desconcertada y apurada al mismo tiempo—. Demonios. Si subo por las escaleras llegaré hasta mañana —se lamentó en voz baja. El pitido del elevador le avisó que ya solo faltaba un piso para abrirse las puertas. La multitud se arremolinaba a unos metros de ella. Respiró profundamente y pegó la carrera de su vida cuando las puertas se abrieron; con premura apretó el botón que señalaba cerrar puertas. La multitud de afuera, a pocos pasos replicó, pidiendo desde lejos que mantuviese las puertas abiertas, pero Bianca hizo caso omiso y, cuando se cerraron y el elevador comenzó a subir, liberó un suspiro de alivio y se apoyó en una de las paredes metálicas. Sus manos temblaban y sentía sus piernas sin fuerzas. No fue hasta después de unos segundos que empezó a tranquilizarse, pero cuando el elevador se detuvo repentinamente en el piso número cinco, Bianca negó con la cabeza y esperó que no fuese otra multitud.

Las puertas se abrieron y a Bianca se le detuvo la respiración. Por las puertas apareció un chico que, confundido al ver el elevador tan vacío, entró y se situó en la pared del otro lado de ella. Tenía un precioso cabello color miel ligeramente ondulado, que caía en mechones gruesos sobre sus párpados. Llevaba una bandana de color rojo en la frente y dos muñequeras a juego. Sus cejas pobladas del mismo color que su cabello, abrazaban sus ojos de manera artística. Tenía unas larguísimas pestañas que brillaban con la luz y hacían sombra en la parte alta de sus mejillas. Sus labios estaban tan bien delineados que se veían como si alguien los hubiera dibujado con un lápiz de punta fina.

Él no le dirigió ni una mirada rápida. Simplemente cruzó las piernas y sacó del bolso de su pantalón una moneda con la que empezó a juguetear y a pasar entre sus dedos. Bianca observó admirada la maestría con la que hacía eso. La moneda bailaba por el dorso y el interior de sus dedos como si un hilo la llevara de un lado al otro. El de cabello miel sintió la mirada de ella y se la devolvió. Bianca lo evadió, sin saber exactamente por qué se sentía tan cohibida y alterada. Metió su mano a la bolsa de caracolas y tanteó en busca de la navaja; al encontrarla la sacó con cuidado, pero por los guantes no pudo aferrarla, se le resbaló hasta el piso y llegó a los pies de él, que con una ceja alzada en señal de desconcierto, se agachó y cogió la navaja entre su mano libre para observarla con atención.

—¿Al menos tiene idea de cómo utilizar esto? —cuestionó con tono seco mientras se ponía de pie y sacudía la navaja—. Cualquier arma se puede volver en su contra si no sabe utilizarla correctamente.

—Sé utilizarla correctamente —espetó con desdén por el tono condescendiente con el que le había hablado. Él levantó las cejas al notar que ella había tachado su comentario de impertinente.

—No lo parecía cuando se le resbaló de las manos con tanta facilidad —agregó sin importarle mucho la mirada acusadora de ella. Con un gesto de cansancio le alargó la navaja—. Guárdela. No voy a asaltarla, no creo que traiga algo de valor.

Bianca abrió los ojos de par en par y recibió la navaja, extrañada ante la actitud del tipo frente a ella. Pero si ni siquiera le había dicho nada para ofenderlo. Le recibió la navaja de mala gana, pero no hizo caso a su petición. La mantuvo cerrada entre su mano derecha y ahí la dejó. El elevador volvió a detenerse en el piso quince. Entraron tres personas más. El de cabellos miel se movió a un lado de ella para permitirles a los demás tomar el lugar más cercano al panel de botones. Bianca se pegó a la pared a su derecha y se tensó al sentir la presencia de los recién llegados. Su punto débil era su rostro… tenía que protegerlo a toda costa.

Poco después, a Bianca se le erizó el vello de la piel cuando volvió a escuchar el sonido que avisaba que las puertas se abrían; era el piso número veinte. Se subieron cuatro personas más. Sintió que sudaba de los nervios, pero trató de mantenerse tranquila. El castaño a su lado cada vez estaba más y más cerca, pues ya todos comenzaban a sentir la carencia de espacio.

El elevador volvió a parar diez pisos después. El corazón de Bianca casi se detuvo cuando una de las cinco personas que subieron apretujándose, un hombre grande y ancho, con una playera sin mangas, y una botella de cerveza, se abrió paso hasta donde ella estaba y se ubicó adelante. Su espalda le bloqueaba la visión y su olor agrio y desagradable le llenó las fosas nasales, recordándole el olor del hombre que la había agredido días antes. Se puso mal y comenzó a sentirse mareada. En unos segundos sintió la boca seca al advertir que el hombre movía el brazo desnudo hacia ella para sacarse algo de la bolsa trasera del pantalón. Se protegió el rostro con los antebrazos, pero el brazo desnudo del hombre nunca llegó a tocarla. Bajó los antebrazos lentamente y se encontró, cara a cara, con el cuello de alguien. Parpadeó alterada por la proximidad de la piel de la persona con su rostro y miró hacia arriba. Su corazón comenzó a latir acelerado cuando reparó en que el muchacho que había estado a su lado por los anteriores minutos, había bloqueado el brazo del hombre con su cuerpo, se paró frente a ella y la dejó contra la pared. Uno de sus antebrazos estaba apoyado encima de su cabeza y la otra mano la había puesto en la pared contraria, al lado del hombro de la chica.

—¿Estás bien? —preguntó en un susurro con tono informal e inclinó su rostro sobre el suyo.

Bianca no supo qué decir ni qué hacer. Un sentimiento de ambivalencia la atacó. Quería que él se moviera de allí, no lo quería tener tan cerca y su pulso agitado la obligaba a querer empujarlo. Pero, por otro lado, deseaba su cercanía. Nunca había tenido un encuentro cercano con ninguna persona del sexo opuesto, además del tipo con la barriga de barril que la había forzado en el bosque. El sentimiento que experimentó en el elevador fue muy diferente. Fue agradable y al mismo tiempo perturbador, sentía un cosquilleo en las yemas de sus dedos, debajo de los guantes que le cubrían las manos; como si quisiera pasarlas por la línea lateral del cuello ligeramente bronceado de él. Pasó saliva, cerró los ojos y trató de controlar la sensación de ansiedad; pero no sirvió de nada. De pronto el elevador dio una extraña sacudida y el hombretón detrás del de la bandana roja, lo empujó hacia ella.

Bianca sintió cuando sus cuerpos chocaron y escuchó de cerca el sonido de molestia de él que, para no estampar su rostro con el de ella, se había puesto completamente derecho haciendo que su pecho, cubierto con una playera blanca, casi tocase la frente de la muchacha. Bianca dio un suspiro de alivio al percatarse de que ninguna parte de su piel había tocado la piel expuesta del cuello ni del rostro de él.

—¿No hay más que tres elevadores en el edificio? —atinó a preguntar y él rio de buena gana. Bianca pudo sentir el eco de su risa en su frente.

—Sí los hay, pero por desgracia están fuera de servicio. Como puedes observar sube tanta gente como la que baja, todo el tiempo. Es de esperarse que los elevadores necesiten mantenimiento constante. Y además, es la hora pico. En las tardes y muy temprano en las mañanas no suele haber tanta gente.

—Lo tomaré en cuenta —y después de unos segundos confesó con voz trémula—: No soy muy asidua a tener contacto físico con las personas.

—Lo noté desde que sacaste tu navaja —respondió él de buen humor. Bianca, aunque no veía su rostro, pudo sentir su sonrisa. Quiso verla, pero por el ángulo en el que estaban, si se movía, chocaría con su mentón.

—Lo siento. Tuve una mala experiencia y no tengo ganas de repetirla.

—Comprendo. —Bianca le agradeció mentalmente, cuando él no mostró indicios de querer saber más.

—Gracias por tu ayuda —agregó también en voz baja.

—Pensé que te ibas a desmayar de pánico. Te pusiste pálida como un muerto.

—Sí —aceptó sonrojada y avergonzada de que él hubiese notado todo eso—. ¿Vives aquí?

—Me mudé hace poco tiempo. Me gusta este lugar, es tranquilo.

—No podría definirlo con ese adjetivo —comentó con sorna. Él sonrió ante su muestra de buen humor y advirtió que probablemente estaba mucho más tranquila que hacía unos minutos—. Creo que tienes un concepto muy diferente al mío de lo que es tranquilidad.

—No aquí, por supuesto. Me refiero a la ciudad. Todo apunta a que escogí la ciudad adecuada pero el departamento inadecuado. No puede uno tenerlo todo.

Bianca rio y se sintió extrañamente cómoda. Aquella persona parecía tener la capacidad de calmarla como si su voz fuese una canción de cuna. Le resultó extraño haber conocido en el mismo día a dos personas con una voz tan similar.

—Y tú, ¿vives aquí también? —quiso saber él con una nota de interés en su voz.

—No. Por ahora no vivo en ningún lado. Solo vine a buscar trabajo.

—¿Trabajo?

El elevador se detuvo de nuevo y los tomó desprevenidos, pero él se apoyó con fuerza contra la pared metálica y Bianca pegó de nuevo la espalda en la superficie fría, lo más que pudo. Todas las personas bajaron en ese piso. Él se separó con lentitud y la miró por primera vez de lleno mientras las puertas se cerraban. Se sorprendió. Bianca lo notó porque frunció el ceño y sus ojos brillaron con un dejo de inquietud.

—Son hermosos, pero creo que tú los aborreces. Eso me deja sin saber qué decir. ¿Debería decir lo que creo o te sentirás ofendida?

A Bianca nunca le habían dicho algo así, pues todos pensaban que eso la hacía completamente extraña y diferente, de mala manera. Nadie había catalogado sus ojos así. Nunca. Ni siquiera ella; y ahora él había adivinado cómo se sentía con respecto a ellos.

—Yo…

La puerta del elevador se abrió de nuevo y él notó que ese era su piso al ver el botón marcado en una luz roja. Se volvió hacia ella, se inclinó un poco más y sonrió con solo un lado de sus labios, luego quitó los brazos de la pared metálica y se alejó de ella, trasladó una mano a su nuca y comenzó a caminar hacia atrás, apoyó las manos en las puertas que comenzaban a cerrarse y las empujó de nuevo hacia los lados con facilidad.

—Espero que encuentres lo que buscas —y se despidió con un saludo de su mano.

—Muchas… —pero las puertas se cerraron más rápido de lo que hubiera querido— gracias.

El elevador se sintió demasiado vacío para su gusto. Viró hacia la pared metálica que fungía también de espejo y se observó con cuidado. Debajo de sus espesas y rizadas pestañas negras, sus ojos se veían como algo fuera de la realidad. Tenían incluso pequeñas betas de color turquesa en la parte de adentro y una línea de un azul mucho más oscuro que delineaba el iris.

—No son hermosos —opinó y negó con la cabeza—, pero tampoco están tan mal —y sonrió hacia su imagen al recordar las palabras del castaño. Maldijo mentalmente por no haber preguntado su nombre ni haberse presentado tampoco.

Cuando las puertas del elevador se abrieron en el último piso, Bianca salió y se percató de que solo había una puerta al fondo. Con paso dubitativo se acercó, sujetó el picaporte, lo giró, abrió y cerró los ojos de golpe.

Era el sol. Se llevó una mano a la frente para taparse de la luz y caminó desconcertada, por lo que era la azotea del edificio. Se había equivocado; por supuesto que el último piso debía ser la azotea. Tendría que haberse bajado un piso antes. Bianca observó todo, pero no regresó de inmediato al elevador, sino que inspeccionó la azotea. Era muy bonita. Como en un invernadero, había diferentes tipos de plantas y de flores en macetas y en cuadros de pasto que no tenían pinta de ser sintéticos. Había incluso una pequeña fuente y unas cuantas sillas que no tenían ningún orden en específico. Bianca pensó que tal vez, desde un lugar con esa altura, podría alcanzar a ver la torre y caminó hacia el otro lado de la azotea. En efecto, la torre se veía como un punto negro lejano en el horizonte. Aún de pie, aún resistente como su dueña. No supo exactamente cuánto tiempo pasó apoyada en la barandilla con la mirada perdida en el horizonte; ni siquiera lo pensó como una pérdida de tiempo. Estaba muy a gusto como para regresar al elevador.

Después de poco más de media hora, se espabiló y le dio el adiós a la torre. Volvió a entrar por la puerta del edificio, se paró frente al elevador y alzó una mano hacia el botón para llamar, pero se detuvo. Mejor bajaría por las escaleras. Era más seguro; y bajar nunca sería tan difícil como subir.

Notó tremendamente la diferencia de aspecto entre el piso de arriba y el que le seguía hacia abajo. Había más de una puerta y todo el lugar estaba decorado con un tapiz de color perla a diferencia del piso de arriba, que no tenía ningún tapiz. Caminó en la dirección opuesta de la que había tomado en el piso de arriba y estudió con cuidado los números en las puertas. Tocó en la puerta del número indicado por Theo y esperó paciente a que se abriera.

Segundos después, salió por ella un tipo de pelo rubio como el sol, que en cuanto la miró, le dedicó una bella sonrisa. Llevaba unos pantalones negros de piel que le quedaban algo ajustados. Una camisa desgastada de color rojo le caía más abajo de la línea de la cadera y tenía un arete en el lóbulo de la oreja izquierda.

—¿En qué puedo ayudarte, preciosa?

Bianca levantó las cejas sorprendida por el apelativo y dio dos pasos hacia atrás para dejar una considerable distancia entre el sujeto de la puerta y ella. Él la miró de arriba hacia abajo y le dirigió una expresión desconcertada.

—Creo que llegas demasiado tarde a dar tus condolencias.

—¿Condolencias?

—Sí… bueno… ¿No vienes a presentar tus condolencias?

—Yo… creo que no; quiero decir, no. No vengo a presentar condolencias a nadie.

—Qué bueno. A mí tampoco me caía bien.

—¿Perdón?

—Era demasiado cotilla, tuvimos un montón de problemas con el administrador por él. Era de esperarse que como estaba solo necesitase hacer algo y ocupar su tiempo, pero podría haber hecho punto de cruz, ¿no crees?

—¿Quién?

—El vecino —declaró y señaló con la cabeza hacia su izquierda; su cabello se movió como si fuese modelo de algún tipo de producto especial para puntas secas—. ¿No has venido por él?

—¡No! Ni siquiera sé de quién habla.

—Háblame de tú. Lo siento; pensé, con el vestido negro y los guantes, pues das un aire como a funeral.

Bianca abrió los ojos completamente sorprendida ante la observación. Tal vez ella no lo había notado, ni había pensado en eso, pero quizá todos los que la veían pensaban lo mismo, y de pronto se encontró riendo tanto que le dolió el estómago y le costó trabajo respirar.

El rubio la miró aún más desconcertado que antes, pero se dijo que no podía ser tan descarado como para cerrar la puerta. Si bien la chica resultaba algo retorcida, vestida de negro y riendo como una posesa en la puerta, él seguía siendo un caballero.

—¿Te encuentras bien?

—Bien —respondió mientras intentaba calmarse y asintió con la cabeza lentamente.

—Bien —copió él—. Bueno, pues si no vienes al funeral del vecino que fue hace dos días, entonces: ¿en qué puedo ayudarte?

—Busco a Ryu. Un sujeto alto, de cabello muy claro y…

—Sí, sé quién es él —contestó y la interrumpió de malas. Bianca ladeó la cabeza en una interrogante muda y él le hizo un ademán con la mano para invitarla a pasar. Pero ella no se movió de su lugar—. Está adentro —confirmó como si esperara que eso la animara a entrar.

—Prefiero que él salga, si no es mucha molestia.

Él alzó una ceja como considerando su petición; asintió no muy convencido, se adentró en el departamento y dejó la puerta abierta. Bianca aún podía ver parte de su cuerpo, y sonrió a medias al recordar la conversación que habían tenido.

—¡Ryu!, ¡te buscan!

Bianca observó que, segundos después, el rubio hablaba como en secreto con alguien más y cuando terminó de decirle lo que debía, Ryu apareció de la nada y se acercó a la puerta. De la melena goteaba agua y tenía una toalla alrededor del cuello.

—¿Qué tal? —saludó sorprendido—. No imaginé verte tan pronto. Lo siento, no escuché la puerta porque estaba en la ducha.

—Está bien, el chico que me abrió me ha invitado a pasar pero no sabía si realmente estarías aquí o… perdona —se disculpó al darse cuenta de que sonaba como una persona con delirio de persecución—, no quise decir que no confiara en él, es solo que…

—Déjalo. Suenas a que te estás enredando más de la cuenta. Entiendo. Eres una chica sola, en una ciudad desconocida; es bueno que tomes tus precauciones. Puedes pasar si gustas y, para tu tranquilidad, dejaré la puerta abierta. ¿Estás de acuerdo?

Bianca aceptó y entró en cuanto Ryu se movió para dejarle el paso primero. El departamento era pequeño; estaba elegantemente amueblado, muy varonil y con un gusto exquisito. Tenía una excelente iluminación pues había varias ventanas en la sala y en el comedor. Ryu le ofreció asiento en un sillón bastante mullido y, por primera vez en mucho tiempo, se sintió físicamente cómoda. El sofá la abrazó como si fuese un amigo cercano y para sus piernas cansadas de dormir bajo los árboles y caminar tanto, eso le iba como agua al sediento.

—Vienes por el trabajo, supongo.

Bianca confirmó con un movimiento de cabeza y cruzó sus manos sobre las piernas mientras observaba atenta al que tomaba asiento en el sillón frente a ella. El rubio iba a sentarse con ella justo a su lado, pero Ryu le dio una mirada de advertencia. El aludido se sentó con él y subió los pies a la mesa.

—No sé qué tan interesante sea mi oferta para ti, pero el que hayas venido aquí, me confirma que es probable que huyas de algo, ¿no?

El rubio miró al otro con desconcierto, pero Ryu ni siquiera le devolvió la mirada. Bianca se sintió ligeramente angustiada de tener que tocar ese tema.

—Sí… Es un asunto familiar —mintió ella.

—Bien, no voy a preguntarte más, no te preocupes. No es algo que necesite saber.

—De acuerdo —sostuvo lentamente mientras asentía con la cabeza.

—Nosotros somos viajeros también. Llegamos aquí hace unas semanas, pero no tardaremos en irnos de nuevo. Uno de nosotros hace las guardias de noche cuando viajamos, pero son muy pesadas, y aunque no sucede con frecuencia, en el último viaje se ha quedado dormido un par de veces. La última vez nos robaron la mitad de nuestras cosas y ni siquiera nos percatamos. Normalmente nos defendemos muy bien, pero tenemos el sueño muy pesado. Algo de familia.

—Ya veo.

—Es un mal hereditario —agregó el rubio. Ella arrugó el ceño y luego comprendió lo que quería decir.

—¿Ustedes son hermanos?

—Sí, por desgracia —admitió Ryu con pesadez.

El rubio sonrió despreocupado y se cruzó de brazos, mientras la miraba jovial al notar su reacción; la tomó por sorpresa, se levantó y adelantó la mano hacia ella.

—Soy Yun, por cierto.

Bianca negó con la cabeza como un acto de defensa que ni siquiera tuvo tiempo de pensar. Al notar que el chico no parecía comprender que ella no iba a estrecharle la mano, le aclaró con voz grave:

—No estrecho manos.

Yun abrió los ojos sorprendido de nuevo, regresó su mano a su bolsillo, se sentó junto a su hermano y la estudió con fascinación.

—Como sea. Tu trabajo consistiría en ayudar a hacer las guardias. A cambio, te daremos hospedaje y comida en los lugares en donde nos detengamos a descansar y a ganar dinero; lo que tú necesites.

Bianca no se habría imaginado un trabajo así ni en un millón de años. Lo peor era que ese trabajo, incluía pasar el tiempo con ellos, compartir casa y otras muchas cosas más. No tenía idea de si lo mejor era aceptar o salir de allí con un agradecimiento, para no regresar nunca. Tal vez podría conseguir otro trabajo pero, eventualmente, como ellos, tendría que irse de allí, pues debía llegar lo más pronto posible a la frontera.

—Sé que también viajarás. Creo que será mejor para ti viajar acompañada. Contarás con protección. Nosotros te cuidaremos —comentó al notar la indecisión plasmada en sus ojos.

—Tengo un par de condiciones.

—Creo que me sé una de ellas —bromeó el rubio con una sonrisa sarcástica, que Bianca ignoró olímpicamente. Ryu tampoco le prestó atención, pero Yun no dio muestras de sentirse ofendido.

—Enúncialas, pues.

—Necesito pasar la frontera norte, creen que a cambio de lo que me piden, ¿puedan llevarme?

—¿Quieres ir a Cratas?

—Sí.

—No veo por qué no —opinó Ryu después de haberlo pensado por escasos segundos—. Íbamos hacia el oeste, pero no le veo nada de malo a desviarnos un poco. Al llegar allá seguro encontraremos un atajo hacia donde nos dirigimos. ¿Cuál es tu otra condición?

—Yo no… es decir… Está prohibido que me toquen.

—No te meteremos mano, pues.

Ryu compuso una expresión para reprender a su hermano, que asentía con seriedad y la miraba como si en verdad comprendiese su condición y como si el anterior comentario no hubiese estado fuera de lugar. Bianca se aclaró la garganta y continuó:

—Creo que no me di a entender. Quiero decir que realmente no pueden tocarme por ninguna circunstancia. —Yun no captó del todo aquella extraña idea que la chica tenía.

—¿Qué tal si te caes? ¿Dices que no podremos ayudarte, y que debemos dejarte tirada en el suelo?

—Exactamente.

—¿Y si te atragantas con algo, no podremos darte palmaditas en la espalda?

—Preferiría morir ahogada.

—¡Caramba!, eso es muy drástico. Qué compañía tan agradable nos conseguiste, Ryu. Creo que prefiere morir antes que tenernos cerca —sostuvo con una nota sarcástica al dirigirse a su hermano, que resolló con fastidio y trasladó los dedos índice y medio a la sien para masajearla—. ¿Crees que esto funcione?

—Mejor que sea así. De lo contrario te la pasarías sobre ella todo el día.

—Bingo. —Yun no se mostró inquieto por la acusación de su hermano y Bianca tuvo que apretar los labios para aguantarse la sonrisa que peleaba por salir—. Pues es un trato que, a todas luces, no podremos sellar estrechando manos.

Ryu se levantó del sillón para dar por terminada la conversación. Bianca, como reacción espejo, también se puso de pie e inclinó ligeramente la cabeza con gratitud. Yun, por otro lado, aprovechó que su hermano había dejado libre el otro lado del sofá, se acostó por completo y la miró desde abajo con una sonrisa socarrona.

—Te mostraré tu habitación. ¿Quieres que te compre algo de ropa? No se ve que tengas mucho equipaje —dijo Ryu y miró hacia su bolsa de caracolas con ojos escrutadores.

—Tengo todo lo que necesito. Me cambiaré cuando lo requiera.

Yun, desde el sillón, se aguantó la risa y negó con la cabeza. Apoyó su codo sobre el almohadón, su mentón en la palma de su mano abierta y la contempló con diversión.

—¿Por qué no me parece extraño?

—Tengo un cambio de ropa aquí —dijo Bianca y alzó su bolso de caracolas.

—¿Un solo cambio de ropa?

—Sí. Es el que uso cuando tengo que lavar mi vestido —cosa que era mentira, pues Bianca había advertido en esos días en los que llevaba viajando sola, que el vestido tenía pinta de mantenerse siempre en el mismo estado en el que la bruja se lo había dado.

—Pero…

—No importunes —ordenó con tono glacial su hermano—. Sígueme.

Bianca afirmó con la cabeza y Ryu la guio hacia el pequeño pasillo que estaba a unos metros a la derecha de la sala. Había cuatro puertas. Bianca supuso que una debía ser la que daba al baño y que las otras eran de habitaciones.

—Te ofrezco disculpas. El departamento es muy pequeño, pero esta habitación será solo para ti. Si necesitas algo, lo que sea, dímelo. Con gusto veré qué puedo hacer por ti.

Bianca miró al mayor con atención y sonrió al recordar el contraste que presentaban los hermanos. Observó la habitación cuando Ryu se adelantó y abrió la puerta. Era un cuarto pequeño, pero a Bianca le encantó. Tenía una ventana de tamaño mediano, una silla, un escritorio y un librerito. La cama la llamó y con paso lento se acercó a esta y se sentó. Era suave. Era justo lo que necesitaba.

—Te dejaré preparar tus cosas antes de la cena —dijo Ryu antes de cerrar la puerta.

—No cenaré hoy. Yo llevo muchos días sin dormir bien y estoy muy cansada como para pensar en comida. —Él asintió en un gesto de comprensión y le sonrió sereno—. Gracias por tu ayuda.

—Descansa —dijo él mientras se retiraba.

Bianca se dejó caer en la cama con los brazos abiertos y observó el techo. De repente, todo se puso borroso y sus párpados le pesaron demasiado como para mantener los ojos abiertos. Después de solo unos segundos, se quedó dormida. Cuando volvió a abrir los ojos ya no había luz de sol. Todo estaba en silencio; tampoco había luces prendidas por fuera de la habitación. Había sido la primera vez que dormía cómoda desde hacía muchísimos días y sonrió al pensar que había tomado una excelente decisión.

Se puso de pie con trabajos, pues se sentía como si hubiese tomado una alta dosis de alguna pócima para dormir, como la que su madre le administraba cuando, de pequeña, tenía fiebre. Los músculos relajados no le reaccionaban como hubiese querido, pero aun así caminó hacia la ventana y se asomó. No había tránsito. Las calles estaban vacías y las luces del alumbrado público estaban encendidas. Miró hacia arriba y vio la luna y las estrellas que brillaban como muchas veces las había visto desde su torre, en casa de su amiga o en el bosque. Era la misma luna y eran las mismas estrellas, pero ella ya no era la misma.

Un dolor en el estómago le recordó que llevaba unas diez horas sin comer nada. Se dirigió a la puerta, abrió con cuidado, intentó no hacer ruido para no despertar a nadie y caminó sigilosa hacia la cocina, guiada por una pequeña luz que habían dejado prendida en la mesa de la cocina. Cuando estuvo frente al frigorífico, lo abrió y observó con cuidado lo que había. No pasó mucho para que su estómago se decidiera por uno de los pasteles de carne de los que seguramente había preparado Theo. Se sentó a la mesa a comer y observó todo a su alrededor. La cocina también era pequeña, cabrían máximo unas cuatro personas sin sentirse atascadas. La despensa era un gran armario encima de la estufa. En una esquina de la cocina se encontraban un trapeador y una escoba.

Recordó a María Antonieta y suspiró con pesar. Trató de imaginar qué hubiese hecho él en una situación así, o qué habría dicho. Probablemente la hubiera tildado de loca por aceptar esa proposición de trabajo, pero más adelante le habría encontrado su lado bueno. Sonrió con angustia: ¡Cómo lo extrañaba!

Pensando en su viejo amigo, escuchó algo raro que provenía desde la sala. Era algo como un ronquido. Recordó que Yun había sido la última persona a la que había visto en ese sillón. Tal vez se había quedado dormido allí. Negó con una sonrisa. Nunca había conocido a alguien tan excéntrico como él; mas no podía evitar sentir cómo llamaba su atención. Él era seguro y no se tomaba nada a pecho; era sincero cuando hablaba y despreocupado. Todas las cualidades que ella nunca había tenido. Dejó el pastel de carne sobre la mesa y avanzó hacia la sala con paso lento y cuidadoso para no hacer ruido, aunque sabía que, por lo que habían dicho, tenían el sueño muy pesado.

Sin embargo, al asomarse por encima del sillón se percató de que no era Yun quien estaba allí. Como primera reacción se alarmó, pero ya que no podía ver bien, se dio la vuelta y se acercó a gatas a la parte de enfrente del sillón. La poca luz solamente le dejó ver un cabello medio oscuro que caía sobre la frente y cubría los ojos de modo parcial. Bianca se acercó más pero su rodilla chocó contra una mano. Rápida dirigió la mirada hacia abajo y pudo ver que en la parte de arriba de la mano, él llevaba una muñequera; no pudo ver el color, pero de inmediato su imaginación voló hacia el muchacho del elevador.

Se impactó tanto que quiso moverse hacia atrás, pero al girar para retroceder a gatas, se golpeó la cabeza con la mesa de cristal que estaba en medio de la sala. Dio un ligero grito de dolor y se llevó la mano enguantada a la zona herida; se dio cuenta que él estaba a medio levantar del sillón y trataba de enfocar la mirada en la oscuridad.

—¡Qué demonios!

Bianca intentó decir algo pero las palabras no le salieron debido al dolor que sentía en la cabeza. Trató de ponerse de pie, mas antes de poderse equilibrar, las manos del chico la tomaron de la cintura y la hicieron caer hacia atrás. Sintió algo filoso en la espalda y chilló preocupada.

—¿Quién eres?

Los ojos se le llenaron de lágrimas al notar que el dolor de la cabeza, la presión en la espalda y la cercanía con él, eran demasiadas cosas para poder soportarlas todas al mismo tiempo.

—Yo… —dijo e intentó mantenerse tranquila mientras sentía el aire que exhalaba él, demasiado cerca de su cabeza—, conozco a Ryu.

La presión del cuchillo se aligeró y Bianca sintió que podía respirar con más tranquilidad. Intentó zafarse del amarre del muchacho pero él la tenía firmemente sujeta por un brazo. Ella puso la mano enguantada libre sobre la masculina y él, de súbito la liberó, como si hubiese sentido algo inusual. Un rechinido suave se escuchó cuando él se levantó del sillón y llegó hasta una lámpara. Cuando la luz le iluminó el rostro, Bianca se tapó la cara con los brazos, pues los ojos se le cegaron por unos segundos. A él también pareció sucederle lo mismo, por lo que se frotó los párpados cerrados y abrió los ojos.

—¡Eres la chica del elevador!

Bianca se tragó las lágrimas y asintió sin dejar ver su rostro todavía. Poco a poco fue bajando los brazos y se encontró, efectivamente, con la cara confundida del mismo chico del elevador. Él se llevó una mano a la frente y la pasó por los mechones despeinados. Creyó tener un mal sueño, pero después de unos segundos, con una mueca de incomprensión, la cogió por el brazo y la alzó. Bianca gimió por la presión que hizo en su muñeca, pero no se atrevió a decir nada. El castaño la encaminó hacia el pasillo y cuando llegó a una de las habitaciones, comenzó a golpear con tanta fuerza con el puño cerrado sobre la madera, que Bianca pensó que la tiraría. Pasaron más de cinco minutos en los que él se dedicó a hacer el ruido más extremo que ella hubiese escuchado, sorprendiéndole que los vecinos no fueran a quejarse. De repente llegaron hasta sus oídos los sonidos del seguro desactivándose y el del rechinido de la puerta al abrirse. Se asomó la rubia cabeza de Yun y la luz se encendió.

—Kai, ¿qué demonios te pasa? Vas a despertar a... —Dejó la oración incompleta al notar que iba con Bianca de la mano—. Ah, supongo que ya la despertaste. —Luego se pasó una mano por el rostro severamente adormilado, enfocó bien y lo señaló con el dedo de la culpa—. Oye, se supone que no debes tocarla.

—¿Qué sucede? —La voz de Ryu se alzó detrás de su hermano a quien le dio un empujón para poder pasar hacia adelante.

—¿Por qué está ella aquí? —preguntó Kai, quien aún la sujetaba de la mano.

—Si no hubieras tardado tanto en el encargo que te pedí esta tarde, lo sabrías. Suéltala. La asustas.

Kai advirtió que la presión que aplicaba en la muñeca de la chica era innecesaria. Aflojó su amarre y la observó. Ella miraba al suelo, absorta, con los ojos azules abiertos de par en par. Se apartó de súbito.

—¿Por qué está aquí? —volvió a preguntar.

Ryu lo estudió con cuidado. Por el tono de voz de su hermano todo indicaba que conocía a la chica; pero eso era imposible. Apenas la había conocido él ese día por la mañana. Frunció el ceño y se dirigió a ella con un tono de voz tranquilo.

—Bianca, ¿ya lo habías visto?

La aludida afirmó y levantó el rostro pálido. Ryu sintió una opresión en el pecho al advertir que Bianca tenía un golpe en la sien que le sangraba. No obstante, aunque quiso acercarse a ayudarla, se quedó plantado en el piso y le dedicó una mirada mortal al otro.

—No me mires así. Considero muy extraño haberla visto en el elevador hoy y, ahora a mitad de la noche, la encuentro en mi casa. No puedes culparme por reaccionar así.

Ryu negó desaprobatoriamente con la cabeza y decidió tomarse unos segundos para tranquilizarse. Comprendía perfectamente a su hermano, pero no estaba de acuerdo con su modo de resolver la situación.

—Ella trabajará con nosotros.

—¿Trabajar con nosotros? —preguntó desconcertado. Yun, que se había mantenido fuera de la discusión, salió de la habitación también.

—Escucha Kai, no te lo tomes a pecho. No pensábamos decírtelo de este modo, por supuesto, pero ya que se presentó así, pues, ni hablar; habrá que ir al grano —miró a Ryu como para pedirle un silencioso permiso con la mirada y su hermano asintió de mala gana—. La última vez que te quedaste dormido nos robaron la mitad de nuestras pertenencias. Ya no puedes hacer las guardias todas las noches. Estás de malas todo el tiempo porque no puedes dormir suficientes horas y cuando no estás de malas, tienes una cara terrible. Llevas haciéndolo por meses. No es sano para ti. Creímos que necesitarías ayuda.

—¿De esta chica, que se ve como que se va a romper en cualquier momento? ¿Es en serio? Me sorprendes —agregó y se dirigió a Ryu que hizo un gesto de advertencia, mientras se apoyaba en una de las paredes del pasillo frente a él y levantaba una mano en señal de defensa.

—Lo creí conveniente ya que también está viajando.

—Sí, es demasiado conveniente a mi ver. No creí que fueras tan ingenuo Ryu, ¿de verdad? No se te pasó por la mente que pudiera ser una…

De súbito, Ryu se introdujo entre Kai y Bianca, y levantó el brazo derecho, sin tocarla, como para demostrarle su protección. Miró fijamente a su hermano como si lo retara a continuar con lo que iba a decir. Kai apretó la mandíbula, frustrado, y caminó hacia la puerta del departamento; al salir la azotó detrás de él. Ryu volvió a negar con la cabeza y sintió una tremenda angustia. No le resultaba difícil discutir con Yun, pero Kai era harina de otro costal.

—¿Estás bien, preciosa? Estás sangrando. —La voz de Yun se alzó detrás de él y se enfocó en Bianca que estaba atónita por lo que había sucedido.

—¿Te encuentras bien?

Bianca reaccionó, asintió y trasladó una mano a la sien. No pudo sentir el hilillo de sangre pues tenía puestos los guantes: pero aun así, con el dorso, se limpió con delicadeza.

—¿Él te golpeó?

—No —dijo Bianca inmediatamente—. No. Yo me golpeé con la mesa de cristal de la sala.

Bianca notó que mientras le contestaba a Ryu, Yun había ido al baño y había salido con una bolsa con algodón y una botella de alcohol. Le tendió ambas cosas con una sonrisa ladeada, ella sujetó la bolsa por las asas e inclinó la cabeza como agradecimiento. Ryu se volvió a su hermano y también le dio las gracias con una mirada rápida.

—Será mejor que regreses a tu habitación. Límpiate bien, ¿de acuerdo?

—Olvídate de Kai —agregó Yun—. Ya le quedó claro que no debe de hacer escenas debido a tu presencia —comentó después con sarcasmo.

Bianca asintió y al girarse, notó que le dolían horrores las piernas por haber estado tan tensa esos últimos minutos. Abrió la puerta de la habitación y la cerró, sin prisa, detrás de sí. Prendió la luz y se dirigió hacia el pequeño escritorio frente a la cama; se sentó en la silla de madera tallada y miró su reflejo en el espejo. Se quitó el guante y trasladó la mano al lugar de dónde provenía la sangre; sintió un pequeño chipote con una corta abertura, unos centímetros arriba de la oreja. Cogió un algodón, lo mojó con el alcohol y lo presionó contra la herida para limpiarla. Le escoció y cerró su ojo izquierdo por el dolor. Después de unos minutos terminó de limpiarse y tiró a la basura el algodón lleno de sangre. Por un momento se quedó inmersa en sus pensamientos. No había entendido por qué el chico de la bandana se había comportado así; tan diferente de como había sido con ella esa tarde. Había percibido un miedo irracional en sus ojos, pero ¿por qué? Bianca no tenía idea de por qué el muchacho parecía tenerle miedo a ella. Tal vez había pensado que lo había seguido. No lo culpaba, por supuesto. Cualquiera se asustaría de ver por la noche a alguien desconocido en su sala de estar. Era lógico. Pero aun así, el modo en el que después había reaccionado, la dejaba con un muy mal sabor de boca, casi como si se perdiera de algo que los demás sabían y ella no.

Se levantó de la silla y se fue a acostar a la cama. Se apoyó en el lado contrario al adolorido y se abrazó a las cobijas. Ese no había sido su día. Había experimentado más emociones de las que recordaba. Siempre había preferido pasar desapercibida, todo el tiempo segura con las personas con las que se sentía cómoda y confiada. Ahora, había llegado a un lugar lleno de gente desconocida, que a primera vista no parecían de fiar y luego resultaba que sí, o al revés. No tenía la habilidad de su madre para estudiar a las personas, ni la capacidad de Nora para relacionarse con quien se le pusiera en frente. Tampoco tenía el manejo de situaciones de conflicto que tenía María Antonieta. Llegó a la conclusión de que solo había una cosa que hacer: Aprender.

Tres objetos sagrados

A la mañana siguiente, Bianca temió por minutos salir de su habitación. Tenía un montón de sentimientos encontrados y no sabía cómo iba a reaccionar al ver a los hermanos, ni cómo reaccionarían ellos al verla. Después de mucho pensarlo, se frotó las manos, sintió el calor a través de los guantes, y decidió salir. No podía estar para siempre encerrada en la habitación.

Cuando por fin salió, escuchó sus voces y reconoció a la perfección de quién se trataba. Uno era Kai y el otro era Yun. Ya que se acercó a la cocina se percató de que Yun había escuchado sus pasos ya que se había girado para mirarla. Le sonrió. Se puso de pie y cruzó los brazos. Kai, por el otro lado, estaba absorto cocinando unos huevos fritos con tocino y ni siquiera la escuchó, hasta que su hermano habló.

—¿Cómo amaneciste?

Bianca supo al instante que Kai se había percatado de que estaba en la habitación, pues la espalda se le tensó y se paró con demasiada firmeza, sin volver la mirada hacia ella.

—Bien, gracias —dijo y le correspondió la sonrisa al rubio quien, pronto, le separó la silla para cederle su lugar en la mesa. Bianca se sentó y apreció la acción con una mirada. Yun le sirvió en un vaso de cristal, jugo de manzana—. ¿En dónde está Ryu? —preguntó segundos después de que le dio un trago al jugo.

—Él trabaja por las mañanas. Yo trabajo por las tardes.

—Ya veo.

—Kai, por el contrario —le susurró y se inclinó hacia ella, con una sonrisa burlona—, es el ama de casa.

Su hermano no hizo ni la menor mención a su comentario sarcástico y continuó preparando los huevos, manejando con mano diestra la sartén y la pala. Bianca se sintió incómoda y decidió salir del rumbo en el que iba la conversación.

—¿En dónde trabajas?

—Soy repartidor —confesó mientras se llevaba a la boca un pedazo de pan tostado. Le ofreció uno pero Bianca negó y le sonrió con gratitud—. Y Ryu trabaja en una galería de arte como organizador de salas. Él es el mayor, por lo que debe tener el trabajo más complicado. Yo soy el menor, así que está claro que mi trabajo debe ser el más fácil.

Por sí sola, Bianca sacó sus conclusiones. Kai era el de en medio entonces. Él terminó de cocinar, puso tres platos en la mesa y repartió los huevos y el tocino en ellos. Cuando estuvieron dispuestos, dejó la sartén y la pala en la estufa y se sentó al lado de su hermano. Yun se aclaró la garganta y Kai lo miró con fastidio, como si ambos hubiesen acordado algo que el mediano no estaba respetando. Yun lo instó con la mirada y Kai se volvió para mirarla.

—Lamento lo que sucedió anoche. —Su disculpa la tomó por sorpresa y lo miró fijamente.

—Está bien. También fue culpa mía, por salir de la nada.

—¿Cómo se encuentra tu cabeza, preciosa? —Bianca miró a Yun intentando mostrarse despreocupada.

—Mucho mejor, gracias.

—Solo para que lo sepas, tenía un golpe en la cabeza que le sangró mucho —compartió Yun a su hermano que alzó las manos, ofendido.

—Yo no la golpeé —se defendió, indignado. Yun alzó una ceja en desacuerdo—. No lo hice, —se mostró desconcertado y la interrogó con un atisbo de preocupación en sus ojos que no pudo esconder—, ¿o lo hice?

—No, por supuesto que no. Me golpeé con la mesa de centro.

Kai le lanzó una mirada mortal a su hermano, quien sonrió divertido. El de la bandana se puso a comer y miró hacia su plato, interesado. Yun le habló de su trabajo como repartidor y durante todo el desayuno contó anécdotas graciosas que le habían sucedido. Bianca escuchó atenta todo el rato, como siempre solía hacer. Normalmente, ella escuchaba. Eso era lo que hacía muy bien. Kai no volvió a decir palabra en todo el desayuno, hasta que se levantó y le preguntó con tono educado si podía recoger su plato.

—Los lavaré yo —se ofreció Bianca y se retiró de la mesa mientras sostenía su plato. Kai le dirigió una mirada incrédula.

—¿Con los guantes puestos?

—Sí. Son aislantes.

Yun y Kai la miraron como si estuviese loca. El segundo dejó el plato en la mesa y se encogió de hombros.

—Como gustes.

Y salió de allí con paso descuidado. Bianca se acercó al fregadero y comenzó a lavar todos los utensilios utilizados. Yun se paró a su lado y se apoyó en el mueble, para hacerle compañía. La miró hacer durante un largo rato y ella comenzó a sentirse inquieta por su mirada.

—¿Hay algo que quieras preguntarme?

—No es algo. Son demasiadas cosas —puntualizó a su lado. Se subió al mueble para sentarse y verla mejor. Bianca rio, amigable, y negó con la cabeza mientras seguía lavando los trastes.

—Puedes preguntar, pero ya elegiré yo si contesto o no.

—Muy justo. ¿Tu vestido...?

—No puedo contestar eso.

—Vale; algún día me lo dirás. Supongo que también estarás renuente a contarme por qué no te gusta tener contacto con la gente, ¿verdad?

—En efecto.

—Dime el nombre de tu madre. —Bianca produjo un sonido gutural, sin saber qué decir. No tenía idea de cuál era el nombre de su verdadera madre y tampoco quería decir el nombre de Nima. Prefirió omitir eso y decir la verdad a medias.

—No lo sé —y era cierto que Bianca no lo sabía, jamás le había interesado preguntar. Yun percibió que había tocado una fibra sensible y silbó por lo bajo.

—Supongo que no tienes novio, ¿verdad?

—¿Novio? —repitió con desagrado, y negó.

—¿Te disgusta la idea?

—No me gusta que la gente me toque —aclaró como si esa respuesta fuese suficiente.

—¿Edad?

—Tengo dieciocho años —Bianca terminó de lavar todo y se secó las manos con una toalla que estaba colgada en la pared frente a ella—. ¿Puedo hacer una pregunta?

—Claro.

—¿De qué va su mal hereditario?

—¿Conoces lo que es la narcolepsia? —Bianca afirmó—. Bien. Pues, nosotros tenemos un tipo de narcolepsia. Nada más Ryu y yo. Kai no la heredó. A diferencia de los narcolépticos genéricos, no solemos desconectarnos en cualquier situación. Casi siempre es por las noches. Cuando cerramos los ojos nuestro cerebro se desconecta y se necesita algo que en realidad sea ruidosamente fuerte para despertarnos. Es por eso que Kai debe hacer las guardias cuando viajamos, puesto que ni Ryu ni yo somos capaces de despertar una vez que nos quedamos dormidos. Se necesita algo como lo que hizo Kai ayer por la noche para despertarnos. Es por eso, también, que buscamos refugio en ciudades cada cierto tiempo para que él descanse.

Bianca lo comprendió. Yun se veía tranquilo al contarle aquello, pero algo no se sentía bien.

—¿Te da miedo? —le preguntó Bianca.

Yun la observó como si le hubiese leído la mente y sonrió inseguro mientras respondía:

—La verdad es que sí. No me gusta pensar que cuando me quedo dormido algo terrible puede pasar. El hecho de no poder reaccionar, la impotencia… No es agradable. Kai nos ha salvado de muchas. Desde que éramos pequeños él es el que siempre ha velado por nosotros. Por eso es que Ryu está tan angustiado.

—Ya veo.

—Las últimas veces ya no pudo hacerlo como antes. Fue nuestro error. Inconscientemente pensábamos que lo haría por siempre.

Bianca pensó que no cabía duda de que todos en el mundo tenían su propia carga. Sus ojos se encontraron con los oscuros y él le sonrió de nuevo, como siempre. La angustia se había esfumado y volvía a ser el mismo de hacía unos minutos.

—No eres la única que tiene problemas. —Bianca le regresó la sonrisa—. Debo prepararme para el trabajo pues entro en una hora.

—Sí, entiendo.

Yun salió de la cocina y Bianca terminó de limpiar. Después de dejar todo arreglado, salió y se fue a su habitación. Se sentó al escritorio y asió uno de los libros para pasar el tiempo. Hacía mucho que no leía, así que los minutos pasaron volando. De pronto, se escuchó un golpe en su puerta. Bianca se puso de pie, abrió y se encontró de nuevo con Yun.

—Quería despedirme. Llegaré antes de la cena, pero no sé si estarás dormida para entonces. Cualquier cosa, anoté mi dirección de trabajo aquí. Úsala si lo necesitas —le dijo al alargarle un papel doblado. Bianca lo recibió y, por primera vez en toda su vida, dijo:

—Que tengas lindo día.

Yun asintió y se volvió con paso lento hacia el pasillo; se acomodó la mochila en los hombros y salió por la puerta del departamento. Bianca salió de su habitación para cambiar de aires y se dirigió a la sala, después se sentó en uno de los mullidos sillones y pensó en qué podría hacer con todo ese tiempo libre que tenía. Los últimos días se la había pasado teniendo mucha actividad y, ahora, sentada en aquel sillón, se aburría con demasiada facilidad. Unos pasos detrás de ella la alarmaron, se volvió y apoyó sus manos en el respaldo. Kai, ni siquiera se dignó a mirarla, la pasó de largo, sacó las llaves de la bolsa de atrás de su pantalón y abrió la puerta del departamento.

—¿Vas a salir? —preguntó Bianca.

Él se detuvo y se volvió, extrañado.

—Supuse que era evidente —comentó e hizo tintinear las llaves en sus manos. Bianca se enervó por su actitud grosera y se levantó de rodillas en el sillón, aún con las manos apoyadas en el respaldo.

—No entiendo.

—Sí, Bianca, voy a salir —concedió de malas.

—No me refiero a eso.

—Lástima. Tampoco sé de qué hablas, porque no soy adivino —dijo él terminantemente y se movió para salir por la puerta.

—¿Por qué te portas así conmigo? —Kai se detuvo en el acto, se giró de nuevo y apoyó la mano en el filo de la puerta. No le contestó, pero la miró como pidiéndole que le hiciera el honor de continuar. A Bianca le dolió su condescendencia, pero no le dio el gusto de saber que se sentía ofendida—. Considero que eres un mal educado.

—¿Te parezco un mal educado? —preguntó él con desdén, como si de todos los insultos, ese fuese el que menos se hubiera esperado.

—Sí. Eso he dicho.

—Lamento haberte dado esa impresión —se disculpó sarcásticamente y Bianca se sintió desesperada. No tenía idea de qué había hecho para recibir esa actitud de su parte.

—No es una impresión. Es la realidad, y quiero conocer la razón. —Kai cerró la puerta tras él, se apoyó de espaldas en ella y escondió los brazos a su espalda.

—No me gustan los extraños —explicó por todo y agregó con voz áspera—: y no confío en ellos.

—Ayer… ayer no demostraste pensar lo mismo.

—No podía ignorar que estabas en una situación crítica y, además, no sabía que iba a tener que vivir contigo —espetó él mientras se pasaba una mano por el cabello en señal de fastidio—. No te lo tomes a pecho. Soy así con las personas en general.

—¿Te mataría tratar de ser una pizca más cordial? No te pediré que confíes en mí, no puede importarme menos si lo haces o no. No obstante, creo que lo más fácil para los dos es tratar de convivir lo mejor posible, para no hacer de esto un infierno.

—¿Quieres decir que debemos ser hipócritas?

Bianca se encogió de hombros, ante el comentario despectivo, y agregó:

—María Antonieta siempre decía que si no eres educado, por lo menos lo puedes fingir.

—¿Quién dices?

—Un amigo —explicó en voz baja ella. Al darse cuenta de que eso había sonado raro, puesto que Kai la observaba desconcertado y sospechosamente; se sonrojó y aclaró en voz más alta—: amiga… era una amiga.

—No te ves muy convencida —dijo él, aún con mirada suspicaz.

Bianca dijo lo primero que se le vino a la mente.

—Me pones nerviosa —y tuvo ganas de golpearse con la mano.

Kai alzó las cejas en un gesto de sorpresa por la espontánea confesión. Se aclaró la garganta y la miró fijamente.

—¿Disculpa?

—No, bueno, yo… —Bianca reparó en que movía demasiado las manos, en aspavientos descontrolados, y las detuvo de súbito—.

Digo que me pongo nerviosa porque no sé cómo vas a reaccionar conmigo. A eso me refiero. No tengo demasiada práctica cuando se trata de relacionarme con las personas.

—No puedo imaginarme por qué —contestó él sin dejar de mirarla fijamente—. ¿Es todo parte del personaje que representas?

—¿Personaje?

—Sí, toda tú —comentó y la recorrió desde lejos con la palma de la mano de arriba abajo—, eres como uno de esos personajes extraños de historietas. Tu forma de vestir, tu aversión a que las personas te toquen, tus ojos…

—Dijiste que eran bonitos.

—Dije que eran hermosos y no digo lo contrario. Solo puntualizo el contexto. Todo lo que te rodea y lo que eres tú, pareces… No quiero decirlo.

—Dímelo —ordenó, sintiéndose ya desde antes de escuchar sus palabras, bastante ofendida.

—No.

—Dímelo.

—Tengo que fingir ser una persona educada. ¿No fue eso lo que me pediste?

—Como si en verdad te interesara lo que pido. Termina la maldita frase. —Bianca se sorprendió. Jamás en su vida había pronunciado ningún improperio. Jamás se había sentido suficientemente enfurecida o frustrada para expresarse de ese modo. El pulso se le aceleró cuando advirtió que él también estaba muy asombrado de escucharla hablarle así.

—Prefiero no hacerlo.

—Dímelo. Es probable que te sientas mejor después de haberlo dicho. No tienes por qué guardártelo; no eres el primero que lo piensa o lo dice. ¿Ibas a decir que soy extraña…?, ¿un adefesio? —La voz se le entrecortó y sintió una intensa opresión en la base de la garganta. Tenía ganas de llorar, pero no lo hizo. Apretó las manos en puño, le dio la espalda y volvió a sentarse contra el respaldo del sillón.

—Yo había pensado en excéntrica. Una loca excéntrica.

—Ese es nuevo —admitió con voz queda, sin mirarlo. Kai se sintió extrañamente culpable sin estar seguro de por qué y suspiró mientras abría la puerta del departamento.

—Escucha, lamento que te hayan llamado de esas formas antes. Con toda sinceridad no creo que…

—Ellos no me conocían. Tú tampoco me conoces. Pero agregaré tu insulto a mi lista. Gracias por tomarte unos segundos de tu valioso tiempo para hablar con una loca.

—No quise insultarte, yo…

—Seguro que no porque, está claro, que loca excéntrica no es tan malo como los demás. Ten un buen día. —Bianca se puso de pie y caminó hacia su habitación sin mirar atrás. Kai la miró irse y negó fastidiado con la cabeza. Ella era la rara, pero por alguna extraña razón, lo hacía sentir a él como el raro.

Después de que Kai se fue, Bianca decidió que quería salir a pasear, pues nada bueno le iba a traer el quedarse allí, sintiéndose como se sentía. Cogió su bolso y salió del departamento. Cuando llegó al elevador, respiró agitadamente al recordar lo que había sucedido el día anterior y pidió con fervor que no subiese tanta gente. Apretó el botón y esperó con paciencia hasta que las puertas se abrieron. Estaba vacío. A Bianca no le sorprendió porque era el penúltimo piso, lo difícil estaría en las paradas que el elevador hiciera camino abajo.

Se metió en el ascensor y presionó el botón de planta baja del panel a su lado izquierdo. El elevador se detuvo un total de cinco veces, pero no entraron tantas personas como recordaba el día anterior. Aún no era la hora pico. Se mantuvo apretujada en la misma esquina que había tomado la vez anterior y con una sonrisa genuina de felicidad, después de bajar todos los pisos, salió del elevador a salvo. Caminó hasta las puertas del edificio y se encaminó hacia afuera casi corriendo.

Caminó por las mismas calles que había recorrido antes. El parque, por la hora, estaba casi vacío. Los niños aún no habían salido de las escuelas y la mayoría de las personas seguían en sus trabajos. Hacía un sol terrible y uno pensaría, que con la ropa negra, Bianca estaría ardiendo de calor. Pero no. También se había percatado de que la tela no le causaba ni frío ni calor. La noción le gustó, porque normalmente era muy friolenta y, ahora, podía dormir sin taparse y no sentía frío.

Cuando salió del parque cruzó una cuadra más y llegó de nuevo a la cafetería. No quería ser un incordio para Theo, pero era al único al que conocía en esa ciudad. Se asomó por la ventanilla y se percató de que estaba casi al tope. Había mucha gente y Theo se las arreglaba, junto con una chica para manejar las mesas. Estaba por volverse cuando Theo la miró al otro lado de la ventana. Pronunció su nombre y sonrió. Bianca le devolvió la sonrisa y el pequeño la invitó a pasar con un ademán de mano.

—Me da gusto verte —dijo mientras se acercaba con una bandeja llena de bebidas.

—No quiero importunar. Solo pasaba a saludar.

—Quédate, puedes cobrar. —Bianca le dio una mirada asustada y negó con las manos.

—No creo que pueda hacerlo.

—¿Por qué no? Espera, no lo digas, iré a dejar las bebidas y regreso en ya.

Bianca miró hacer al pequeño y puso atención en sus modales; en la forma en la que se dirigía a las personas y las sonrisas que regalaba; sus miradas atentas y sus comentarios de respuesta a las palabras de gratitud de las personas. Se veía a leguas que llevaba mucho tiempo haciéndolo. Theo no tardó en regresar a su lado y le preguntó:

—¿Eres mala para las matemáticas?

—No es eso. Es que nunca lo he hecho. No sé manejar esas máquinas —dijo Bianca y señaló la caja registradora en la que había visto a Theo guardar el dinero que Ryu le había dado.

—Bien —contestó el niño riendo contento—. No te preocupes. Permanece detrás del mostrador. No tardarán en irse.

Bianca le dio las gracias cuando él le abrió la puerta del mostrador. No se aburrió nada. Le gustaba observar a la gente que iba y venía. Al parecer todos estaban tan metidos en sus propios asuntos que muy pocos se percataron de su presencia y eso la animó mucho. Cuando solo quedaba una mesa ocupada, la chica que ayudaba como mesera se quitó el delantal y se despidió de ellos.

—¿Se va aunque aún no cierras?

—Sí. May tiene otros trabajos y viene aquí dos veces al día durante tres horas, que son las horas en las que el café se llena. En otros momentos yo atiendo solo el lugar.

—¿Tienes hechos los pasteles y demás?

—Sí. Los hago por las noches todos los días. No tengo otras cosas que hacer, así que en eso ocupo mi tiempo libre.

Bianca miró hacia la puerta que daba a la cocina y se preguntó cómo sería. Theo advirtió su interés y la invitó a entrar. Le abrió la puerta para que pudiese pasar primero; por lo que ella le dio las gracias con un asentimiento de cabeza.

—¿Eres buena cocinando?

—No tanto como tú —aceptó mientras admiraba la amplia cocina de color lavanda, con una plancha de metal en medio y un gran horno debajo. El refrigerador era inmenso y tenía pequeños imanes pegados con notas y memos. Una franja de papel tapiz con diseño de alondras decoraba una parte de la pared. Había muchas plantas en las esquinas y arriba del fregadero.

—Mi madre la decoró.

—Tu mamá tenía buen gusto. —Theo sonrió orgulloso. Caminó hacia la despensa y la abrió.

—¿Sabes de repostería?

—Algo. Mi madre me enseñó. —Rio para sí, al recordar cómo odiaba Nima la cocina. Finalmente ella había tenido que aprender a cocinar de todo—. Pero lo que se me da mejor, son los caldos. Me quedan muy ricos.

—Espero probarlos alguna vez.

—Aparte de galletas creo que no hay muchas cosas de repostería que me salgan bien.

—Tal vez solo te falta práctica. ¿Quieres aprender?

—¿Es en serio? —Nima, aunque amaba las cosas dulces, solía simplemente aparecerlas con su magia cuando requería de algo por antojo. Era muy especial en sus gustos dulces y prefería hacerse cargo de eso ella misma, por lo que Bianca no había podido aprender mucho.

—Claro. ¿Qué te gustaría aprender?

—Chocolate. El bollito de chocolate que comí ayer estaba exquisito.

Theo se sonrojó y asintió contento. Se acercó a un cajón y sacó una pequeña libreta, se la alargó y Bianca la recibió entre sus manos con cuidado. La hojeó y vio que todas eran recetas de chocolate. Chocolate obscuro, blanco, con almendras, con leche, etc.

—Escoge. Lo haremos en cuanto termine con las personas que quedan.

Theo salió de la cocina y continuó atendiendo a los clientes mientras Bianca leía las recetas y trataba de elegir una. Cuando por fin se decidió, quince minutos después, Theo entró de nuevo a la cocina y se acercó a ella, que a su vez, le pasó de nuevo la libreta.

—¿Te decidiste ya?

—Sí. Creo que empezaré por los más fáciles. El chocolate obscuro y el chocolate con leche.

—Perfecto. —Theo sacó de uno de los muebles una botella con un polvo oscuro, azúcar, una masa de color blancuzco y diferentes utensilios—. Me gusta hacer chocolate. Cuando era pequeño mi madre me enseñó a prepararlo. A ella también le encantaba hacerlo porque lo usaba algunas veces como analgésico para aliviar los cólicos menstruales.

Bianca abrió los ojos de sopetón, sorprendida de que ese niño supiera de las afecciones femeninas, que normalmente no se decían con tanta facilidad, además de que la mayoría de los niños no estaban al tanto de ese tipo de temas. Theo resultaba ser un niño muy diferente. Se preguntó cómo habría sido su madre, cómo había podido educar tan bien a su hijo, en tan poco tiempo.

—Ya veo.

—Ella me dijo que debo hacerle chocolate a mi futura esposa, si es que tiene los mismos dolores. Porque no le dan a todas —agregó como en secreto.

—Tu madre pensaba en todo.

—Sí. Así era.

—¿Qué es eso? —preguntó Bianca y señaló la masa de color blanco, al ver que la mirada de pequeño comenzaba a ensombrecerse.

—¿Eso? Eso es manteca de cacao. Y el polvo negro que está en el bote a un lado, es cacao en polvo. ¿Sabías que el nombre del árbol del cacao en griego significa "alimento de los dioses"?

—No lo sabía. Tiene mucho sentido. ¿La cocoa es similar?

Theo se llevó el dedo índice al mentón, negó con la cabeza y trató de recordar en dónde había colocado el molde de barro que utilizaba también.

—No. Es decir, ambos vienen de la semilla del cacao, pero la cocoa se hace con los restos del proceso de torrefacción de las semillas, y el cacao proviene de la mejor parte comestible de la semilla. Para hacer la cocoa utilizan el pellejo y parte de la cáscara y la pasan por un proceso industrial para venderla después y hacer bebidas calientes u otras cosas, pero no debe de comerse con frecuencia.

—¿No?

—El pellejo y la cáscara que utilizan tienen una alta cantidad de cobre. Además, como es tan amarga, pues normalmente la preparan con grandes porciones de azúcar. Hay quienes trabajan con cocoa, pero yo prefiero el cacao.

—¿Cómo sabes todo eso?

—Pues, vivo de esto. Necesito saberlo para preparar productos de buena calidad.

Bianca se acercó al mueble en el que él había puesto todos los utensilios y observó un molde en forma de concha. Miró a su bolsa de caracolas y sonrió.

—Me gusta esto. ¿Para qué sirve?

—Mmm, es para hacer el conchado. Sobre la forma superior del molde que es como una concha, es donde se mezcla la pasta de la manteca y la grasa caliente; luego se le agrega azúcar y vainilla u otra esencia que sea necesaria, dependiendo del sabor que se le quiera dar, y enseguida se extiende y se amasa lento sobre la concha que se puede calentar a diferentes temperaturas. Es un proceso que, aunque no es complejo, es muy tardado; puede llegar a durar horas. Esta artesa —prosiguió y señaló el artículo con forma de concha—, ya no se usa en la actualidad. Pero, cuando yo tengo tiempo y ganas, prefiero hacerlo con esto en vez de con máquina. Después hay que calentar la mezcla para deshacer todos los cristales de grasa. Es necesario ir bajando la temperatura poco a poco. Al final solamente se pone en moldes y se mete al refrigerador, que también necesita una temperatura específica.

—¿Hay mucha diferencia entre el chocolate obscuro y el de leche? ¿Es por el azúcar?

—Pues, básicamente la diferencia es que el chocolate amargo tiene mucho más concentrado de pasta de cacao que el chocolate con leche, por lo que, aunque ambos tienen una cantidad similar de azúcar, el chocolate con leche tiene menos cacao amargo y lo dulce se puede apreciar mejor.

—Ya veo.

—Tardaremos un buen rato, ¿estás segura que tienes tiempo suficiente?

Bianca convino, animada. Con la ayuda y la guía de Theo hizo todo lo que él le indicaba: amasó, revolvió y realizó todos los movimientos necesarios para poder lograr la mezcla. El pequeño la dejaba de vez en cuando, en las veces en las que escuchaba la campanilla de la puerta sonar y en una de esas, regresó con una visita.

—Supuse que estabas aquí cuando llegué a la casa y no te encontré.

Bianca se volvió en cuanto reconoció la voz de Ryu, y sonrió al verle entrar. Él se mostró sorprendido de encontrarse con ella haciendo chocolate.

—Deja una nota la próxima vez.

—Lo siento.

—¿Cómo te fue en el trabajo? —preguntó Theo, con una sonrisa, mientras entraba detrás de él. Los miró a ambos como para presumirle a él que tenía una bella ayudante que trabajaba en su cocina.

—Bien. Sólo tuve que organizar dos salas. Así que terminé antes de lo normal. —Se subió las mangas y agregó—: ¿Puedo ayudar en algo?

Y así los tres continuaron el proceso, con risas y bromas de vez en cuando; entretenidos con las cosas que hacían y que les resultaban graciosas. Bianca notó que Ryu no era de sonreír mucho; a pesar de ello, si uno lo miraba analíticamente, podía darse cuenta de que la sonrisa del mayor afloraba en sus ojos y no en sus labios. Los labios de Yun, por el contrario, siempre estaban en una sonrisa, incluso cuando no debía hacerlo él sonreía. Kai, por otro lado, no parecía ser ni de los que sonreían con los labios, ni de los que lo hacían con la mirada.

—No puedo creerlo —susurró Ryu.

—¿Qué sucede?

Bianca y Theo dijeron al unísono, mientras lo observaban preocupados; se miraron entre ellos al no comprender la razón de sus palabras.

—¿Tu reloj está bien? —Theo le echó una ojeada al reloj de pared que colgaba a un lado del refrigerador y confirmó con un movimiento de cabeza—. Bianca, ya casi es media noche. Debemos regresar.

—El tiempo se fue volando —observó mientras se limpiaba los guantes y terminaba de golpear los envases en los que había puesto el chocolate líquido.

—Y aún hay que enfriarlos. Te lo dije.

—Volveremos mañana por ellos. ¿Está bien? —preguntó Ryu a Theo con actitud intranquila, mientras se enjuagaba las manos cubiertas de chocolate.

—Sí. Vengan temprano o May se los comerá.

—No puedo acompañarte temprano —le dijo Ryu con semblante preocupado.

—He llegado sola. No tienes que preocuparte por eso.

—Les dije a esos dos que no te dejaran sola. Yun debió acompañarte —aclaró él mientras abría la puerta del refrigerador para permitirle a ella meter los moldes.

—Se fue al trabajo antes. Dijo que debía pasar a algún lugar, no lo recuerdo ahora.

En ese mismo instante, Yun, sentado a la mesa de la cocina del departamento, miraba con preocupación, de Kai a la puerta y de regreso.

—Deja de preocuparte.

—No quiero saber cómo se va a poner cuando se entere de que salió sola.

—No es una niña. Seguro sabe cuidarse sola —dijo el hermano mediano que se cruzó de brazos y se apoyó en el mueble del fregadero.

—No sé lo que te parezca, pero a mí me suena que Bianca no tiene pinta de ser una chica de mucho mundo.

—A mí tampoco me lo parece, pero ustedes dijeron que había estado viajando sola. Si fuera tan ingenua ya le habría sucedido algo más, con las extrañas manías que tiene.

—Vete a dormir. Cada día que pasa tu mal genio crece.

Kai se hizo de oídos sordos y se volvió a la estufa, en donde la sartén aún estaba llena con el estofado que había preparado para la cena. Ninguno de los dos había probado bocado. Yun estaba intranquilo de más y Kai se sentía fastidiado.

—Probablemente están juntos.

Al salir de la cafetería, Ryu le dijo a Bianca:

—Esos dos deben estar preocupados porque no hemos vuelto aún.

—Lamento haber salido sin avisar; es solo que estoy acostumbrada a estar fuera. Cuando vivía en mi pequeña ciudad, con frecuencia salía al amanecer y regresaba hasta la noche. Ahora, quedarme en una habitación todo el día, me resulta tremendamente…

—¿Aburrido?

—Sí —aceptó con un gesto de arrepentimiento. No quería sonar desagradecida por todo lo que había recibido.

—Entiendo. Pero hay algo de lo que no estás enterada —comentó mientras cruzaban el parque.

—¿De qué?

—Bueno, en este lugar hay toque de queda.

—¿Toque de queda? No he escuchado ningún aviso antes.

—No lo hay.

—No comprendo —dijo y sorteó un grupo de hojas secas en el piso.

—Es un toque de queda consensuado. Todo el mundo lo sabe y lo practica. Es importante que estés al tanto de eso.

—¿Por qué hay toque de queda?

—Antes de que nosotros llegásemos a esta ciudad, hubo algunas… —Ryu no supo cómo explicarse y descansó la mano en su nuca— desapariciones. De niños y jóvenes.

—¿Theo lo sabe?

—Sí. Imagino que no te dijo nada pues él casi no sale de su casa, a menos que vaya a comprar algo al mercado. Así que no está acostumbrado a llegar tarde a casa.

—Estas desapariciones… ¿saben qué fue lo que sucedió?

Ryu no contestó con prontitud; siguieron caminando y salieron del parque unos minutos después. La luna brillaba e iluminaba el camino por el que se dirigían, pues las luces del alumbrado público ya se habían apagado.

—Una secta. Los utilizaron como sacrificios. Es un grupo de hechiceros que han estado causando muchos estragos desde hace meses. Esta ciudad no ha sido la única a la que han aterrado; de hecho van a las ciudades más pobladas y secuestran a grupos de personas que están entre los cinco y quince años de edad.

Bianca no quiso preguntar. Algo le decía que sabía a la perfección de quiénes se trataban. Los mismos hechiceros por los que el ejército había atacado su torre.

—Sé quiénes son.

Bianca no se percató de lo ácida que sonó, hasta que notó que Ryu la miraba con el entrecejo fruncido, como si tratara de averiguar la causa de su malestar.

—¿Conoces a los ciprianos?

—No. Nunca los he visto pero los he oído mencionar. ¿Han… encontrado los cuerpos?

—Algunos. —Ryu no quiso darle más detalles y Bianca no supo si quería o no saber más—. Aunque no se ha repetido la situación desde hace meses es mejor permanecer alerta. Prométeme que no saldrás sin compañía.

—De acuerdo.

Cuando llegaron al edificio, nadie más que el guardia de seguridad se vislumbraba al fondo de la planta baja, sentado detrás de un escritorio, con los brazos cruzados y la mirada fija en la puerta. El hombre reconoció a Ryu e inclinó ligeramente la cabeza a modo de saludo, pero sus ojos reflejaban reproche.

—Lamento la hora.

El guardia asintió con la cabeza y Ryu pulsó el botón de llamada del elevador, mientras se quedaba parado a su lado y esperaba a que las puertas se abrieran. Cuando entraron y las puertas se cerraron delante de ellos, Bianca se apoyó en una esquina y cruzó las manos sobre su falda. Después de unos minutos se aventuró a preguntar:

—¿Por qué son viajeros? ¿También… están escapando?

Ryu ni siquiera alzó los ojos para mirarla, se metió las manos a los bolsillos, las dejó allí y miró hacia el suelo como si intentara decidir si debía o no contestar la pregunta.

—¿Por qué debería decirte mis razones, cuando tú no has querido decir las tuyas? —preguntó con una sonrisa sin mirarla aún.

—No debes. Solo pensé que me gustaría saberlo.

—Es complicado —concedió él después de un tiempo—. Mi padre, mis hermanos y yo somos los últimos guerreros samurái.

—¿Guerreros samurái?

—¿Conoces la historia de los samurái?

—Bueno, no realmente.

—En el pasado, en el antiguo orden geográfico, hubo un país llamado Nippon. Nuestros ancestros fueron guerreros que formaron parte de una élite militar que gobernó por muchos años. Eras, les llamaban. Usaban espadas, arcos, trajes tradicionales y bandanas, como Kai. Supongo que lo has notado. Mi madre no fue una samurái, pero actuaba como una. Era valiente y fuerte, y mi padre, cuando la conoció, quedó asombrado por su belleza. Se casaron y nos tuvieron a nosotros.

—Suena lindo.

—No lo fue. Mi padre, después, se enteró de una vieja leyenda que dice que hace miles de años existió una mujer samurái. Su nombre era Tomoe Gozen. No hubo muchas de su clase, pero ella era diferente a las otras pocas. Era una excelente guerrera y manejaba las armas con maestría. La leyenda dice que Tomoe, antes de morir, herida en una batalla, viajó por cinco días y cinco noches, para esconder un tesoro.

—¿Un tesoro? ¿Qué tipo de tesoro?

—Nadie lo supo a ciencia cierta, empero, se rumora que fueron tres objetos sagrados. Ella los escondió como regalo para el último samurái. Así que, quien lograra sobrevivir hasta el final de los tiempos de la estirpe podría obtener los tres objetos sagrados y sería invencible.

—¿Qué tan cierta es la leyenda?

Ryu no contestó. Se encogió de hombros y se entretuvo un rato mientras se tronaba los dedos. El sonido de los huesos le erizó el vello de la nuca. Ryu se veía molesto con algo, pero no le dijo la razón hasta después.

—Al escuchar la leyenda, mi padre se sintió traicionado por su estupidez, pues él había sido el último samurái antes de nuestro nacimiento. Y por eso le pidió a nuestra madre que nos asesinara.

Bianca sintió que el corazón se le detuvo con aquellas palabras. No pudo imaginarse cómo se habían sentido aquellos tres pequeños, con ese tremendo odio que les profesaba su propio padre.

—Él debía ser el último para poder encontrar el tesoro —prosiguió y apretó la mandíbula con fuerza—. Nuestra madre se opuso, por supuesto. Huyó con nosotros y vivimos en el bosque por meses, pero mi padre no tardó en encontrarnos. Aquella noche Kai despertó y se percató de que…

Ryu no pudo continuar. Se quedó callado por tanto tiempo que Bianca se sintió tremendamente inútil. Quiso acercarse a él y apoyar la mano en su hombro; tratar de mostrarle que, aunque no comprendía del todo, sentía una gran empatía.

—Él la estaba matando. Arremetió contra ella en frente de nuestras narices, pero el único que lo vio fue Kai. Intentó en vano despertarnos, pero Yun y yo seguíamos dormidos. Kai trató de ayudar a nuestra madre, pero mi padre la asesinó y se fue contra él. Lo hirió de gravedad y luego nos llevó de regreso a casa. Nos metió en unas celdas que había en el sótano y nos mantuvo con vida por cinco años.

—¿Por qué no los asesinó también?, ¿no era lo que quería?

—Él estaba seguro de que nuestra madre había encontrado el tesoro y que nosotros sabíamos en dónde estaba. Nos torturó por años.

—¿Cómo lograron escapar?

—Nuestra madrastra nos dejó en libertad. Nunca tuvo hijos, pues mi padre tenía miedo de engendrar a otros hombres. Ella nos cuidó durante esos años. Curó a Kai y nos lo devolvió cuando creíamos que iba a abandonarnos. Después nos ayudó a escapar.

Bianca se imaginó el pasado terrible de los tres hermanos. Ella había tenido una historia triste y desafortunada pero, sin duda no había sufrido ni la mitad de lo que ellos habían sufrido.

—Nuestra familia, como puedes darte cuenta, es bastante disfuncional —agregó Ryu, para terminar con el silencio en el que se habían sumido los dos. Bianca asintió lentamente y lo miró con firmeza:

—Todas lo son.

Las puertas del elevador se abrieron y los dos salieron. La joven sintió, casi como si una persona diferente hubiese salido aquella mañana y otra nueva regresara. Se sentía más valiente. Como si aquel oscuro pasado, que Ryu se había animado a confiarle, fuese su propio móvil para sentirse más fuerte. Él abrió la puerta del departamento y la dejó entrar primero. Yun se levantó de una de las sillas de la cocina, con tanta prisa, que la silla rechinó detrás de él y se apresuró a acercarse a ellos. Kai, por el contrario, se quedó cruzado de brazos frente al fregadero.

—¿Están bien?

—Les dije a los dos —espetó Ryu y apuntó hacia ambos— que no la dejaran salir sola.

—Estabas con ella. ¿Cuál es el problema?

—El problema, Kai, es que les di una orden y fue como si hubiese hablado con la pared.

—Cuando me fui a trabajar ella aún estaba aquí. Le dejé la dirección de mi trabajo de todas formas —dijo Yun y alzó las dos manos como para librarse de problemas.

Ryu se volvió hacia Kai con una expresión acusadora. El aludido miró enojado hacia otro lado, descruzó los brazos y se acercó con paso lento, hasta llegar frente a su hermano. Apoyó el dedo índice en el pecho de Ryu y dijo con tono frío:

—No me mires así. Yo no soy la niñera de nadie, ¿te queda claro?

—Si te ordeno que seas la niñera, lo serás. Si te ordeno que busques a gatas la pelusa que yo quiero, lo harás. No estoy discutiendo contigo, ¿comprendes?

Yun intercedió al notar que los dos hermanos se miraban de manera asesina. Los separó a ambos y se situó delante de Kai, que con las manos en las caderas, se apartó de malas.

—Vamos, vamos. Fue un error; no volverá a ocurrir. Seguramente Bianca está muerta de hambre, ¿no, preciosa?

Bianca estaba asombrada por la actitud de los dos hermanos, y por alguna extraña razón, sentía que los comprendía a ambos. Se aclaró la garganta y afirmó al cabo de un segundo, cuando salió del trance.

—Yo… También fue mi culpa. Ya que lo hemos hablado, no volverá a suceder.

Ryu se tranquilizó al escuchar su voz y la contempló como si analizara su actitud de defensa ante la situación. Bianca asintió en aprobación, para tratar de convencerlo de que todo estaba arreglado. Kai ni siquiera la miró.

—Espero que así sea.

—Bien —contestó de malas el de en medio.

—Perfecto. Kai hizo un estofado delicioso.

Ante el anuncio de Yun todos se sentaron a disfrutar de la cena que les sirvió Kai. Bianca le dio un suave "gracias" y el muchacho medio gruñó ante su muestra de gratitud. La cena marchó con normalidad.

—Te ha quedado delicioso, como siempre. Pronto te buscaré una esposa.

Ese comentario sarcástico de Ryu, los hizo a todos atragantarse. Kai lo miró con desacuerdo aparente y negó mientras tomaba un sorbo de agua y Ryu le sonreía.

—¿Se supone que eres el casamentero de la familia?

—Por supuesto. Antes de buscarme una esposa, necesito encontrar las de ustedes —comentó con guasa y los otros dos se miraron con sonrisa cómplice.

—Soy perfectamente capaz de encontrarme una esposa —anunció Yun—. Con lo mucho que te desagrado, no tengo duda de que me buscarás una veinte años mayor que yo, con artritis y un genio de los mil demonios.

Ryu sonrió con satisfacción y vehemencia. Bianca se tranquilizó al notar que todos estaban de buen humor, casi como si ella no estuviese allí.

—Me gusta esa idea.

—No, gracias. Prefiero que me des la esposa que le encuentres a Kai.

—¿Por qué? —preguntó Kai, jovial.

—Tú eres el hermano favorito. Seguro que te consigue a alguien bella, que sepa cocinar para que pasen horas juntos haciendo platillos, que sea educada y agradable, pero que a veces se deje llevar por sus locuras.

—Yo no lo creo.

Bianca se sorprendió de haber dicho aquello, porque de pronto todos recordaron que ella estaba allí y la miraron especulativamente, por completo sorprendidos de que hubiese participado en la conversación.

—¿Ahora me conoces tan bien? —preguntó Kai y le arrojó la interrogante con un tono sarcástico.

—Solo digo que no creo que una persona así vaya tan bien contigo.

—¿Por qué?

—Pues, dada tu aversión por la gente loca, locos excéntricos en específico, dudo mucho que alguien que se deje llevar por sus locuras sea para ti.

Por primera vez, desde el día anterior, algo brilló en los ojos negros de Kai cuando la miró. Ryu los observó, inquisitivo, y quiso preguntarle a Yun con la mirada, pero el rubio se encogió de hombros.

—¿Locos excéntricos? —preguntó Ryu y contempló a Bianca con diversión.

—Sí. No parecen agradarle mucho.

—Qué raro —comentó Yun quien cruzó los brazos y se apoyó en el respaldo de la silla.

—¿Por qué es raro?

—Pues verás… —sonrió Yun con guasa, y con un tono de voz sereno, confesó—: Los tres sentimos inclinación por los que son locos y excéntricos. Son nuestros favoritos.

—¿Qué tonterías estás diciendo? —preguntó Kai y miró a su hermano como si hablara en otro idioma. Se puso de pie y recogió los platos mientras Ryu lo estudiaba con cuidado y Yun la miraba interesado.

—Me da la impresión de que ustedes dos conocen a alguien que entra en esa categoría. Y bien, ¿la conocen?

Bianca y Kai se miraron por coincidencia y los dos negaron con la cabeza al mismo tiempo.

Bajo la lluvia

Cuando Bianca se despertó al día siguiente le sorprendió darse cuenta de que, al parecer, aún era muy temprano, pues alcanzó a ver solo un poco de la luz del sol. Se fijó en su reloj de pared y se percató de que no era tan temprano como suponía, y que estaba nublado y hacía mucho frío. Se acercó a la ventana y observó con cuidado el vaho que hacía empañar el vidrio, contrastando el tiempo de afuera con el de adentro. No había ni una sola nube bien formada en el cielo, sino una alfombra grisácea que lo cubría por completo.

Se sentó en la silla frente a su escritorio y se peinó con un chongo en la parte superior de la nuca. Arregló su cama, salió de la habitación y se le escapó un bostezo al cerrar la puerta detrás de ella. Yun salía del baño cuando ella comenzó a caminar por el pasillo. Tenía amarrada una toalla en la cintura y el pecho descubierto. Bianca se cubrió los ojos y se giró sobre las puntas de sus pies.

—Lo siento, no escuché que te estabas bañando —se disculpó en voz baja. Yun se rio detrás de ella y se sacudió los mechones mientras se secaba con otra toalla pequeña.

—No imaginé que fueras tan puritana.

—¿Tan qué?

—Tan puritana. ¿Es la primera vez que ves a alguien sin camisa?

—Yo… ¡No! —Y era verdad, pues los chicos de su escuela solían hacer deportes llevando puesto nada más que un short. Pero eso era diferente. Nadie la había abordado así tan de cerca.

—¿Te incomoda?

—Bueno… No es la palabra que utilizaría. Es solo que le tengo mucho aprecio al espacio personal, y considero que la mayoría de las personas también piensan lo mismo.

—Yo soy parte de la minoría. Y bueno, la verdad creo, que si no te gusta tocar, al menos podría gustarte mirar.

Bianca se sintió abochornada en extremo por aquellas palabras y no supo ni qué hacer ni qué decir.

En ese momento salió Kai de su habitación y los miró a los dos con cara de pocos amigos. No le pasó desapercibido que su hermano se divertía a mares haciéndole pasar vergüenzas a la chica y le dedicó una mirada huraña.

—Ya deja de importunarla.

—Eres un amargado. A todo le quitas la diversión; solo bromeo con ella.

—Ella no está aquí para que bromees. Haznos un favor a todos y vístete.

—A veces no comprendo a la gente —comentó Yun. Se cruzó de brazos y se apoyó sobre el filo de la puerta del baño—. El cuerpo humano es algo bellísimo. Quien piense lo contrario es un mentiroso, y quien se siente abrumado, apuesto a que es pura morbosidad.

Bianca supo que Yun tenía razón. Nunca había podido pensar de ese modo, pues su forma de ser y el modo en el que había vivido, no le permitían conocer y relacionarse con los aspectos normales de la vida. Viró de golpe y se adelantó unos pasos. Yun se sorprendió e incluso se sobresaltó, al darse cuenta de que ella se acercaba y lo miraba con atención. El torso masculino estaba delineado como si lo hubieran hecho con un martillo y un cincel. Su pecho era liso, los hombros fuertes y musculosos, muy diferentes a los de ella, por supuesto. Tenía un ombligo pequeño, rodeado por una fina capa de vello rubio; a los lados su cintura estaba enmarcada por músculos bien delineados. Después de haberlo estudiado a fondo, pues se dijo que probablemente no iba a tener otra oportunidad para hacerlo ni con él, ni con nadie, lo miró a la cara. Preso de una incomodidad silenciosa, al verse observado con tanto interés, Yun se sonrojó. Bianca sonrió sarcástica.

—Resultó que al final sí eres de los que aprecian el espacio personal.

Se volvió y caminó animada hacia la cocina. Kai apretó los labios en una delgada línea para no reírse y Yun hizo un mohín con la nariz y, sin decir nada, se metió a su habitación para terminar de arreglarse.

Bianca se sirvió el desayuno, sin esperar a los dos jóvenes y comenzó a comer, apresurándose, pues había prometido a Theo que pasaría esa mañana por los chocolates. Kai no tardó en unirse a la mesa. Se sentó frente a ella, se sirvió café con leche, asió una revista y empezó a hojearla mientras desayunaba. Bianca lo miró en silencio. Después de unos minutos, fastidiada de tener una compañía que parecía no estar presente, rompió el silencio.

—¿Ya ha desayunado Yun?

Kai se dio el tiempo para quitar la mirada de la revista y ladeó la cabeza, tratando de comprender por qué quería conversar con él de una manera civilizada. Le resultó sorprendente, pues la última vez que habían estado solos las cosas no habían salido bien.

—Sí.

Bianca levantó las dos cejas como si esperara a que él continuara, como si su respuesta fuera poca cosa. Resopló frustrado y cerró la revista.

—¿Hay algo más que desees saber? —concedió con un dejo de sarcasmo.

Bianca se mordió el labio inferior y pensó por algunos segundos si aquello que iba a decir la podría llevar por buen camino. Lo dudaba mucho, pero agregó:

—Dijiste que eras muy desconfiado con las personas.

—¿Quieres hablar de mí? —preguntó sin creérselo.

—Yo… Quiero entender.

—¿Para qué?, ¿qué tiene que ver contigo?

—Nada —respondió. Sus ojos azules brillaron con desilusión. Kai se masajeó con la yema de los dedos, la muñeca, al notar que ella daba la impresión de haber esperado algo más de él. Le molestó. Le molestaba que las personas pensaran que podían intentar comprenderlo de ese modo.

—Bien.

Kai regresó la mano a la revista para abrirla de nuevo, pero Bianca no quiso dar su brazo a torcer.

—¿Les tienes miedo a las personas? —Kai la miró como si esa fuese la pregunta más estúpida que hubiese escuchado en vida.

—¿Disculpa?

—¿Tienes miedo de que si confías en alguien pueda lastimarte?

—Oye, sinceramente creo que no sabes mucho de la vida. Limítate a hacer comentarios de los temas que en verdad conozcas.

—¿Como qué? —se aventuró a preguntar sin sentirse ofendida en lo más mínimo.

Kai levantó las manos en actitud de incomprensión y dijo:

—No lo sé. El tiempo.

—¿Quieres que hablemos sobre el tiempo? —Sus cejas se alzaron en señal de sorpresa. Kai bufó.

—Si eso impide que hagas preguntas innecesarias, supongo que sí.

Bianca consintió con la cabeza, despacio, se llevó un bocado de fruta a la boca y cuando terminó de masticar dijo:

—Pero no sé nada acerca del tiempo.

—Bueno —concedió él de mal humor—. ¿De qué prefieres hablar pues?

—De mi madre.

—¿De tu madre?

—Sí.

—¿Por qué?

—Porque me recuerdas a ella. —Kai se sintió tremendamente desconcertado.

—Te recuerdo a tu madre —secundó él. Ella asintió con una sonrisa animada—. Y, ¿por qué, exactamente, te recuerdo a tu madre?

—Bueno, es que también era muy desconfiada.

Él puso cara de circunstancia y se separó unos centímetros de la mesa arrastrando la silla para dejar un espacio considerable entre él, la mesa y la chica. Apoyó los codos en sus rodillas y la contempló con atención. No dijo nada y esperó a que siguiera lanzando sus incoherencias al aire. Bianca se dio el tiempo para continuar.

—Ella tenía una razón para ser así. —Ante el inmutable silencio de él, prosiguió—: ¿Tienes un motivo?

—No. Solo soy así.

—No te creo.

—No necesito que me creas.

—¿Alguien te lastimó antes?

Kai no podía creer lo increíblemente inoportuna que era la joven. Negó con vehemencia de nuevo y siguió en total asombro con la mirada clavada en ella.

—Mi madre —continuó Bianca—, estaba enamorada de un sujeto cuando eran jóvenes. Él la lastimó. Nunca pudo perdonarlo. Me dijo que yo era demasiado ingenua, que regalaba mi confianza sin meditar o analizar nada. Pero luego, al despedirme de ella, ¿quieres saber lo que me dijo?

—Presiento que me lo dirás aunque no conteste.

—Si no quieres, no te lo diré.

Kai prefirió quedarse con la duda y negó con la cabeza. Bianca terminó de desayunar, lavó sus platos y salió de la cocina, para sentarse un rato en la sala. Aún era temprano para ir a ver a Theo,

130

así que decidió ponerse a escuchar música en una radio que estaba en la mesita de al lado del sillón más grande de la sala. Un poco después del mediodía, Yun salió de su habitación y le anunció que se iba a trabajar, y que ya sabía dónde lo podía encontrar en cualquier caso de emergencia. Iba muy abrigado, con una bufanda y una chamarra. La miró con sorpresa antes de irse.

—Hace mucho frío. Creo que ese vestido no va a cubrirte suficiente.

—Estoy bien —dijo Bianca, ya que no podía explicarle cómo era que su vestido la cubría tan bien del frío, pero a Yun no le convenció su respuesta.

—¿Saldrás?

—Iré a ver a Theo. —Yun miró a Kai que salía de la cocina.

—¿Saldrás con ella? —preguntó al señalarlo y Kai negó con la cabeza sin saberse enterado de lo que sucedía—. Dice que irá a ver a Theo.

—Regresaré temprano, lo prometo.

—Olvídalo. Si Ryu te vuelve a encontrar sola, nos mata —contestó Yun.

—¿Y se supone que yo debo ir con ella?

—A menos que quieras ir a mi trabajo, no veo otra solución.

Kai aceptó sin esconder su malestar y se sentó a su lado en el sofá, todavía con la revista en las manos. Bianca se sorprendió por la cercanía y se alejó unos centímetros, cosa que a Kai no pareció importarle.

—No la dejes salir solo con ese vestido. Está helando afuera. —Kai, levantó la mano y dijo que sí con el dedo sin voltear a verlo. Yun le dijo adiós a Bianca con un ademán de mano y salió del departamento.

—Tengo que ir a comprar provisiones para el viaje. Iremos primero a eso y después podremos pasar por tus chocolates, ¿de acuerdo?

—¿Nos iremos pronto?

—Probablemente pasado mañana. Todo depende del estado del tiempo.

Ella asintió. Pensativa, se recostó de lado y apoyó la cabeza en el brazo del sillón para continuar escuchando la música. Se percató de que, aunque no había estado tanto tiempo en el departamento, iba a extrañarlo cuando se fuera. Los días caminando sola por el bosque no habían sido tan malos, pero dejar la comodidad que le había brindado ese lugar… De solo pensarlo se sentía un tanto deprimida.

Kai continuó con su atención en la revista y cuando miró el reloj se dio cuenta de que ya había pasado una hora; su vista se desvió hacia Bianca y advirtió que estaba dormida. Se puso de pie, intentó no hacer ruido y se sentó en el suelo frente a ella. Un mechón delgado le había caído sobre la nariz y temblaba con el ritmo de su respiración acompasada. Era muy linda, eso no se podía negar, eran sus rasgos tan peculiares como el color de su cabello, que a veces brillaba bajo el sol con tonos azules; pero eran sus ojos y su nariz pequeñita y respingada, los que la hacían destacar.

Había conocido a muy pocas mujeres en su vida y ninguna le había causado esa sensación. Una sensación como de desasosiego. Normalmente sabía lo que podía esperar de las personas, obviamente siempre era lo peor. Estaba preparado para eso; después de lo que su padre había hecho no podía esperar nada mejor. De nadie. Ella, por el otro lado, se mostraba tan diferente por dentro como lo era por fuera. Era rara, sí. Supuso que ese defecto era como una cualidad a los ojos de él y de sus hermanos. Ella no actuaba como la mayoría y mucho menos pensaba como la mayoría.

La llamó varias veces pero Bianca no reaccionó; nada más fruncía la nariz cuando escuchaba su voz. Kai se permitió sonreír animado y volvió a llamarla, esta vez más alto. La chica reaccionó y se levantó con tanta velocidad que se mareó y perdió el equilibrio un poco, pero logró sostenerse del brazo del sillón.

—Se hizo tarde. Levántate, nos vamos. —Kai se incorporó y caminó hacia su habitación.

Bianca ordenó sus ideas y se acomodó el cabello que se le había desarreglado por la posición en la que había dormido sobre el brazo del sillón. De pronto, dejó de ver.

—¿Qué…? —no terminó la pregunta, pues advirtió que tenía una prenda de vestir encima de la cabeza. La haló hacia abajo y resopló con molestia, pues seguro que estaba mucho más despeinada que antes.

—Úsalo. Si te resfrías arruinarás el viaje.

—No tengo frío —contestó con seguridad y Kai frunció el ceño.

—Pues, a menos que tengas el poder sobrehumano de controlar tu temperatura, que no creo que lo tengas, es imposible que puedas pasear allá afuera con solo ese vestido puesto.

Bianca prefirió no discutir y se pasó la prenda por la cabeza y los brazos. Era un suéter tejido de color azul oscuro que le iba enorme. Las mangas eran más largas que sus brazos y la base le llegaba solo unos centímetros más arriba de las rodillas. Levantó los antebrazos y el sobrante de las mangas le cayó a los lados.

—Está gigante —comentó riendo mientras movía los brazos para elevar los sobrantes como si fuesen alas.

—No es tan grande, lo que pasa es que tú eres muy pequeña. —Bianca recibió mal el comentario.

—No soy muy pequeña. Solo soy pequeña.

—Es lo mismo.

—No lo es.

—Como sea. Se nos hará tarde si seguimos discutiendo. —Bianca seguía jugando con las mangas y Kai, desesperado, se acercó. Le jaló la manga del suéter y comenzó a doblarlo hacia arriba, sin importarle la condición que ella había establecido y sin querer, le rozó la mano cubierta con el guante. Al terminar, agarró el otro lado e hizo lo mismo. Ella ni siquiera rechistó.

—Gracias.

Kai la miró y la calificó. Honesta. Bianca era en verdad honesta. Sus ojos azules reflejaron la inquietud que sintió por verse observada bajo la mirada negra. Segundos después Kai cambió de idea; percibió que había algo que ella no estaba diciendo. Sin decir nada más salió por la puerta. Bianca caminó detrás de él y esperó paciente, con él, a que llegara el elevador.

Al entrar, Bianca notó que Kai volvía a sacar la moneda de la bolsa de su pantalón y de nuevo jugaba con esta, pasándola entre sus dedos con facilidad. Observó atenta la moneda. No daba la impresión de ser común y corriente, no era dinero actual, ni siquiera tenía los sellos de Cronalia e incluso era un poco más grande que las monedas comunes. Tal vez ni siquiera era una moneda.

—¿Qué es eso? —Kai se detuvo y guardó el objeto en su pantalón rápidamente.

—¿Qué va a ser? Es una moneda.

—No se ve como una.

—Entrometida —canturreó y se mordió el interior de las mejillas para no sonreír, mientras se acomodaba la bandana en la frente. Bianca abrió la boca, ofendida.

—No lo soy.

—Sí lo eres —aseguró al acercarse a ella en cuanto las puertas se abrieron y entraron dos personas. Bianca lo pensó con seriedad.

—Tal vez lo soy… pero no tanto —concedió y juntó el dedo índice y el pulgar—. Yo diría que más bien soy curiosa.

—Es lo mismo.

—No lo es. Y bien, ¿vas a decirme qué es?

—Es una moneda, ya te lo dije.

—Acepto que soy curiosa, incluso un poquito entrometida, pero no soy tonta. Yo sé que eso no es una moneda.

Kai la miró sobre el hombro y se acercó más cuando el elevador volvió a detenerse y subieron otras cuatro personas.

—Es una reliquia familiar. No es una moneda actual: ¿contenta?

Bianca no dijo más. Cuando el elevador llegó a la planta baja salieron y caminaron hacia la salida del edificio. A los cinco minutos de camino, notaron que las calles comenzaron a llenarse de personas como si fueran marabunta. Era la hora de los cambios de turno y salida de la mayoría de los trabajos. Bianca se detuvo de golpe antes de llegar a una acera que estaba llena de gente que tenía la intención de cruzar al otro lado de la calle. Kai, por otro lado, siguió caminando y, cuando se percató de que ella no iba con él, se volvió para buscarla por todos lados. La vislumbró a lo lejos, apoyada en la columna de un edificio.

—¿Por qué demonios te quedaste atrás? —preguntó al llegar a su lado.

—Lo siento. Hay… hay muchas personas —contestó y señaló el cruce que cuando se vaciaba, no tardaba en volver a llenarse—. Te llamé, pero ibas mucho más adelante y no me escuchaste.

—¿Cuál es el problema? —preguntó.

—El problema es que hay muchas personas.

—Eso lo entiendo. Lo que no entiendo es por qué te molesta. Puedo comprender que te hayas puesto un poco histérica con el hombre del elevador la otra vez, por lo que me comentaste, pero esto es diferente.

—Tengo… tengo fobia social.

—¿Fobia social, dices? —Kai se llevó una mano al rostro, agobiado—. Demonios, ¿hay algo que no tengas, niña?

—No lo creo.

—Esa es la primera frase que no te puedo discutir.

Bianca se advirtió sonrojada por la vergüenza que le provocaba el tener que mentir y por el miedo que había sentido cuando había notado la cantidad de personas frente a sí.

—¿Podemos… podemos ir por otro lado?

Kai analizó las opciones con poca disposición. Había varias vías alternas, pero él no las conocía tan bien, pues hacía relativamente poco tiempo que había llegado allí. Se adelantó hacia el lado opuesto de donde estaba toda la gente y le hizo una señal con la mano para que lo siguiera. No mucho después, entraron a una pequeña callejuela limitadamente transitada, que era bastante larga y que, aunque no solía ser oscura, aquel día, por estar nublado, lo parecía.

—Esto es agradable.

Kai la miró como si hubiese salido de un hospital psiquiátrico y se dijo que haber comentado aquello, tal vez era demasiado raro. Ella sonrió nerviosa y continuaron caminando.

—¿Desde cuándo tienes tu problema? —preguntó Kai interesado. Bianca intentó que su respuesta fuera convincente.

—Probablemente desde mi incidente con el hombre.

—¿Desde eso le temes a que las personas se te acerquen o te toquen?

—Supongo.

—¿Ese hombre que me mencionaste intentó… él trató de… forzarte? —A Bianca le resultó abrumador el interés que demostraba en conocer lo que había pasado, pues ella deseaba no contar más que lo mínimo.

—Se enojó, luego me tiró al piso y me besó.

—¿Se enojó? ¿Tú le hiciste algo?

—Yo… le lancé un cuchillo.

—¡Un cuchillo!

—Sí. Mi navaja. Soy buena lanzando. Te lo dije, pero no me creíste.

Kai parpadeó sorprendido ante la confesión y se preguntó por quién debía de sentir más pena, si por el hombre o por ella.

—¿Era tu novio?

—Mi… —Bianca no terminó la oración. De súbito hizo una mueca que reflejó el asco que sintió ante esa idea y Kai comprendió sin palabras.

—No debe ser agradable que te bese un desconocido —concedió él en su favor.

—No es agradable que te besen. Punto.

Kai se detuvo como si hubiese chocado contra una pared imaginaria y ella, al verlo, se detuvo también y lo miró como si estuviese esperando por su respuesta.

—¿Te habían besado antes?

—No. Nunca.

—Así que ese fue tu primer beso —afirmó él, cuando de pronto se preguntó cómo es que habían llegado a ese tema. Quiso retractarse de haberlo preguntado pero ella no se mostró incómoda y se encogió de hombros.

—Sí. El primero y el último —contestó con sarcasmo. Kai no comprendió su emoción ante esa idea. Ella sabía, por otro lado, que ese era un chiste privado.

—Oye, creo que eso es algo extremo, ¿no?

—No comprendo.

—Quiero decir que… eres muy joven. —La miró de arriba abajo y preguntó—: ¿Qué edad tienes?

—Tengo dieciocho.

—¿En serio? Te ves menor.

—Y tú, ¿cuántos años tienes, abuelito?

Kai sonrió de buena gana.

—Veintidós. Mis hermanos y yo solo nos llevamos un año entre cada uno.

—¿Cuál es tu punto?

—Mi punto es que eres muy joven para decir esas cosas.

—No lo soy —se defendió; cruzó los brazos en el pecho y pateó una roca que vio en su camino.

—¿Hablas en serio? ¿Dices que ese será tu último beso?

—Exacto.

—¿No piensas tener una pareja cuando seas mayor?

—¿Tú piensas tener una pareja cuando seas mayor? —Kai se mostró azorado al percibir la balanza inclinada hacia él.

—Tengo cosas más importantes que hacer que eso.

—También yo —concedió con una mueca alegre por haber encontrado un punto en común entre ambos.

—Es decir, que no piensas casarte y tener familia como las chicas de tu edad. ¿Nunca?

—Casarse y tener familia no me parece que tenga nada de grandioso. No es una idea que me entusiasme —contestó y fingió obviedad. Debía empezar por convencerse a sí misma de que estar sola era una excelente opción en la vida. Muchas personas lo hacían.

—Y si... —Bianca se detuvo al escucharlo. Se giró al ver que él no le seguía el paso y se volvió para enfrentarlo— ¿Qué tal que te enamoras de alguien? —dijo Kai e interrumpió sus pensamientos.

Esa pregunta la dejó parcialmente en trance. Había evadido el hacerse esa cuestión toda su vida. Tal vez porque pensó que algo así jamás le sucedería estando encerrada en la torre; no era parte de su realidad inmediata ni futura. Pero ahora que estaba fuera de la torre y que vivía entre diferentes personas... esa era una posibilidad. Le dolía mucho saber que podría sucederle. Y no sería algo satisfactorio como todos lo describían. Para ella sería lo peor que podría pasarle. Bianca escogió con cuidado sus palabras.

—Yo... no quisiera tener que hacerlo. —No podía decir que no podía o que no debía, ya que eso daba a entender que algo más se relacionaba con su decisión y solo haría a Kai más interesado en saber cosas que ella no podía contar. Bianca sonrió ante la confusión del chico y continuó—: Conseguiré una casa pequeña en un bosque y me quedaré allí. Sola. Esa es la definición de felicidad para mí. Es cierto que soy diferente a la mayoría de las personas, pero no hay un envase en donde puedas meter a todos, cada quién tiene su propio envase. Solo quiero una vida tranquila.

Kai no dijo más. Los dos continuaron por el callejón. Al salir giraron hacia la izquierda y después de cruzar unas cuantas calles, llegaron al mercado.

Compraron víveres para el viaje: frutas, verduras, alimentos enlatados y otras cosas no perecederas. Después de que terminaron se fueron directo a la cafetería de Theo, quién, cuando entraron por la puerta, los saludó contento.

—Lamento no haber podido ayudar a recoger el desastre de ayer —se disculpó Bianca cuando Theo se acercó a ellos.

—No tienes porqué disculparte. Ryu ya había lavado unas cosas. —Después se dirigió a Kai y agregó—: May ha preguntado por ti.

Bianca los miró a ambos desconcertada y recordó que May era la mesera. Frunció el ceño y se preguntó, qué tipo de relación tendría con ella, para que se viera en la necesidad de preguntar por él. Al ver su rostro de incomprensión, Theo le explicó:

—Kai hizo de mesero hace unos días. No necesitaba ayuda, pero él se ofreció y May estuvo encantada de contar con otro ayudante para poder salir más temprano.

—Fue antes de que llegaras —le aclaró el de la bandana al acomodarse las muñequeras. En ese punto, salió de la cocina la mesera y se detuvo de golpe al verlo.

—¿Por qué no habías venido? Te he extrañado.

Kai no se mostró vacilante por la familiaridad con la que la chica se dirigió a él y Bianca sonrió amigable, ante el rostro emocionado de la mesera.

—Tuve que hacer de niñera.

Bianca sabía que ese comentario iba dirigido más hacia ella que hacia la mesera. May salió de detrás del mostrador y se acercó al grupo.

—Yo también me he portado mal, ¿podrías cuidarme?

Theo elevó los ojos al cielo para dejarlo como testigo de las inverosímiles palabras de su empleada. Bianca se agachó para quedar a su altura y le habló como en una confidencia.

—¿Te viene bien si los dejamos charlar y me muestras cómo quedaron mis chocolates?

Theo aplaudió emocionado y los dos se alejaron de la pareja que continuaba hablando en tono casual. El pequeño entró en la cocina seguido de Bianca y los dos se acercaron a un molde que tenía encima las barras de chocolate. Bianca aplaudió emocionada al ver las barras terminadas y alargó la mano para pasarla a través de las siluetas rectas.

—Quedaron increíbles.

—Y deliciosas también.

—¿Las probaste sin mí? —preguntó y aparentó una mirada recriminatoria. Theo se sonrojó y se rascó la cabeza.

—Lo siento. Tenía curiosidad.

—¿Curiosidad por qué?

—Pues quería ver tu toque. Puedes poner a un montón de cocineros a hacer la misma receta y siempre quedará diferente. Cada uno tiene su esencia, es diferente y especial a su manera.

—¿Qué tal salió mi toque?

—Quedó perfecto. Muy similar al mío, pero mucho más delicado.

—Estoy contenta. No pensé que podría aprender a hacer chocolate.

—¿Quieres probar?

Bianca aseguró que sí. Theo asió un cuchillo y se aseguró de que estuviera completamente seco; lo posicionó a la mitad de una de las barras, la cortó e hizo lo mismo con las otras barras hasta que quedaron divididas en pequeños cuadros. Ella agarró uno y lo introdujo en su boca. Se sintió orgullosa al saborearlo y pudo apreciar lo bien que había quedado.

—¿Puedo llevarme unos?

—Puedes llevártelos todos. Son tuyos. Te los pondré en un regulador térmico. Así no se derretirán si hay calor.

Bianca se paseó por la cocina mientras Theo buscaba el papel especial en los cajones de los muebles. Al acercarse a la puerta se asomó por la ventanilla que daba hacia la parte de enfrente del negocio y vio que Kai aún platicaba con la mesera.

—May es ferviente admiradora de los tres —dijo Theo en cuanto se percató de que ella miraba por la ventana—. Desde que llegaron a la ciudad no pierde oportunidad para coquetear con ellos cuando vienen.

Bianca volvió a fijarse en la actitud de la chica con el delantal y se preguntó si podría reconocer el coqueteo que Theo mencionaba. La verdad era que era una novata en esos aspectos. Ella y Nora no solían hablar con chicos, y si ellos le hablaban a Nora, pues nunca se dirigían a ella, su amiga simplemente los ignoraba. No tenía herramientas para eso, así que admiró a la mesera que daba la impresión de tenerlas todas. Posaba su mano de vez en cuando en el antebrazo desnudo de Kai, quien tenía las mangas de la chamarra arremangadas, y también se reía con poca naturalidad y meneaba su melena de un lado a otro como si quisiera espantar a un insecto imaginario.

—Se nota que sabe lo que hace —comentó. Theo negó con la cabeza en un reflejo de desaprobación—. Es muy bonita.

—Tú eres mucho más.

Bianca se coloreó al escucharlo decir eso. Jamás le habían dicho que era bonita. Al menos no lo recordaba.

—¿No crees que soy muy extraña? —preguntó, con una sonrisa cómplice mientras se señalaba a sí misma desde arriba hasta los pies. Theo se sonrojó pero se mantuvo dueño de sí mismo.

—Creo que las personas que se consideran normales muchas veces caen en lo típico. Me gusta que seas así. Eres diferente, como vibrante y… no lo sé… irradias mucho.

A Bianca le tocó el turno de sonrojarse y jugó con sus dedos, en un movimiento que logró catalogar como un reflejo de su inseguridad.

—Debería pedirle a tu empleada que me dé clases —dijo en un susurro.

—Le coquetea a cualquiera, pero no funciona con todos. Kai lo acepta porque es una persona educada, jamás se atrevería a hacerle el feo.

Bianca volvió a asomarse por la ventanilla, desconcertada. No podría catalogar a ese chico de educado sino de todo lo contrario. Kai notó su atento escrutinio y la observó fijamente. Bianca se sintió como pillada en una travesura y se movió para volver al lado de Theo.

—Nos iremos pronto —anunció triste, cuando Theo le alcanzó la bolsa con los chocolates listos. El pequeño asintió con mirada vacía.

—Lo sé. Ryu me lo dijo ayer.

—Vendré a visitarte en cuanto pueda. Hay algo que debo hacer y tardaré un poco.

—¿Puedo ayudarte?

—Eso quisiera, pero no es algo en lo que puedas intervenir.

Theo soltó una bocanada de aire con ímpetu. Ella percibió que le costaba trabajo tener que despedirse y, aunque le pesara aceptarlo, a ella también.

—Te extrañaré.

—También yo. —Su voz sonó tan desinflada que Bianca sintió un dolor en el pecho. La puerta de la cocina no tardó en abrirse y entró Kai, con un gesto que denotaba fastidio.

—¿Has terminado?

—Sí.

Iba a dirigirse a él cuando Theo la detuvo. Nunca la había tocado, era la primera vez y Bianca se paró en seco y volvió la cabeza hacia atrás. El niño apretó su mano enguantada, cuidadoso, y se la acercó a los labios; ella se quedó petrificada y él depositó sus labios sobre el dorso de la mano. No dijo nada. Ni siquiera se quejó, ni retiró la mano, pero su corazón latió tan rápido que se sintió como si hubiese corrido un maratón.

—Cuídate mucho. —Bianca sintió un nudo en la garganta y asintió mientras él soltaba su mano enguantada suavemente y la dejaba descansar sobre la falda de su vestido.

—Lo haré.

Kai carraspeó, tocado por la escena, y Bianca salió de la cocina por delante de él.

—Creo que te ha tomado cariño —comentó Kai cuando caminaban por la acera y se despedían del chiquillo con la mano, desde lejos.

—Es mutuo.

—Me di cuenta. No pareció importarte que te tomara de la mano —lo miró sin saber qué decir.

—Es… diferente.

—¿Por qué es diferente?

—Porque él no representa una amenaza.

—¿Y yo sí?

A Bianca no le gustó el repentino interés de Kai y se encogió de hombros.

—Antes, cuando te conocí en el elevador, no. Pero ahora, que me has mostrado tu desagrado, supongo que lo seguirás siendo.

—¿No podrías cambiar de parecer?

—No, porque no depende de mí. ¿Por qué debería dejar de verte como una amenaza si tú sigues pensando que yo lo soy?

Kai no contestó y profirió un gruñido seco. Ambos caminaron en silencio por el parque que llevaba hacia el departamento, cargados con las bolsas, cuando de súbito se escucharon unos horribles truenos. Bianca miró hacia el cielo y sintió las heladas gotas de agua caer en su rostro. Kai maldijo en voz baja, pues ninguno de los dos había pensado en llevarse un paraguas. Rápidamente sujetó con fuerza las bolsas que llevaba y corrió hacia un árbol, pensando que ella iba detrás con él; pero en cuanto se notó solo, se recriminó internamente por haber creído que le seguiría, cuando hasta el momento había hecho todo lo contrario. Miró a través de la lluvia y observó a la chica parada entre el pasto y los árboles a la mitad del camino, con las bolsas sujetas con las dos manos, pero el rostro encarando a la lluvia con los ojos cerrados. El agua estaba helada, pero no resultaba molestarle en absoluto. Kai dejó las bolsas debajo del árbol y corrió de nuevo hacia ella.

—¿Pero qué diantres pasa contigo? ¿Quieres que te dé una pulmonía?

Bianca reaccionó, azorada, y pestañeó confundida mientras las voluptuosas gotas de agua le caían de las pestañas, como el chorro de una fuente.

—No creo que pararnos debajo de un árbol sea lo adecuado —comentó al ver las bolsas a lo lejos.

—Eso ya lo sé, solo me detuve allí para ver hacia dónde podíamos dirigirnos mientras tú actuabas como si estuvieses en la playa, tomando el sol.

—El sol no se siente tan bien.

Kai negó con frustración y la jaló del brazo para llevarla casi a rastras. Al llegar al árbol agarró las bolsas con una sola mano y con la otra sujetó la de ella. Bianca iba casi perdiendo el equilibrio, pues él caminaba con paso acelerado en dirección al techo de un negocio que estaba cruzando el parque.

La liberó cuando se apoyó en la pared, ya protegido del agua. Dejó las bolsas en el suelo y se puso en cuclillas, se llevó las manos a los labios y sopló aire caliente para relajar sus músculos que estaban tensos por el frío.

—¡Qué tiempo de perros! —espetó él con la voz entrecortada—. Los días anteriores estuvieron muy soleados.

—Tienes razón. Es inusual que de un día para otro cambie tan radicalmente.

—Pareciera que pronto llega el invierno y apenas estamos en otoño. No me da la impresión de que te estés helando, ¿no tienes frío?

—No. —Luego de unos segundos, en los que Kai no dijo más, Bianca continuó—: Creo que tu idea no me agrada.

—¿Cuál idea? —preguntó perplejo ante el comentario de su acompañante.

—La de hablar del tiempo. Parece que solo tiene un margen muy pequeño para abordar. No me gusta.

Kai sonrió impresionado por la capacidad de Bianca para lanzarle a la cara sus comentarios como si tal cosa. Ella lo miraba desde arriba sin devolverle la sonrisa, lo cual le hizo sentirse incómodo. Se levantó y carraspeó con fuerza mientras aún se frotaba las manos, una contra la otra.

—Hace un momento parecía como si jamás hubieses visto llover.

Bianca dejó de respirar un segundo. No tenía idea de cómo iba a explicarle su conducta. Por supuesto que antes había visto llover muchas veces, pero no era por ver la lluvia la razón por la que se había detenido debajo de ella. La verdad era que anhelaba el sentir algo en su rostro. Quiso correr en cuanto la lluvia había comenzado a caer, pero cuando las gotas golpearon su frente y sus mejillas, ya no había podido moverse.

—He visto la lluvia muchas veces —admitió con la mirada en el horizonte, donde una cortina de agua se desplegaba.

—Entonces, ¿a qué se debió tu actuar?

—Solo quería sentir. —Bianca sonrió casi al haber hecho la confesión. Kai intentó descifrar aquellas palabras pero ella compuso un gesto para quitarle relevancia al asunto—. Olvídalo. No tiene importancia.

—Seguramente la tiene; lo que sucede es que yo estoy en la inopia con todo lo que está relacionado contigo.

—Pues supongo que cojeamos del mismo pie.

Kai convino y, dentro de sí, advirtió que había hablado en ese día mucho más de lo que solía hacer normalmente. La miró de reojo y advirtió que el agua chorreaba de la prenda que le había prestado.

—El suéter está empapado, no sirvió de nada al final de cuentas.

—Estoy bien. No te preocupes.

—No me preocupo; solo no quiero recibir otra reprimenda del señor de la casa.

Después de un cuarto de hora, pero pasado por un pesado silencio que les hizo sentir el rato como una eternidad, la lluvia aminoró y los dos se dirigieron de nuevo al departamento.

Al llegar encontraron a Ryu sentado en el sillón de la sala, cubierto de la espalda con una manta ligera; escribía y hacía cuentas en una pequeña libreta. Se giró al escucharlos llegar y les disparó una mirada de desaprobación al ver que empapaban el parquet. Se quitó la manta y se acercó a Bianca para ponerla sobre sus hombros.

—Date un baño —pidió en voz baja. Bianca le dio una mirada de despedida a Kai, quien le obsequió una sonrisa tan efímera que incluso creyó que nunca había sucedido. Él se puso en jarras—. Pensé que sabías de la existencia de los paraguas —escuchó Bianca que le decía Ryu a Kai en cuanto se dirigía al baño.

—Sí, bueno… lo pasé por alto. No pensé que nos fuésemos a retrasar tanto. Bianca tuvo algunas dificultades en el camino y tardamos más tiempo del pensado en la cafetería.

—Toma una ducha tú también. No quiero que se vayan a enfermar.

Kai concordó y bostezó. Estaba cansado. Aún no se recuperaba de las semanas en las que había hecho guardias todas las noches mientras viajaban. De algún modo le tranquilizaba que alguien más lo ayudara; por supuesto que, de haber podido elegir, habría elegido a alguien más. Bianca le resultaba tan delicada y pequeña, que a Kai le costaba trabajo imaginarla saltándose las horas de dormir. Se dijo que, aunque lo acordado era hacer una noche cada quien, dividirían las noches en dos turnos; así, al menos, podrían descansar un poco los dos.

Yun regresó para la hora de la cena, ya que Bianca y Kai se habían duchado y Ryu había terminado de hacer sus cuentas. Esta vez, el de la bandana no había preparado nada, así que cada uno tuvo que hacerse su propia cena.

—¿Qué tal quedaron los chocolates? —preguntó Yun cuando, al preparar su cena, se topó con la bolsa.

—Deliciosos. Un poco más dulces que los que suele hacer Theo; pero me felicitó por haber realizado un buen trabajo. Aunque no puedo llevarme todo el crédito —dijo y miró de reojo a Ryu, quien se percató de que se refería a él, y sonrió.

—La mayor parte del trabajo la hiciste tú. No te sientas mal de quedarte con el crédito.

—¿Puedo probarlos? —Yun extendió el brazo para introducirlo en la bolsa y Bianca le ayudó a sacar los chocolates del regulador térmico. Él, rápidamente se llevó a la boca un pedazo de una barra de chocolate oscuro, lo saboreó y cerró los ojos para analizar la calidad; aprobó con una mueca de gusto, y se acabó lo que quedaba de la barra en menos de cinco minutos.

—Deja para todos —dijo Ryu desde la mesa.

—Pueden comerse mi parte —le respondió Kai.

—¿No te gusta el chocolate? —preguntó Bianca cuando Yun le alcanzó un pedazo a su hermano mayor. Kai se encogió de hombros y siguió picando de su plato.

—Tuve una mala experiencia. Prefiero no comerlo —respondió después y Bianca se sentó a su lado en el asiento libre.

—¿Una mala experiencia con el chocolate?

—Mejor no preguntes.

—En uno de los lugares que visitamos —empezó Yun—, ¿cuál era? —le preguntó a Ryu, quien sonrió al advertir que intentaba molestar a su hermano.

—No recuerdo.

—No tienes por qué contarle estas cosas —dijo Kai en voz baja—. Apuesto que no quiere saberlo.

—¿No era ese lugar con una torre enorme? —volvió a preguntar Yun a su hermano mayor, mientras fruncía el ceño como si intentara recordar.

—Sí —respondió el mayor que se dirigió hacia Bianca y le explicó—: Es una torre obscura, de lejos se ve muy alta pero es una ilusión. Realmente lo que la hace ver tan enorme es su sombra.

A Bianca se le aceleró el pulso al escuchar nombrar su hogar; pero no dio muestras de sentirse perturbada y continuó fingiendo que prestaba atención al relato, mientras se preguntaba cuándo habían estado ellos allí. Imaginaba cómo habría sido su estancia y lo que habían hecho.

—Según escuchamos, esa torre tiene una leyenda. La gente de la ciudad se mostraba insegura cuando preguntábamos sobre ella.

—Era más miedo que inseguridad —corrigió Kai.

—Como sea —acordó el hermano menor.

—Dudo mucho que su historia se relacione con esa torre —dijo Bianca y los tres enfocaron hacia ella.

—¿Cómo lo sabes?, ¿eres vidente?

Bianca se rio ante la idea de Yun y negó con la cabeza mientras tomaba un sorbo de su té.

—No veo cómo puede relacionarse esa torre con el chocolate.

—Por supuesto que la historia no tiene que ver con la torre. Solo era para contextualizar. Un vendedor de la ciudad tenía una hija preciosa. Vendían todo tipo de productos hechos de chocolate y nosotros los visitábamos seguido. Una desafortunada tarde, el vendedor creyó que Kai se había encontrado con su hija por la noche y…

147

—Si insistes en contextualizar tu historia no lo hagas tan pobremente y dile la verdad.

—¿En serio saliste con su hija por la noche? —preguntó interesada, con una emocionada sonrisa, como si jamás hubiera sido parte de una habladuría picante.

—Yo no lo hice —sentenció él y miró enojado a Yun.

—Oh —susurró, decepcionada.

—Yo lo hice —confesó Yun, orgulloso, como si narrase una proeza.

—¿Tú? ¿Por qué pensó que había sido Kai?

—Fue un malentendido —contestó el aludido, ofuscado por un leve sentimiento de vergüenza. Yun acomodó los brazos sobre la mesa y se inclinó un poco para acercarse a ella; como reflejo, Bianca hizo lo mismo.

—Verás, originalmente, la dama estaba colgada por él.

—¿Colgada? —preguntó Bianca

—Colgadísima —corrigió Ryu con una sonrisa amena desde su silla, apoyado en el respaldo.

—¿Qué significa?

—Estar colgado por alguien es como… estar enamorado.

—No estaba enamorada de mí —comentó Kai, intranquilo por la aseveración del menor.

—Por eso dije "como"; por supuesto que no es lo mismo que estar enamorado.

—Yo diría más bien que es estar encaprichado con alguien —observó Ryu, quien trataba de hacer una figura con una de las servilletas de papel que había tomado de la mesa; levantó la mirada y explicó—: Como cuando quieres algo demasiado, pero no sabes las razones, simplemente lo deseas.

Bianca pestañeó en señal de confusión. No tenía una experiencia semejante, pues jamás se había encaprichado con algo. Normalmente ella tenía lo que necesitaba y no pedía más, conocía sus límites y nunca había anhelado tener algo o a alguien en su vida. Tal vez era demasiado madura o aburrida para pasar por una cosa así.

—Bien —contestó con un fingido asentimiento que aseguraba que comprendía. Yun continuó el relato con una sonrisa de satisfacción:

—Ella estaba, pues, encaprichada con Kai. Pero él nunca ha sido de esos que saltan ante las miradas admiradas de las damas.

—A diferencia tuya —puntualizó Kai, y Yun asintió con rostro que reflejaba una aparente tristeza.

—Eso es verdad, acepto mi debilidad. Aquella tarde la dama le pidió a nuestro querido hermano que la encontrara por la noche en su balcón; su familia y ella vivían encima del negocio.

—¿Fue ella la que lo pidió?

—Por supuesto. Kai jamás haría una cosa así.

—A diferencia de ti —observó ahora Ryu, que les miraba desde su asiento, entretenido. Yun hizo caso omiso a su comentario y continuó:

—Cuando regresamos al sótano en donde nos quedábamos, molesté a Kai, como siempre, dándole algunos consejos de cómo debía tratarla y demás, ya que no tenía mucha experiencia… bueno, ninguno de los dos parecía tenerla.

—Y le dije que no iría a verla —confesó Kai.

—¿No te gustaba? —preguntó Bianca sin comprender del todo sus razones.

—No se trata de si me gustaba o no. Se trata de que no soy una persona que permanece en un mismo lugar por mucho tiempo. Animarla con mi visita estaría mal, sería incorrecto. Pero Yun no lo creyó así.

Bianca se imaginó el resto sin siquiera tener que pensarlo mucho. Ryu le dirigió una mirada de reproche a Yun, quien negó risueño.

—Era una chica muy linda. No puedes culparme.

—Kai no se enteró de que Yun había ido a ver a la hija del hombre, hasta que al día siguiente, cuando aparecimos allí, le mostró la bandana que, supuestamente, se había olvidado en el balcón de su hija.

Bianca abrió la boca de sopetón, por la sorpresa. Contempló al rubio y lo único que él hizo fue encogerse de hombros para quitarle importancia a las palabras de Ryu.

—No podía dejar a la pobre esperando.

—¿Te hiciste pasar por él?

—Claro que no. Yo llevaba una de las bandanas de Kai, como una ofrenda de paz, como un recuerdo para ella. Cuando se la di, se lo tomó muy mal, pero luego le expliqué las verdaderas razones por las cuales Kai no había tenido el valor de presentarse.

—¿El valor? —preguntó su hermano, ofendido ante la frase de Yun, que ignoró su interrogante.

—Finalmente, se dejó consolar y aceptó mis atenciones.

—Gustosa —agregó Ryu sonriendo.

—Tan gustosa, que dejó botada la evidencia —puntualizó Yun—. Por supuesto que yo no me percaté de eso hasta el día siguiente.

—Y creyó conveniente que debía guardar silencio cuando el hombre le vació la olla de chocolate caliente recién preparado a Kai, dejándole con quemaduras de primer grado y olor a chocolate por días.

Bianca no sabía si reír o sentirse indignada por lo que había provocado el hermano más pequeño. Prefirió no hablar.

—Como puedes ver, nuestro hermano es un casanova.

—¿Un qué? —preguntó Bianca ante el comentario de Ryu.

—Se refiere a que conquista a las muchachas inocentes.

—Y no tan inocentes —interrumpió Yun con una sonrisa.

—Es como su hobby. Siempre ha sido así. Incluso con madre, él tenía un encanto que ninguno de nosotros dos teníamos.

Una sombra se extendió sobre la mesa de la cocina ante las palabras de Ryu. Incluso Yun, que aún sonreía, se le había borrado todo rastro de picardía de sus ojos. Kai se levantó de la mesa sin decir una sola palabra y comenzó a lavar los platos. Ryu la miró como disculpándose por haber sacado el tema y provocado una situación incómoda; ella le regaló una mirada de comprensión y él salió de la cocina. Yun se levantó también y salió del departamento en silencio.

—¿Puedo ayudarte? —Kai ni siquiera enfocó hacia ella y le dio un seco "no". Bianca se levantó y salió del departamento para buscar a Yun.

Lo observó caminar hacia las escaleras. Lo siguió y se percató de que se dirigía a la azotea. Bianca apresuró el paso y subió tras él; la puerta estaba entreabierta y ella salió por esta, cerrándola tras su espalda. Vislumbró a Yun que estaba sentado en el suelo, de espaldas a una de las bancas, con la cabeza apoyada en el asiento detrás de él y la mirada en el cielo. Bianca se acercó sigilosamente a él y se sentó en la banca, con distancia de unos centímetros.

—Ryu me lo contó. Me habló de lo que sucedió con su madre.

Yun no dijo nada, solo asintió con lentitud y comenzó a acariciar con el pulgar las yemas de sus dedos de la mano derecha. Las estrellas brillaban intensamente y alumbraban la azotea, por lo que claramente se podían observar detalles, que en una noche encapotada no serían visibles.

—Yo era su consentido.

—No la culpo. Eres adorable —aceptó, sin siquiera darse cuenta de por qué lo había dicho.

—Ryu y Kai tuvieron la oportunidad de estar con ella durante más tiempo. Yo soy el menor y, por lo tanto, perdí tres años de sus atenciones. A veces lamento no haber podido nacer antes, para estar más tiempo con ella. Creo que sabía lo que iba a suceder y por eso me trataba así. Sabía que yo sería el que menos tiempo pasaría a su lado y quiso compensármelo de algún modo.

Bianca descansó sus manos enguantadas sobre la falda de su vestido. Posiblemente eso era cierto. Las madres saben aprovechar el tiempo con sus hijos cuando conocen el peligro.

—Ellos siempre me tuvieron envidia por eso; nunca entendieron por qué lo hacía, por qué prefería cargarme a mí o dormir a mi lado.

—Debe ser difícil tener que decidir qué hijo es el que necesita más atención. Yo creo que a veces, el amor y el miedo de perder a alguien hace que las personas actúen de manera injusta sin siquiera darse cuenta. Tal vez te dio más tiempo y atenciones, porque pensaba que eras el que más lo necesitaba y no se percató de los sentimientos de ellos.

—Ella los amaba.

—No lo dudo.

—Pasaba con ellos mucho tiempo también, pero conmigo era más cariñosa. Y ahora que lo pienso detenidamente, creo que tantas atenciones de madre, me hicieron mal —opinó con una sonrisa triste. Bianca se inclinó para verlo mejor y preguntó:

—¿Por qué piensas eso?

—Busco las atenciones que solía darme mi madre, en todas partes. Kai y Ryu son mucho más independientes, les hizo un favor. Prácticamente ellos no necesitan de nadie.

—Todos necesitamos de alguien. No tienes por qué sentirte mal, no es como si fueras la excepción.

Yun dobló una pierna y apoyó su brazo en la rodilla elevada. Su corazón latía acompasadamente, mucho más lento que como solía hacerlo. Siempre le sucedía eso cuando pensaba en su madre.

—Ya me cansé de huir. Quisiera… Quisiera tener mi propia familia y hacer todas las cosas que no he podido hacer en mi vida nómada. Siento que si hubiera solo una posibilidad para tener una vida normal la tomaría sin importarme nada.

—¿Sin importarte nada?

—Vendería mi alma al diablo de ser necesario.

Bianca se preguntó si podría hacerlo también; pero negó con la cabeza como si tuviera una conversación consigo misma. Ella no podría vender su alma al diablo para conseguir una vida normal.

—No creo que eso sea correcto.

Yun se sentó derecho y la observó sorprendido y anonadado al mismo tiempo.

—Suenas como Kai.

Bianca se indignó por la comparación.

152

—¿Dices que no harías hasta lo imposible por tener una vida normal?, ¿por ser libre? No sé por qué huyes, pero no creo que sea por voluntad propia.

—No es por voluntad propia. No me gustó dejar mi hogar ni a mi familia; pero creo que he aprendido mucho. Como si, gracias a esto que… —se corrigió ipso facto—, a mi situación, he aprendido mucho. He conocido más de lo que pude haber conocido llevando una vida normal.

—¿Lo vale?

—Puede que sí. Aún no lo he descubierto.

—Tú llevas en esto menos tiempo que yo. Ya veremos si el cansancio no te gana en el futuro —dijo con sorna y una sonrisa ladeada.

—Veremos —acordó y pensó que él tenía un buen punto allí.

Yun borró los centímetros de separación entre ambos y quedó justo al lado de su pierna. Apoyó la cabeza en la rodilla femenina y suspiró cansado, como sacando todos los kilómetros que había avanzado durante esos años. Bianca no se opuso, ni se movió.

—Sé que no debo acercarme tanto, solo dame unos minutos.

Hacia la frontera

Bianca se detuvo por un corto tiempo dándole la espalda a la puerta de su habitación, aun dentro, para poder regalarse una última mirada. Había pasado menos de una semana en ese lugar, pero jamás había estado fuera de su torre por tanto tiempo y ese había sido para ella un grato refugio. Todo llegaba a su fin y se dijo que, aunque tal vez no regresaría nunca a ese lugar, volvería las veces que quisiera en su mente, en sus recuerdos.

Respiró de modo acompasado durante unos segundos mientras descansaba las palmas de sus manos enguantadas en la puerta de madera, que aún estaba cerrada. Reconoció ruidos detrás y aguzó el oído para ver si escuchaba algo importante, pero parecía que solo hablaban acerca de cómo iban a llevar ciertas pertenencias y qué otras cosas habían decidido dejar. Bianca se habría llevado todo si pudiera, pero sabía de antemano que eso era imposible. Caminó hacia la cama en donde había dejado su bolsa de caracolas, la cogió, la pasó por encima de su cabeza y la acomodó en diagonal sobre su cuerpo.

Apenas había amanecido haría cuestión de unos minutos y la luz del sol, aún delicada, se abría paso entre la ventana y la rendija de debajo de la puerta a sus pies. Metió la mano a su bolso y sacó su navaja, la abrió y la luz se reflejó en ella. Estaba gastada. Debería haberle sacado filo pero había estado con tantas cosas en la cabeza que no había tenido tiempo de pensar en ello. Lo haría más tarde, cuando se detuvieran a descansar.

Escuchó unos golpes en la puerta y caminó hacia esta para abrirla. Los ojos negros y el pelo platinado de Ryu se asomaron por la rendija en cuanto abrió.

—¿Estás lista?

Asintió con la cabeza y Ryu la invitó a seguirlo con un ademán de mano. Bianca le dio una última mirada a su habitación, salió de allí y cerró la puerta tras sí, con cuidado. Los tres hermanos estaban listos; llevaban ropa cómoda de viaje y varias mochilas y bolsas. Se sintió poco útil y extraña con solo su pequeña bolsa de caracolas.

—¿Puedo cargar algo?

—No te preocupes preciosa, ya nos acomodamos con todo.

Bianca sonrió movida por las atenciones de los tres hermanos, pues ninguno la dejó cargar algo. Salieron del departamento solo minutos después y subieron al elevador, que fue todo el trayecto completamente vacío, pues era muy temprano, y esperaron con paciencia a que este llegara a la planta baja. Al salir del edificio los cuatro se giraron y en silencio cada uno dio su despedida.

La primera noche se instalaron cerca de un claro, entre unas rocas de gran tamaño que les servían de protección ante el viento frío de la noche. Ryu se encargó de la fogata, Kai y Yun buscaron entre las bolsas algo de comer y Bianca sirvió agua en un pocillo pequeño para poder hervirla. Hicieron entre todos unos emparedados de verduras con carne enlatada y se sentaron a comer cuando todo estuvo listo. El humo de la fogata se extendía más arriba de las copas de los árboles que, ya de por sí, eran altos e inmensos. Bianca observó el cielo y vio muy pocas estrellas sobre ellos, a diferencia de la noche anterior.

—Iré a tomar un baño —anunció Ryu después de levantarse y sacudirse las migajas del pantalón en cuanto terminaron de cenar.

—Apresúrate. El agua está helada —advirtió Yun mientras arreglaba junto con Kai lo que habían dejado fuera de su lugar. Ryu asintió y se fue con paso calmado. Bianca no sentía frío mas se percató de que los dos hermanos más jóvenes sacaban vaho por la boca cada vez que decían algo. Ella solo sabía que helaba porque sentía el rostro sensible, en especial, la punta de la nariz y las orejas, pero aparte de eso, nada.

—Algo me dice que enfriará aún más por la madrugada —dijo Kai y se frotó las manos cerca de la fogata.

—Espero que nos alcancen las mantas. —Yun se veía realmente preocupado mientras las sacaba de las mochilas con cuidado; Bianca se acercó a ayudarlo y entre los dos tendieron las mantas y las acomodaron de manera que todos pudieran cubrirse—. Creo que debes dormir de aquel lado junto al fuego, nosotros nos acomodaremos cerca de la roca.

Bianca no sabía cómo explicar con exactitud que prefería que ellos durmieran junto al fuego pues, claramente, lo necesitaban más que ella. Se arregló unos mechones, los acomodó detrás de su oreja como hacía cuando estaba insegura y se acercó a Yun.

—Estaré bien junto a la roca.

Él alzó las cejas con lo que demostró que estaba sorprendido por lo que había dicho, y negó.

—Junto a la roca te dará más frío.

—Lo sé, pero estaré bien. Yo prefiero el frío que el calor.

Yun lo meditó por unos segundos y miró a Kai que simplemente se encogió de hombros.

—De acuerdo —aceptó y acomodó la manta más pesada, destinada para ella, cerca de la roca—. Te dejaré esta manta. Es la que calienta más.

—No suelo arroparme por las noches, pueden usarla sin problema.

Yun se mostró aún más desconcertado que antes y no supo qué decir cuando ella asió la manta y la dejó sobre las otras tres que estaban más cerca de la fogata. No le pasó desapercibida la mirada sospechosa que le lanzó su hermano mientras ella acomodaba las mantas, hincada en el suelo.

—Como gustes.

—Si no te importa —comenzó dirigiéndose a Kai, que estaba sentado contra el tronco de un árbol y que de inmediato le prestó atención—, quisiera hacer la guardia hoy.

Kai, relajado, continuó cortando una ramita seca en pedazos antes de contestar.

—Pensé que tal vez sería mejor que los dos lo hagamos juntos. Quiero decir, dividir la noche para poder dormir, por lo menos, unas horas cada uno. Así por la mañana estaríamos menos cansados.

A Bianca le sonó a una muy buena idea. Asintió con una sonrisa y él entornó los ojos como si la estudiara con cuidado, casi en seguida miró hacia otro lado.

—Haré la segunda guardia entonces —dijo Bianca.

—Como prefieras.

Bianca se volvió para acostarse pero se movió de nuevo hacia él y se acercó unos pasos, en seguida se inclinó y Kai miró hacia arriba.

—No olvides despertarme.

—No lo haré.

Bianca sonrió; se volvió y se preparó para acostarse a unos metros de Yun que ya se había acomodado y utilizaba una de las bolsas como almohada. Bianca colocó su bolsa de caracolas debajo de ella y la cubrió con el cambio de ropa, acostó su cabeza sobre esta y observó a Yun, que a su vez la miraba, acostado de lado. La playera que llevaba, de manga larga, se le resbaló por el hombro y ella alcanzó a ver una marca que sobresalía en la parte de arriba de su clavícula. Frunció el ceño tratando de recordar si la había visto aquella vez… y se sonrojó de solo pensar que había estado tan atenta estudiando otras cosas que no se había percatado de la marca.

—¿Qué es eso?

Yun giró levemente su cabeza hacia un lado y reparó en que ella hablaba de la línea negra algo curveada que estaba entre su hombro y su cuello.

—Es una marca. Todos tenemos nuestras marcas —respondió con una sonrisa rápida.

—¿Un tatuaje?

—Sí. Ryu los tiene en el brazo hasta la mano, yo los tengo en el lado izquierdo de la espalda.

Bianca miró hacia Kai, que seguía sentado contra el tronco del árbol mientras tomaba, de vez en cuando, tragos de agua de su cantimplora. No quiso preguntar en dónde los llevaba él.

—¿Qué significan? —preguntó interesada y guardó un bostezo que peleaba por salir de sus labios.

—Te lo diría... —y con una voz grave, que nunca había escuchado salir de él, agregó—: pero después tendría que deshacerme de ti.

Yun dejó de mirarla y se acostó boca arriba para contemplar el cielo, en un silencioso estudio.

—¿Es algo secreto?

—Es mucho más que eso. Son nuestras uniones, nuestros roles y nuestras identidades. Cuando éramos pequeños... —Sin embargo, no pudo continuar, pues la helada voz de Kai se extendió hasta ellos.

—Yun, déjala dormir. Ya.

Bianca supo en ese instante que había tocado una fibra sensible y, que ese, no era un tema en el que les gustara navegar; y por la mirada de gratitud de Yun hacia su hermano, lo confirmó. Ryu no tardó en hacerles compañía; se recostó a un lado de su hermano y le dio las buenas noches con una sonrisa y un ademán educado. Ella se despidió con un gesto en respuesta y segundos después, los dos estaban perdidos. Bianca se levantó un poco para poder ver a los dos hermanos completamente dormidos.

—Increíble —susurró mientras los estudiaba.

—Tu tiempo para dormir empezó a correr hace más de media hora —advirtió Kai desde el tronco y ella puso mala cara.

—Bien —refunfuñó y se acostó de nuevo. Tardó varios minutos en conciliar el sueño, pero en cuanto lo logró, igual que los otros dos a su lado, se perdió, gracias a la tranquilidad que sentía al verse protegida y acompañada.

Kai tuvo razón. En la madrugada, aproximadamente cuatro horas antes de que el sol saliera, el clima se volvió aún más gélido. Bianca abrió los ojos al escuchar la voz del muchacho cerca de ella y sintió un ligero escozor en la garganta por haber respirado el aire frío durante más de cinco horas. Estaba inclinado a su lado y la llamaba con un tono de voz normal. Bianca estuvo a punto de llevarse el dedo índice a los labios para silenciarlo al ver a los otros dos chicos dormidos, pero casi de inmediato recordó que ellos no despertaban con facilidad. El frío, esta vez, le caló en los huesos, pues había dormido con la cabeza destapada y estaba helada.

—Pensé que te gustaba más el frío que el calor —dijo él con mofa. Bianca se tocó la garganta inflamada y lo miró con pesar.

—No tanto.

Se levantó obligándose a tomar fuerzas para despertar por completo y caminó tambaleante hacia el tronco del árbol que estaba frente a la fogata. Sintió una ligera calidez abordarla y quiso volver a cerrar los ojos para apreciarla mejor; no obstante, se dejó caer contra el tronco y parpadeó varias veces para tomar consciencia por completo. Estaba oscuro a su alrededor y Kai no estaba por ningún lado. Miró hacia todas partes y, asustada por tal vez estar soñando, se levantó y dio dos pasos inseguros hacia adelante. Tragó saliva y trató de recordar si realmente había estado él allí cuando había abierto los ojos. Se dijo que sí, pues su voz había sido lo que la había despertado. De pronto, escuchó unos ruidos cerca de allí y se tranquilizó al pensar que probablemente había ido a atender el llamado de la naturaleza. La figura de Kai apareció de nuevo entre los árboles y ella se tranquilizó, volvió a sentarse, abrazó sus rodillas contra su pecho y enterró las ganas que tenía de subirse el vestido hasta la cabeza. Él se acercó con paso lento y le tendió su manta, ella quiso negarse pero no pudo.

—Estaré bien —prometió cuando ella dudó al estar a punto de tomarla—. Me acostaré cerca de la fogata. Solo no dejes que se apague.

Cogió la manta y asintió; se la puso encima de la cabeza, dejó a la vista solo sus ojos y trató de guardar el calor mientras observaba a Kai recostarse sobre su espalda, colocar su cabeza sobre una de las mochilas y encarar hacia la fogata. Al verse observado por ella con tanta insistencia, se giró hacia la espalda de su hermano.

Cuando el frío aminoró, Bianca se puso de pie, aún con la manta sobre la cabeza y caminó hacia su bolso, sacó su navaja y regresó al árbol. Durante más de media hora le sacó filo con cuidado, frotándola con audacia contra una roca plana que había encontrado. Cuando estuvo lista la levantó y los primeros rayos de sol, chocaron contra el metal. Bianca la guardó de nuevo y metió sus delicados dedos enguantados entre el vestido y su pecho; rozó ligeramente la pequeña canica que colgaba de la cadena alrededor de su cuello, la sacó y la miró atentamente.

No la había visto desde que había sucedido lo de la torre. Parecía como si todo ese tiempo se hubiese olvidado de ella, pero la verdad era que había tenido miedo de verla de nuevo. Observó con cuidado las dos grietas que se extendían brevemente sobre la superficie del cristal y que representaba los dos años menos que se habían esfumado de su vida.

Bianca regresó la piedra a su lugar, hincó los dientes en el labio inferior y trató de reprimir sus deseos de arrancársela del pecho. Su mirada se perdió en la fogata durante un largo rato y cuando regresó a la realidad se dio cuenta de que posiblemente ya era hora de retomar el viaje. Ninguno de los tres se había despertado, así que no supo qué hacer, exactamente, para despertarlos. Prefirió esperar un rato más y caminó hacia el lago para bañarse. El agua estaba fría, así que trató de hacerlo lo más rápido que pudo. Dejó su cabello para el final y en cuanto el jabón desapareció de todo su cuerpo y de los mechones oscuros, salió del agua, se secó y volvió a ponerse el vestido y los guantes. El cabello le siguió goteando y se sentó durante unos minutos para exprimirlo y moverlo con las manos de un lado a otro.

Cuando estuvo casi seco, se puso de pie y se dirigió hacia las mochilas para buscar algo que hacer de desayuno. Encontró unos huevos empacados cuidadosamente y unas lonchas de tocino en un empaque regulador térmico. Preparó los huevos sobre una roca lisa que lavó en el lago del claro y esperó pacientemente a que el hambre despertara a los hermanos.

—¿Qué hora es?

La pregunta vino de Ryu que se levantó con una mano en la nuca para intentar relajar sus músculos tensos. Kai, al escuchar la voz de su hermano, se levantó, pero se volvió a dejar caer sobre la mochila con una exclamación de pesar, pues un horrible mareo se extendió por su cuerpo, por haberse levantado tan rápido.

—No tengo idea. Nunca llevo reloj —contestó ella mientras se señalaba la muñeca.

—¿Alguna razón? —preguntó interesado Ryu mientras se ponía de pie y se acercaba.

—No me gusta el tiempo —contestó con una sonrisa y él se sentó en frente y cruzó las piernas.

—¿Y por qué no? —preguntó al llevarse un pedazo de una hogaza de pan a la boca.

—Porque el tiempo se apodera de todo; se lo lleva.

—Creo que somos nosotros los que no sabemos apreciar los regalos que el tiempo nos da —comentó Yun, que aún estaba acostado en el suelo y tenía el dorso de la mano sobre los ojos para taparse del sol.

Ryu secundó con una acción la opinión de su hermano.

—Supongo que el problema es que las personas se toman el tiempo demasiado a la ligera; no aprovechan los momentos importantes, como si duraran por siempre.

—Y si duraran por siempre, realmente nunca llegaríamos a apreciarlos, pues los tomaríamos por asegurados —dijo Yun seriamente después de las palabras del mayor.

Por alguna razón Bianca sintió como si hubiera escuchado a María Antonieta. Siempre que se sentía negativa en algún aspecto, él intentaba invertir sus pensamientos. Sonrió ligeramente y asintió al comprender lo que ellos decían.

—¿No se cansan de ponerse a filosofar tan temprano? —Kai sonó ligeramente fastidiado y se levantó con dificultad del suelo, se estiró, asió su mochila y caminó hacia el lago del claro.

—Discúlpalo. —Yun se levantó también y caminó con paso largo hasta ella—. Siempre está de un genio de los mil demonios cuando se levanta.

—¿Ustedes no?

—No. Nosotros descansamos siempre a la perfección. Kai suele tener pesadillas y pensamientos que no lo dejan dormir en paz.

—No lo noté… —Bianca hizo memoria y no pudo recordar que le diese dificultad conciliar el sueño.

—A veces tarda horas. Y nunca descansa por completo.

Kai se quitó la bandana, las muñequeras, se desvistió y se metió al agua helada. Prefería bañarse en las mañanas pues le servía para despejar su mente, o para poder despertar sus sentidos. Normalmente tenía problemas para conciliar el sueño, pero esa madrugada se había dormido casi segundos después de haber cerrado los ojos. Pensó que quizá se sentía mucho más relajado por compartir la guardia y la responsabilidad de la noche con Bianca.

Una vez dentro del agua caminó hacia una roca alta que se había calentado por los rayos del sol, se apoyó contra ella y sintió que el agua que chocaba contra la roca, comenzaba a sentirse cada vez más cálida. Miró hacia el cielo y descansó la cabeza sobre la roca detrás de él. Ya estaba cansado de viajar, de ir de un lado a otro, de no tener un hogar y de pasar noches en vela. Sabía que en cualquier punto podría quedarse sin energías, pero cuando sentía que ese momento llegaba, de algún modo, de alguna forma, sacaba más energías de las que creía tener.

Al terminar de lavarse, se secó con una pequeña toalla que llevaba en su mochila; se vistió de nuevo, se peinó, se acomodó la bandana y las muñequeras, y acarició la tela suavemente con las yemas de los dedos. Ese era el único regalo que su madre había podido darle y desde sus siete años las llevaba con él… como un pedazo de ella. Regresó con paso lento al campamento y solo encontró a Bianca, inmersa en la observación de un pequeño caracol que caminaba lentamente frente a ella.

—¿A dónde han ido?

—No lo sé; al baño, supongo —contestó sin levantar la mirada del caracol. Kai miró hacia todos lados y no escuchó nada, dejó la mochila en el piso y comió lo que había quedado del desayuno, mientras escuchaba atentamente cualquier ruido. Segundos después de haber terminado su desayuno, aparecieron sus hermanos y recogieron todo.

—Quisiera ser ese caracol —dijo Yun sonriendo a sus hermanos. Ryu negó con la cabeza y puso al cielo de testigo de aquel comentario que, a su parecer, era muy poco inteligente—. Supongo que no te desagrada estar cerca de eso —agregó y alzó la voz para que lo escuchara. Bianca no levantó la mirada.

—Me gustan.

—¿Qué es lo que te gusta de esos bichos? —preguntó Kai en voz baja mientras guardaba una manta.

—Son diferentes a todos los demás. Son interesantes —respondió y alzó los hombros.

—¿Es por ser raro que lo consideras interesante? —Bianca identificó en un tris el sentido escondido de sus palabras y resopló fastidiada. A diferencia de Kai, Yun se mostró intrigado; se acercó y se inclinó a su lado para verlo mejor.

—Nunca había notado que tenían cuatro cuernos.

—No son cuernos. Son sus ojos.

—¿Tiene cuatro ojos?

—No. Tiene dos. —Bianca sonrió ante el semblante extrañado de Yun—. Los otros dos son como una mezcla de oídos y nariz, le sirven como receptores de diferentes estímulos.

—¿Cómo lo sabes?

—Cuando era pequeña pasaba mucho tiempo en el bosque y María Antonieta me explicaba de todo.

—¿Quién es ella?

—Era mi... era como una amiga niñera —explicó Bianca, que sonrió al sentir añoranza. Alzó la mano hacia el árbol sobre ella y cortó una hoja tierna, después volvió a inclinarse y la ubicó frente al caracol, que se detuvo ipso facto.

—¿Sabía muchas cosas?

—Sabía mucho de todo. Era genial hablar con ella.

Yun tuvo la impresión de que Bianca extrañaba a su amiga y levantó una mano para colocarla sobre la cabeza femenina. Los ojos azules se abrieron temerosos con una rapidez inimaginable y ella se movió hacia atrás con tanto ímpetu que cayó de espaldas en el suelo y lo dejó acariciando el aire.

—Lo siento —se disculpó Yun, preocupado por la expresión de miedo y la repentina palidez en el rostro de Bianca, quien solo segundos después se relajó y volvió a respirar acompasadamente—. Lo siento —volvió a decir al percibirla aún alterada.

—Está bien.

Kai y Ryu, que lo habían visto, se acercaron rápidamente y Ryu se hincó junto a ella.

—¿Te lastimaste?

—No. Estoy bien, no te preocupes.

Ryu quiso asirla del brazo para ayudarla a levantarse pero se guardó la intención y se quedó a su lado hasta que ella se tranquilizó lo suficiente para ponerse de pie. Kai la miró extrañado y se cruzó y descruzó de brazos varias veces mientras recordaba haberla tocado antes... jamás había conseguido una reacción así. Se acordó de la tarde en la que la había conocido y el modo en el que se había protegido el rostro con los antebrazos.

Algo estaba mal. Ese miedo que se había reflejado en su mirada era en verdad penetrante. Kai no podía creer que su temor por el recuerdo del ataque de aquel hombre fuese tan intenso que, sabiendo que Yun jamás le haría daño, hubiera reaccionado de ese modo.

Su hermano menor se veía abatido por lo que había sucedido y, como Ryu, intentaba guardarse las ganas de ayudarla a levantarse. No quiso decir nada, pero supo que había algo que ella seguía sin decirles y se lo confirmó cuando él la miró intensamente y ella se reusó a devolverle la mirada. Él se llevó su bolsa a los hombros y comenzó a caminar al lado de Yun.

—¿Sabes qué le sucede?

—¿De qué hablas? —preguntó Kai y levantó una ceja con desconcierto.

—Ayer por la noche… Es decir, no es la primera vez que la toco, pero ella no había reaccionado así antes —confesó su hermano menor con sigilo y Kai hizo una señal que reflejaba que estaba de acuerdo con él.

—Entiendo.

—¿Sabes por qué? —preguntó después Yun, pues no estaba por completo seguro de querer conocer la razón. Su hermano asintió mientras cruzaban por un sendero inclinado.

—Según me dijo, tuvo una mala experiencia con un hombre que la agredió. No tienes por qué sentirte mal; supongo que solo la tomaste desprevenida.

Kai no quiso decir más, pues no estaba seguro de saber realmente lo que sucedía. Lo que sí sabía era, que ella protegía su rostro, la parte de su cuerpo que no cubría el vestido. Yun se alejó de su hermano y caminó hasta llegar junto a ella de nuevo. Bianca lo miró con sorpresa en sus orbes azules y se desplazó para dejarle espacio en el sendero a su lado.

—De verdad siento mucho lo que sucedió. No lo pensé bien.

—Comprendo; déjalo, no tiene importancia ya.

Se detuvieron a comer por unos minutos y de nuevo reanudaron el paso. El camino se hizo cada vez más empinado y a Bianca comenzó a molestarle el pie que aún tenía un poco sensible desde el ataque de la torre y también le dolía la cadera del lado derecho, pues había aterrizado esa mañana en ella. Para su alivio, llegaron a una zona limpia y llana, y decidieron quedarse a descansar allí. Kai y Yun se organizaron para ir a buscar algo de carne para la cena y Ryu volvió a encargarse de la fogata.

Bianca se sentó con cuidado frente al grupo de maderas sin prender y observó atenta lo que hacía él.

—¿Te duele mucho?

Ryu ni siquiera la vio antes de preguntárselo y Bianca se sorprendió por lo observador que era. Tardó unos instantes en responderle, pues esperó a que él hubiese terminado de encender la fogata.

—Mínimo. Nada por lo que debas preocuparte.

—No parece ser así.

—Me duele más una antigua herida en el tobillo que me hice hace unas semanas —admitió al acariciar pensativamente el área adolorida sobre la bota.

—¿Qué fue lo que te sucedió?

—Tuve un enfrentamiento. Una soldado me atacó y caímos al río, cerca de donde vivía.

Ryu se interesó por su historia, se sentó junto a ella y la miró directamente, mientras los ojos femeninos se perdían en el fuego que crepitaba frente a los dos.

—¿Una soldado te atacó?

—Sí.

—¿Por qué?

—Me confundió con alguien más.

—¿Cómo fue que llegó a confundirte con alguien más?

—Es una larga historia. Creo que ahora no estoy de humor para contarla —mintió, pues sabía que no podía hacerlo. Era demasiado arriesgado confiarle la verdad.

Kai y Yun llegaron minutos más tarde con dos liebres entre las manos. Bianca sintió que se le hacía un nudo en la boca del estómago pues no le resultó muy tentador tener que comerse a esos pobres animales. Yun se percató de la sombra que perturbaba su rostro.

—¿No te gusta? —preguntó preocupado. Bianca respingó la nariz y negó con prisa.

—No es eso…

—Entonces, ¿sucede algo malo con las liebres?

Bianca se sonrojó pues quería eludir la penosa situación de admitir lo que realmente pensaba.

—Temo que la señorita piensa que la carne proviene de los mercados y las tiendas —se mofó Kai, mientras se lavaba las manos en un cuenco. A unos pasos de ellos Ryu se encargaba de desollar a las liebres y colgarlas en un palo grueso.

—¿Qué comiste mientras viajabas? —quiso saber Ryu y la miró por encima del hombro.

—Yo comía pescados, frutillas, nueces… A veces hacía sopas con diferentes hierbas.

—La liebre es deliciosa. Te encantará —dijo Yun, que con una risa graciosa, se sentó a su lado después de haberse enjuagado las manos también.

La liebre, en efecto, estaba deliciosa. Bianca no se sintió culpable por habérsela comido y le dio las gracias fervientemente por permitirle comerla mientras se limpiaba las comisuras de los labios. Cuando estuvieron listos para dormir, Bianca y Kai se pusieron de acuerdo para hacer la guardia tal como la habían hecho por la noche anterior.

Al día siguiente no les fue tan bien. El día se nubló desde mucho antes de que el sol saliera y comenzó a llover alrededor de dos horas después de que Bianca notara las nubes grisáceas que se extendían por el cielo. Llevaba un buen rato lloviendo cuando Kai pudo despertar a sus hermanos, que parecía que aún no habían cumplido sus horas de dormir.

Todos empacaron las cosas y volvieron a su trayecto. Bianca supuso que dejaría de llover en algún momento del día en el que podrían poner a secar las cosas; pero no dejó de llover, de hecho, la lluvia arreció y la temperatura comenzó a disminuir.

—¡Tenemos que buscar refugio! —gritó Ryu a sus dos hermanos que iban detrás de ellos. Ambos asintieron. Era muy complicado caminar cuesta arriba cuando el barro estaba tan mojado, pues se volvía resbaloso y poco confiable. En una ocasión, Bianca estuvo a punto de deslizarse hacia abajo como en una resbaladilla de un campo de juegos infantiles, y tuvo que sujetarse con fuerza de una rama de árbol gruesa que estaba a su altura.

Decidieron desviarse y caminar en plano con la esperanza de encontrar un lugar en el que poder quedarse, pues ya no podían seguir camino arriba con esa lluvia. Lo encontraron Yun y Kai, cuatro horas después de haber cambiado la dirección de su camino; ambos se habían adelantado al ver que Bianca no podía apresurar el paso. Era un granero que daba la impresión de estar abandonado.

—Nos servirá —afirmó Ryu, que se había quedado con ella y caminaba a su paso. Al llegar al lugar Yun dio un silbido mientras lo recorría de hito en hito.

—Parece que se vendrá abajo en cualquier momento —confesó y compartió su buen humor con una sonrisa. A Ryu no le hizo gracia y los apremió a entrar con una sola mirada.

Las palabras de Yun tenían toda la pinta de ser ciertas. La madera crujía con el golpeteo de la lluvia, había agujeros por todas partes, y el olor a humedad estaba por doquier; probablemente llevaba allí años. Bianca dejó su bolso de caracolas sobre un montón de paja cuando todos se adentraron. Un inesperado chillido se escuchó y salió corriendo una enorme rata de debajo de la paja. Bianca caminó hacia atrás, asustada y chocó contra la pared, o eso pensó al principio; luego reparó en que había chocado contra el pecho de Ryu que se había quedado quieto como una estatua justo cuando iba a rodearle los brazos con las manos para sujetarla. Se volteó despacio y le sonrió en gratitud por la ayuda.

—¿Todo bien?

—Sí, había una gran rata por allí.

Ryu miró despreocupado hacia el lugar en donde ella señalaba.

—Necesitarás acostumbrarte, es probable que haya muchas. No podemos prender la fogata porque no hay madera seca, así que nada las ahuyentará; ni siquiera nuestra presencia.

—Entiendo. Solo me tomó desprevenida. Nada más —aseguró.

—Lamento que no haya madera seca. Las ratas de campo ahumadas son exquisitas —dijo Yun al llegar a su lado y ella hizo una mueca de desagrado que hizo reír a los dos hermanos.

—Paso —contestó Bianca, que levantó ambas manos y negó rotundamente con ellas.

Se acomodaron lejos de la puerta, bajo un lugar en donde no había ningún agujero en el techo y estaban libres de quedar salpicados por goteras.

—Hay un montón de tus amigos por aquí —dijo Kai cuando sin querer pisó un caracol y levantó el pie al escuchar el crujido. Bianca asintió. Sabía que a las babosas y caracoles les encantaban los lugares húmedos, las ratas posiblemente se alimentaban de ellas, pero hasta que lograban sacarlas del caracol, si es que podían hacerlo.

—Menos uno —dijo ella, triste, al ver el cadáver de la caracola debajo del pie de Kai.

—Lo siento, no lo vi —se disculpó y le siguió la corriente como si realmente le importara.

Un trueno la hizo saltar en su lugar y se dejó caer en el suelo, para arroparse con la que ahora era su manta. Ryu se recostó a su lado y la miró atento.

—¿Eres de esas chicas que le temen a las tormentas eléctricas?

—Supongo que en eso soy muy similar a las demás —aceptó, avergonzada. Ryu apoyó el codo en el suelo y el mentón en la palma abierta de su mano derecha y respondió:

—Me gusta que no seas como los demás.

Bianca lo observó extrañada por su comentario y sintió que el calor se le agolpaba en las mejillas. Antes de poder decir cualquier cosa más, Yun cogió a su hermano del hombro y lo hizo girar para dejarlo acostado sobre el suelo boca arriba.

—No me birles la conquista —le susurró en el oído y Ryu comenzó a reír de buen humor.

—No podría aunque quisiera; probablemente de preferir a alguno, te preferiría a ti sin pensarlo. No tienes de qué preocuparte.

Bianca no alcanzó a escuchar lo que murmuraban. Intentó cerrar los ojos para poder dormir, pero el miedo a que alguna rata se le subiera o le caminara encima, la enervaba. Kai se paseaba de un lado a otro y de vez en cuando asomaba la cabeza por la puerta del granero, sin percatarse de que aún estaba despierta.

—¿No tienes sueño? —preguntó cuando ella se levantó y él observó su figura que se elevaba en la oscuridad. Los ronquidos de sus hermanos lo hicieron sonreír.

—Sí tengo, es solo que no puedo concentrarme; pienso en las ratas y me da algo… tengo miedo de que me vayan a morder —comentó ella, que trató de no tropezar por la falta de luz y se paró a su lado.

—¿Nunca habías visto tantas ratas juntas?

Bianca negó, pero al recordar que estaba oscuro y que él probablemente no había alcanzado a notar su acción, dijo con voz trémula:

—No. Son muchas.

—Son ratas de campo, Bianca. Las ratas de campo no son tan agresivas como las de ciudad; no tienes de qué preocuparte. Ve a dormir.

Bianca dudó. Tenía mucho sueño, pero no quería regresar allí, a sabiendas de que de ser atacada, la única persona que podía ayudarla, estaría a metros de distancia; pues sabía que no podía contar con ninguno de los dos que dormían.

—Prefiero quedarme a hacer guardia contigo.

—¿Te quedarás despierta toda la noche?

—Ya lo he hecho antes.

Kai se apoyó en una madera que crujió casi indescriptiblemente, pero su peso no la venció. Se cruzó de brazos.

—Ve a dormir. Es una orden.

—No. Me quedaré aquí si quiero —retó. Se apoyó en una madera a su lado y cruzó los brazos también mientras él la miraba de forma reprobatoria, sin que pudiese notarlo; empero, no tuvo la misma suerte y al punto en el que la madera crujió, se rompió y Bianca perdió el equilibrio y se fue de espaldas.

Kai hizo uso de sus buenos reflejos y se movió como una gacela. Se paró frente a ella, la sujetó por la cintura y la atrajo al mismo tiempo hacia él. Bianca se quedó petrificada al verse a milímetros de su cuello, sin perder tiempo hizo la cabeza para atrás y se estabilizó con su ayuda. Él la soltó en cuanto ella se pudo mantener en pie, la sujetó de la muñeca y la encaminó hasta el lugar en donde estaba su manta

—Ya no me causes más problemas y duérmete —su voz sonó tan demandante que Bianca olvidó por un instante su queja y se dejó caer sobre la manta, pero pronto el miedo a las ratas volvió.

—Te he dicho que no puedo… las ratas…

Kai se sentó a su lado con las piernas cruzadas y puso una mano sobre el hombro femenino.

—Me quedaré aquí contigo, ¿de acuerdo?

—Pero…

—Bianca —espetó frustrado—, si no te duermes, te juro que yo mismo me encargaré de ponerte una rata bajo la falda.

La aludida dejó salir una exclamación, reflejo de lo ofendida que acababa de sentirse por las malas maneras de Kai, cosa que a él no pudo importarle menos. Prefirió callarse y no volver a decir nada. Se recostó sobre su bolsa de caracolas y cerró los ojos para tratar de dormir; lo logró no mucho tiempo después.

Kai, como prometió, permaneció sentado a su lado, atento a cualquier sonido o presencia. Para ser el tercer día de guardia, se sentía fresco como una lechuga. Hacía años que no descansaba tan bien en un viaje, y quedarse unas pocas horas despierto ahora,

171

cuidando por la noche, le resultaba un juego, cuando antes le iba como un martirio.

Se acomodó mejor, estiró las piernas y apoyó sus manos en el suelo húmedo para equilibrarse. Cuando iba a cruzar los brazos, se percató de que algo se había enredado entre sus dedos, miró hacia abajo, trató de enfocar con la poca luz que pasaba desde la entrada del granero, y vio que se trataba de un mechón largo y negro que había salido del moño de Bianca. Lo cogió entre sus dedos y lo acarició con las yemas; era suave y delicado, como sostener un trozo de seda. Recordó la sensación de tocar los rizos de su madre cada noche que ella se inclinaba a darle un beso de buenas noches y su corazón palpitó raudo. Liberó el mechón y cruzó los brazos al sentirse vulnerable.

Al cumplirse su tiempo de guardia, Kai llamó a Bianca varias veces para poder despertarla; al despertar ella pareció sentirse aturdida y tardó unos minutos en incorporarse. Cambiaron de lugares y Kai se recostó sobre el espacio que ella había dejado y que aún seguía cálido. Bianca se levantó para caminar hacia la puerta del granero, pero Kai la sujetó de un extremo del vestido.

—Es tu turno para cuidarme de las ratas —escuchó que dijo él desde abajo. Bianca bufó con molestia y quitó la mano de su falda.

—Las ratas estarían locas si se les ocurriera acercarse a ti.

—¿Eso he ganado por haber velado por ti?

Bianca resolló ante su reclamo y se dejó caer a su lado. Él le dio la espalda como lo había hecho todas las noches anteriores y se quedó dormido a los pocos minutos.

Verdades

Tardaron tres días en retomar el camino cuesta arriba, pues la grava estaba suelta y los senderos estaban tan resbalosos que habría sido imposible seguir hacia la montaña, por lo que por tres días vagaron sobre planicies y trataron de mantener la dirección para no desviarse demasiado. Los horribles aires de finales de otoño los embistieron cuando estuvieron por fin sobre la enorme montaña. El problema era que por las noches el aire era todavía más potente y la sexta noche sobre la montaña, los viajeros no tuvieron suerte, pues no encontraron ningún lugar con rocas altas para protegerse y ya no podían seguir andando.

Ryu y Kai se habían adelantado para buscar algún lugar seguro en el que pudieran descansar, pero a la hora regresaron sin buenas noticias; no había ningún lugar seguro a la redonda. Yun tenía un resfriado tremendo, se la pasaba estornudando la mayor parte del tiempo y poco después de que Ryu y Kai regresaran, Yun se había rendido ante la fiebre.

Los rostros de preocupación de los dos hermanos la alarmaron. Kai corrió hacia donde había unos pocos árboles y cortó varias ramas gruesas y largas, las cargó de dos en dos, mientras Ryu recostaba a su hermano en el suelo helado, cuando ya no pudo mantenerse sentado.

—Tendremos que ingeniarnos para hacer una tienda con las mantas. Es el único modo en el que lograremos mantenerlo a salvo.

Bianca concordó y Ryu se quedó al lado de su hermano. Kai y ella comenzaron a clavar los palos de madera en el suelo, en tanto que luchaban por mantenerse de pie cuando el aire los empujaba de un lado a otro. Solo tenían cuatro mantas para armar su tienda, pero Bianca arregló varias prendas de ropa que llevaban ellos en las mochilas para cubrir lo que faltaba. Juntos amarraron las mantas sobre las cuatro ramas y a los lados. Cuando estuvo listo se adentraron en la pequeña tienda, que no tenía más de dos metros cuadrados. Bianca se sentó y vio cómo los dos hermanos colocaron a Yun a su lado.

—¿Qué vamos a hacer? —preguntó preocupada, al ver las gotas de sudor que le resbalaban por las sienes.

—Tenemos medicamentos que solo utilizamos en situaciones de emergencia —contestó Kai sentado frente a ella y se deslizó la muñequera a la palma de la mano donde se había hecho un corte al manipular los palos de madera—. Están en aquella bolsa.

Ryu había abierto y había sacado una perla transparente que tenía un líquido rojo dentro. Después de hacérsela tragar a su hermano, se organizaron para recostarse. Bianca prefirió quedarse junto al menor para poder cuidarlo.

—Espero que esto resista —dijo Kai y se frotó el brazo con la mano sana sin dejar de contemplar la estructura de la improvisada tienda.

—Resistirá —anunció Ryu, alentadoramente.

Pasaron una noche fatal. Yun hablaba dormido y se movía agresivamente de un lado a otro, incluso llegó a darle un manotazo en el brazo a Bianca, y Ryu tuvo que controlarlo durante un buen tiempo. Alrededor de las cuatro de la mañana cedió la fiebre de Yun y, tanto él como los demás, pudieron descansar un poco. Bianca se quedó completamente dormida, pues estaba muy fatigada por todo el embrollo que se había causado.

A la mañana siguiente todos despertaron tarde. Kai fue el primero en abrir los ojos que le ardían como si hubiese estado sin parpadear por horas. Se talló los párpados sobre los ojos cerrados y se levantó para poder asomarse por la cortina que hacía de puerta. El viento había disminuido bastante y el cielo estaba mucho más claro de lo que hacía días había estado. Después se acercó a su hermano menor para poder analizar su estado, pero cuando estuvo a su lado se sorprendió al verlo pegado a la muchacha, que dormía de lado, con el pelo desparramado por todos lados y con el brazo de Yun rodeándola por la cintura. Supuso que había estado tan cansada que ni siquiera se había percatado de que su hermano había dormido casi sobre ella. Se aclaró la garganta al percibir cierto desazón en su interior al ver la escena. Se hincó al lado de Bianca y con mano cuidadosa sujetó el brazo de su hermano para separarlo del cuerpo femenino; al tratar de moverlo reparó en que ella había despertado y lo miraba extrañada.

—¿Ya es tarde? —preguntó e intentó ordenar sus ideas. Kai asintió, pero no quitó la mano del brazo de su hermano. Bianca miró hacia abajo y se dio cuenta de que Yun la tenía abrazada por la cintura.

—Pensé que ibas a enfadarte si te despertabas y te dabas cuenta de que te usó como oso de peluche —contestó al ver el avergonzado sonrojo en las mejillas de Bianca.

Kai botó el brazo de su hermano hacia atrás y se puso de pie para dejarle el espacio libre a ella para maniobrar y poderse incorporar con más facilidad, pues el lugar era reducido. Bianca se levantó y se peinó el cabello alborotado en una trenza, mientras Kai se dedicaba a quitar la tienda y esperaba pacientemente a que sus hermanos recuperaran la conciencia.

Una hora después ya estaban en camino. Yun tenía mejor semblante y bromeaba casi con la misma naturalidad con la que lo hacía habitualmente. Bianca se sintió tranquila al verlo andar sin problemas. Kai lo ayudaba de vez en cuando, en cuanto a Yun le faltaba el aliento.

Aquella tarde antes de que el sol se escondiera, llegaron a un tupido bosque, en el que a duras penas entraba la luz, ya que los árboles eran tan altos y frondosos que solo había sombra. Bianca reconoció el olor de los fresnos y los pinos. Exploraron el área y se detuvieron a reposar. Habían logrado bajar algunos kilómetros y el clima era mucho más agradable, casi cálido.

—¿Cómo te sientes? —preguntó Kai a su hermano

Yun le regaló una mirada alegre mientras tomaba agua de la cantimplora que Kai le alcanzó.

—Todo bien.

A lo lejos, escucharon graznidos de patos y Bianca sonrió.

—Hay un lago cerca. Iré a rellenar las cantimploras.

Kai asintió y le dio las tres cantimploras de metal con la mano sana. Bianca le echó una ojeada a la herida, pero no pudo descifrar cómo se encontraba. Ryu comenzó a armar su caña de pescar.

—Adelántate —le dijo y señaló hacia el oriente. Bianca aceptó y caminó con paso lento entre los altísimos árboles, con cuidado, para no tropezar con las raíces que salían de la tierra.

Cuando llegó al lago, después de unos minutos de andar, la tranquilidad la embargó. Hacía días que el sol no brillaba así y no recordaba haber visto un claro con un lago tan magnífico. Quiso meterse al agua y olvidarse del camino, pero sabía que no podía ausentarse mucho o los demás comenzarían a preocuparse.

Se hincó a la orilla del lago y se dedicó a llenar las cantimploras con paciencia. Las tapó con cuidado una vez que estuvieron llenas. Al terminar vio, a lo lejos, unas matas de hierbas conocidas, del mismo tipo de las que había usado para su herida en el pie. Dejó las cantimploras en la orilla del lago y corrió hacia la mata, se agachó y comenzó a arrancarlas para hacer un manojo. Estaba tan inmersa en su tarea que no se percató de que dos hombres se acercaron con paso lento, hasta que escuchó el seguro de un arma desactivarse. Se quedó helada, sin moverse y levantó los brazos para mostrar que sus manos estaban libres. De reojo se percató de que eran soldados. Apretó ambas manos temblorosas en puño y permaneció en silencio hasta que ellos se acercaron.

—Esta es una zona protegida y de uso militar —le dijo uno y Bianca inmediatamente bajó la mirada hacia el suelo.

—¿Qué haces aquí? —preguntó el otro que le apuntaba con el arma. Bianca no contestó. Él se acercó más y con la punta de la pistola la instó a elevar el mentón; al alejarse Bianca volvió a bajar el rostro.

—Creo que la reconozco —comentó uno, con voz suave. Se miraron al mismo tiempo y el del arma volvió a fijarse en ella, atento.

—Creo que sé quién eres. Por todos lados corre el rumor de que se ha escapado una bruja de una torre.

A Bianca se le aceleró la respiración.

—Cierto. La de ojos azules. No hay muchas chicas de ojos azules por aquí —explicó el que no tenía el arma y negó con la cabeza con pesar—. Odio llevar gente presa —anunció por lo bajo, mientras sacaba unas esposas de uno de sus bolsillos traseros.

—No soy una bruja —contestó y alzó la barbilla. El que le apuntaba con el arma frunció el ceño y, antes de que cualquiera pudiera hacer algo, alzó el brazo y disparó hacia el cielo, después se llevó la mano libre al cuello. Bianca advirtió que sangraba copiosamente y que con la mano, intentaba detener en vano el sangrado, y el arma cayó al suelo. El otro hombre reaccionó en un santiamén y se inclinó para tomarla; pero, en el mismo instante, la pistola salió volando de allí, como halada por un imán. Bianca enfocó sorprendida y vio al hombre correr hacia ella para golpearla, así que se cubrió el rostro con los brazos para protegerse del golpe que se avecinaba. Sin embargo, no llegó a sentirlo, ya que algo la tiró hacia atrás y cayó de espaldas en el suelo, aún con los brazos sobre el rostro. Cuando tuvo el valor de mirar, vio que Ryu había intervenido, estaba frente a ella y peleaba con el hombre que la habría agredido.

Se percató de que, por el susto, había caído al suelo y buscó con la mirada el arma; estaba lejos, se puso de pie y corrió hacia allí, la aferró en sus manos temblorosas y se giró para apuntarle al hombre, pero él ya estaba en el suelo, con ambas manos separadas de los antebrazos y con sangre saliendo a borbotones de sus muñecas. Ryu llegó antes de que pudiera digerir la información y le quitó el arma, le puso el seguro y la guardó entre su pantalón y su playera.

—¿Estás bien? —preguntó y se inclinó sobre ella para ver si le prestaba atención. Bianca tardó en asentir, pues su mirada seguía perdida en toda la sangre que había en el suelo. Escuchó unos pasos apresurados detrás de ellos y se volvió para ver los rostros preocupados de Kai y de Yun.

—¿Qué sucedió? Escuchamos un disparo —comentó Yun, que había sacado fuerzas para terminar de correr la distancia que les separaba. Kai barrió con la mirada el espacio cercano a ellos.

—Maldición —gimió en voz baja y trasladó la mano a su frente, en gesto de preocupación.

—¿Por qué te atacaron los soldados? —le preguntó Ryu, mientras ella recuperaba el aliento.

—Ellos me dijeron que esta era propiedad protegida y de uso militar. Pensaron que era… —Bianca se detuvo e hincó los dientes en la parte interior de la mejilla izquierda.

—¿Que eras qué? ¿Sabían que estabas con nosotros?

—No, ellos me confundieron, pensaron que los espiaba.

—Deben de tener un campamento cerca de aquí —dijo Yun con tono intranquilo.

—Seguramente escucharon lo mismo que nosotros. —Kai se quitó la mochila que traía al hombro y la dejó en el suelo, metió la mano a su bolsa derecha y sacó la moneda—. Deja que vengan —susurró con la mirada clavada en la dirección de donde supuso que habían salido los dos primeros soldados.

Ryu apartó a Bianca sin tocarla y la escondió detrás de los tres. Yun se quitó el arete de estrella que llevaba en la parte superior de la oreja, se hincó con la rodilla izquierda en el suelo, levantó el brazo y apuntó con su puño cerrado al lugar de donde provenían pasos ruidosos, y sobre el dorso, detrás de sus nudillos ubicó al pequeño objeto.

—Bum —murmuró Yun cuando utilizó su brazo como un arma de fuego y lanzó el pequeño objeto en forma de estrella. La estrella comenzó a crecer hasta triplicar su tamaño mientras volaba por el aire hacia los soldados que, armados, apuntaban hacia ellos desde los árboles. La estrella esquivó los árboles y derribó a tres soldados.

Al lado de Yun, Ryu se arrancó del cuello una fina cadena que Bianca jamás había notado, mientras que Kai comenzó a jugar de nuevo con la moneda.

Bianca se tapó los oídos y se agachó al escuchar el sonido de las pistolas que eran disparadas en su dirección por el grupo de soldados.

Kai sujetó la moneda entre los dedos, la arrojó al aire y, justo como su hermano había hecho con la estrella, golpeó con ella todas las balas para desviarlas, con ambos brazos estirados al frente, como si la manipulara desde lejos. Ryu corrió hacia los árboles como una gacela, mientras Kai desviaba todas las balas que iban dirigidas a él.

Bianca se puso de pie y observó atenta cómo el mayor llegaba hasta los árboles y dejaba, a los soldados restantes, noqueados al blandir la cadena, que ahora brillaba con un color rojo y estaba completamente erguida, recta, como si se tratara de una espada. La estrella volvió a Yun como un bumerang. Con un movimiento de la mano Kai atrajo como un imán la moneda que había quedado a pocos metros de Ryu.

Ella supuso que esos eran los tres objetos sagrados que la mujer samurái había ocultado. Los tres objetos de la leyenda los poseían ellos. Ryu regresó y silbó para apresurarlos. Kai y Yun se pusieron de nuevo las mochilas al hombro.

—Hay que irnos, no tardarán en llegar los refuerzos —exclamó Ryu en cuanto llegó a ellos. Kai y Yun asintieron y Bianca corrió por las cantimploras, las metió en su bolso y se dirigieron hacia el lado opuesto del lago. Los gritos y pasos del numeroso grupo de soldados se escucharon a lo lejos; los cuatro jóvenes apresuraron el ritmo y se internaron en el bosque cada vez más.

Le dolía bastante el tobillo pero continuó corriendo y trató de seguir a los tres hermanos, que iban como un rayo, mas Bianca sabía que controlaban su velocidad por ella. No supieron cuánto tiempo corrieron por el bosque, pero en cuanto los sonidos detrás de ellos cesaron, Ryu alzó una mano para anunciarles que podían detenerse y, con el dedo índice en los labios, los miró para advertirles que continuaran su camino en silencio.

El sol comenzó a meterse y la idea de quedarse a oscuras en el bosque no pareció emocionar a los tres jóvenes. Viraron en otra dirección, hacia donde el bosque se veía menos tupido.

—¿No sería mejor quedarnos en la parte del bosque que es más frondosa? —comentó Bianca en voz baja al posicionarse junto a Ryu, quien negó con la cabeza—. Podríamos escondernos más fácilmente —intentó otra vez Bianca.

—No es una buena idea. Nadie en su sano juicio se internaría tanto en este bosque, mucho menos por la noche.

—¿Tiene algo de malo el bosque?

—El tamaño. En las orillas no nos perderíamos, pero adentrarnos es otra cosa, no hay luz de sol ni de luna y no podríamos ubicarnos bien. Solo rondaríamos sin rumbo.

Bianca no dijo más y continuó a su lado mientras trataba de tolerar el dolor que sentía en el tobillo.

—¿Duele mucho? —preguntó Yun y señaló su pie. Bianca le sonrió avergonzada, pues no tenía idea de cómo se había percatado él de eso; ni siquiera cojeaba.

—Mínimo.

Yun, al notar que Bianca daba la impresión de sentirse, además de adolorida, una pizca desubicada, sacó de su mochila una brújula y se la tendió con una sonrisa.

—Si te pierdes te ayudará a encontrar el camino.

Ryu se detuvo y se volvió como si hubiera recordado que ella no estaba en condiciones para caminar otro trayecto largo; Bianca lo percibió en su mirada, sonrió para eliminar sus preocupaciones y Ryu asintió. La cadena en el cuello del mayor brilló fugazmente y la observó con atención; él se percató de lo que ella observaba, sonrió y se volvió para seguir caminando.

—¿Cómo los obtuvieron? —preguntó Bianca, cuando se armó de valor para hablar del tema. Los tres permanecieron en silencio.

—Nuestra madre los encontró. Los tenemos desde que murió, pero nuestro padre no lo sabe —contestó Ryu después de lo que a Bianca le pareció una eternidad.

—Son nuestros pues nosotros somos los últimos. Para obtenerlos, nuestro padre debe matarnos primero —dijo Yun y Bianca recordó lo que Ryu le había comentado hacía tiempo.

—¿Cómo fue que su padre no se percató de que los tenían durante el tiempo que estuvieron en las mazmorras?

—Él no sabe de qué se trata. No tiene idea de cuáles son las armas y estos se ven como objetos realmente comunes. La única que lo sabía era nuestra madrastra. Es muy inteligente y ella jamás le dijo nada —confesó Ryu con una sonrisa de añoranza.

—¿Ustedes las escogieron?

—No. Ellas nos escogieron a nosotros. Yun y yo no somos tan buenos peleando cuerpo a cuerpo como Kai. Por eso nuestras armas son más poderosas.

Bianca observó la moneda que Kai aún sujetaba entre sus dedos, atento a cualquier ataque que pudiese presentarse.

—Hace un momento la estrella regresó a ti. —Yun convino ante las palabras de Bianca.

—Se comporta similar a como lo hace un bumerang.

—¿La tuya también?

Aunque sabía que la pregunta iba dirigida a él, Kai no contestó nada y siguió caminando.

—La suya funciona como un imán de alta potencia —contestó Yun por él, y Kai le lanzó una mirada de advertencia, pero su hermano la pasó por alto.

—No entiendo, ¿dónde está el cuerpo con el magnetismo opuesto? No vi que sujetara algo para atraerlo.

—Sí que los tiene. Las otras monedas que la atraen y la repelen están adentro de él, de sus manos. Nuestra madre le dio las muñequeras para protegerle la herida que le causó cuando se las colocó dentro.

Bianca sintió náuseas al pensar en lo que probablemente le había dolido aquella intrusión.

—Tuvo una fiebre terrible, por tres noches y cuatro días. Después de eso perdió la movilidad de los dedos por meses.

—¿No opuso resistencia al proceso?

—No. Kai siempre se toma las cosas seriamente y nuestra madre solía decirnos que un poder tan grande siempre conlleva un enorme compromiso. Él siempre tuvo la agilidad y la fuerza de la que nosotros carecíamos; se levantaba temprano todas las mañanas y dormía tarde todas las noches para poder entrenarse. Hacía cosas que ni Ryu ni yo podíamos hacer.

Kai se detuvo, retrocedió y sujetó con las manos las solapas de la chaqueta de su hermano pequeño y dijo:

—Ya para. Nuestra vida no es de su incumbencia —indicó con fastidio y Yun sonrió animado.

—No me dejaste opción, no quisiste responder tú.

Kai estuvo a punto de asestarle un golpe a su hermano, pero Ryu se detuvo como si hubiese chocado contra algo y levantó los dos brazos como para advertir que no estaban solos.

Kai se alejó de su hermano, se situó frente a Bianca y apremió a al menor a pararse a su lado, para dejarla en medio del triángulo simulado por la ubicación de cada uno. Todos prestaron atención a cada sonido y movimiento entre las sombras. De pronto, desde las alturas, una voz femenina se escuchó.

—Suelten sus armas.

La advertencia era seca y determinante. Los cuatro miraron hacia arriba pero no pudieron ver nada. La chica se camuflaba a la perfección.

—Están rodeados por completo. Suelten sus armas. ¡Ahora!

Bianca intentó enfocar hacia todos lados, pero no alcanzó a ver nada.

—Lapsis —susurró Yun cerca de ella. Bianca nunca había escuchado ese nombre.

Ryu alzó las manos, seguido de Kai, quien había metido su moneda de nuevo a la bolsa del pantalón, y de Yun que apremió a Bianca a hacer lo mismo.

—Venimos para refugiarnos de los soldados —explicó sereno Ryu mientras miraba hacia arriba, a ningún punto fijo en especial.

—¿Los siguieron? —preguntó la voz con un tono alarmado.

—Sí —aceptó el mayor con voz ligera—. Pero los perdimos hace cuestión de una hora.

Bianca ahora sí distinguió la figura de la mujer en una de las ramas del árbol frente a ellos. Hizo un ademán con la mano y el crujir de las ramas los alarmó. Provenía de todos lados. Pronto, en menos de cinco segundos, estaban rodeados de rebeldes que, armados, les apuntaban a los cuatro. Con un ágil salto, la mujer del árbol llegó a ellos. No pudo verla lo suficientemente bien, pero supuso que era unos diez años mayor que ella por la forma de su cuerpo y la gravedad de su voz.

—¿Quiénes son ustedes?

—Solamente viajeros; los soldados se tomaron muy a pecho nuestra presencia en el bosque. No teníamos idea de que el claro era un área restringida. Les agradeceríamos si pudieran ayudarnos a ubicarnos mejor. Todo apunta a que estamos perdidos.

La mujer ordenó a sus hombres, con un movimiento de la mano, bajar las armas y todos la obedecieron en seguida.

—Es peligroso que continúen, aunque sepan el rumbo. Les proporcionaremos un lugar para quedarse por esta noche. Esos malditos soldados creen que son dueños de todo lo que ven y tocan. Síganme.

La mujer comenzó a caminar y los que los rodeaban los invitaron a seguirla de cerca. No mucho después el grupo llegó a una montaña rocosa y todos viraron hacia la izquierda siguiendo a la chica líder. Bianca no se percató de que habían llegado a una casa, hasta que la mujer abrió la puerta. Se detuvo atónita y en automático dio unos pasos hacia atrás, igual que sus tres acompañantes. Por alguna extraña razón parecía como si esa puerta abierta estuviera en el vacío.

—Camuflaje —explicó la mujer. Bianca levantó la mano para tocar el espacio entre dos árboles y su mano chocó con la superficie dura de la madera—. Hemos creado varias casas como esta. Son difíciles de encontrar, incluso con luz de día.

Yun se mostró encantado con la idea y asintió emocionado.

—¿Quién hace estas maravillas?

—Tenemos a nuestro grupo de artistas e ingenieros. Aquí hay de todo —y sin más se metió a la casa seguida por ellos y el grupo de quince o más personas, detrás—. Por las noches y por el día utilizamos velas y las ventanas están selladas para que no salga ni entre luz por ellas.

—Es un concepto interesante —comentó Kai mientras tomaba una de las velas que le ofrecía alguien detrás de él.

—¿Están contra el ejército? —preguntó Bianca y la mujer elevó las cejas para pensarse la respuesta.

—Estamos en contra del ejército, pero nos hemos levantado en armas en contra de los ciprianos también. Los lapsis defendemos al pueblo. Desgraciadamente los ciprianos han causado tantos problemas que ahora, los soldados tachan a todos los que practican las artes blancas o las oscuras, de seguidores de Cipriano de Antioquía. Han matado a demasiados hechiceros honorables.

Continuaron por el recibidor que era largo y llegaron a una sala en la que les permitieron tomar asiento. Todos los demás se dispersaron por la casa.

—¿Están familiarizados con el trabajo de los lapsis? —preguntó al ofrecerles una botella de agua a cada uno, y su larga melena rojiza le hizo cosquillas en la mejilla derecha a Bianca cuando se acercó a darle la botella.

—Pensé que se habían disuelto después del ataque a la capital de…

Un sujeto se asomó por el marco de la puerta de la salita de estar, antes de que la mujer pudiese responder. La pelirroja lo invitó a pasar con un lánguido movimiento de su mano y él se paró firme a su lado.

—Él es mi estratega.

—Es un placer —saludó el aludido que era pelirrojo y tenía un montón de pecas en el rostro, que Bianca no notó, hasta que él se sentó al lado de la mujer y la luz de la vela en la mesita de enfrente las descubrió.

—No nos disolvimos —continuó al cruzar una pierna bien torneada, ataviada con unos pescadores de camuflaje, sobre la otra—. Es verdad que muchos decidieron renunciar cuando la cosa se puso fea. No los culpamos, por supuesto, comprendemos que el miedo muchas veces es más poderoso que las buenas intenciones; no obstante, muchos de nosotros decidimos continuar defendiendo nuestra causa.

—Muy loable —comentó Ryu.

—Ha sido difícil. Un camino turbulento, pero hemos salvado muchas vidas; y esa es una magnífica recompensa.

Bianca no quiso decir nada, y le dio la impresión de que aunque hubiera querido decir algo, no sabría qué, pues no estaba al tanto de nada de eso. Sintió una repentina vergüenza; ella había estado aislada por años, en la tranquilidad de su torre y nunca había actuado para ayudar a nadie, salvo por aquella vez en el bosque con Nora.

—¿Podemos saber tu nombre? —preguntó Yun y dejó las formalidades a un lado. La mujer le sonrió cálidamente.

—Por supuesto no mi nombre real. Aquí me llaman Cora; cualquier cosa que necesiten no duden en pedirlo. Solo puedo darles una noche, pero pueden hacer uso de absolutamente todo lo que requieran.

—Una noche es más que suficiente —dijo Ryu y se puso de pie mientras se masajeaba la muñeca. Bianca supuso que en la lucha de horas antes se había lastimado. Kai, Yun y Bianca se levantaron también y siguieron a Cora, quien daba por terminada la conversación. La mujer salió primero y los guio hacia una escalera de caracol angosta y empinada.

—Pueden quedarse en la primera habitación a la derecha, y la señorita en la primera habitación a la izquierda.

Bianca sintió que su corazón latía de felicidad al saber que por fin tendría un espacio para descansar sola. Se volvió hacia la mujer que sostenía en alto la vela y la miró de frente.

—Gracias por su ayuda.

La mujer la estudió con atención, observando por fin, con mucha intensidad, sus ojos azules. Sin decir nada asintió y se hizo a un lado para dejarlos pasar. Bianca subió primera, seguida de Kai y de Yun; cuando Ryu apoyó el pie en el primer peldaño, Cora lo sujetó de la muñeca.

—Te agradecería que me dieras unos minutos de tu tiempo, para unas sugerencias de salida mañana temprano.

Ryu viró hacia los demás que lo esperaban y miraban hacia abajo.

—Adelántense. No tardo.

El mayor de los hermanos caminó hacia el lado opuesto de la salita de estar y minutos después entraron a lo que supuso, era el despacho de la mujer. Ella se paró detrás de su escritorio y abrió un cajón.

—No es necesario un mapa. Me sé ubicar a la perfección.

La mujer sacó de todas formas el papel y asintió.

—Pero probablemente esto sea lo que no sepas.

Y sin más dejó el papel encima del escritorio, encarándolo hacia él. Ryu frunció el ceño y lo cogió. Era un boceto de un rostro.

—Quiero suponer que está al tanto de que la mujer con la que viaja, es una bruja.

Cambio de planes

Ryu observó con verdadera atención, pero se dijo a sí mismo que era algo estúpido, pues aunque el boceto no estaba realizado a la perfección, no existía nadie más con los ojos de Bianca. Se sintió timado y dejó caer el papel en el escritorio; como reflejo trasladó la palma de la mano a la nuca y maldijo en su mente por no haberse percatado de algo de esa índole.

—No lo sabía, ¿verdad?

Ryu hizo un gesto negativo mucho después de que la pregunta entró por sus oídos, pues pensaba en demasiadas cosas.

—¿De dónde lo ha sacado? —preguntó atónito.

—Lo encontramos en el campamento de soldados junto con otros bocetos más de personas desconocidas, pero que son buscadas con urgencia por algún crimen.

—Esto no tiene sentido.

—Comprendo cómo se siente. Esperaba que tuviera una idea; lamento mucho ver que no es así.

—¿Cometió algún crimen?

—La información que tengo sobre las personas de este sobre es escasa. Ni siquiera sé si sea verdad. Probablemente la acusan de ser cipriana, como a todos los brujos en la actualidad. Pero no sé si lo sea o no.

Ryu volvió a mirar la imagen de Bianca en el papel y luego de unos segundos cerró los ojos para intentar recordar si en algún momento había hecho alguna revelación de sus poderes. No encontró nada en su mente.

—¿Cómo sabe que su búsqueda es prioritaria?

—Por el tipo de situación. Parece que las personas de los retratos que aparecen en este sobre son extremadamente difíciles de encontrar. Supongo que el ejército pensó que ella estaría oculta durante meses, pues es fácil identificarla con ese color de ojos. Pero por lo que veo, su chica no tiene problema en mostrarse.

Se detuvo a pensárselo bien por unos instantes. No sabía si debía o no decírselo a sus hermanos, pues estaba seguro de que Kai se pondría furioso ya que acababan de arriesgar la vida por ella y ella nunca había sido honesta con ellos. Pero ellos tampoco lo habían sido con ella.

—¿Puedo quedármelo?

—Por supuesto.

—Arreglaré la situación con mis hermanos, luego tomaré una decisión.

—Tiene que tomarse el tiempo para pensar bien las cosas. Como le dije de inicio, mucha de la información que ronda por las manos del ejército es falsa.

Él apretó el papel entre sus dedos y se apresuró a salir de la habitación, pero la voz de la mujer lo hizo detenerse a escasos centímetros de la puerta.

—Nosotros la protegeremos.

—¿Perdone?

—Si quieren irse por la mañana, pueden dejarla a nuestro cuidado. Investigaremos sobre ella a fondo y, si no es una cipriana, nosotros la protegeremos del ejército.

Ryu no supo qué contestar; le dio las gracias y salió de la habitación con paso firme. Cuando llegó a las escaleras subió de dos en dos y le dio una mirada de reojo a la puerta de enfrente, antes de tocar suavemente la de la habitación en donde estaban sus hermanos.

—¿Todo bien?

La pregunta de Yun casi le hizo reír. Nada estaba bien, pero debía tomar cartas en el asunto.

—No. —Ryu cerró la puerta detrás de él y caminó hacia Kai, que estaba acostado en la cama con un brazo sobre la bandana y una pierna medio doblada. Sabía que no dormía, aunque tenía los ojos cerrados.

—¿Qué sucedió? —preguntó Yun al percibir la alarma en la mirada de su hermano. Ryu se apoyó en la pared frente a la cama de Kai y suspiró. Al notar la tensión en el ambiente, Kai abrió los ojos y se incorporó con semblante cansado pero atento. Se fijó en la mano de su hermano que voló hasta el bolsillo de la derecha de sus pantalones y sacó un papel doblado que desdobló y les mostró. Yun se acercó intrigado y lo miró de cerca.

—No se parece mucho a ella. Si quieres demostrarle lo que sientes, deberías haber hecho otra cosa.

Ryu alzó las cejas sorprendido por el hecho de que a su hermano se lo hubiera ocurrido eso, negó y apuntó al retrato con el dedo índice.

—Cora me lo dio.

—Es rápida.

—No lo hizo ella.

—No te sigo, Ryu —confesó el menor, quien se llevó una mano a la coronilla. Kai había permanecido callado a la espera de una situación non grata.

—Lo encontraron hace unos días en el campamento militar. Estaba en un sobre que tenía más retratos de personas buscadas —explicó y le pasó la hoja a Kai que la recibió con mirada adusta.

—¿Personas buscadas? ¿Como criminales? —preguntó Yun y se sentó en la cama a un lado de Kai para observar el retrato de nuevo.

—Es una bruja. Al parecer ser brujo ahora, es peor que ser criminal —dijo Ryu, con una intención escondida entre sus palabras mientras señalaba a los tres.

—¿Qué quieres decir? —preguntó Kai con una ceja elevada.

—Ella es búsqueda de alta prioridad —explicó él, como si con eso los otros dos comprendiesen a la perfección a lo que se refería.

—¿Es verdad? —preguntó Yun y se tronó los dedos; Kai lo obligó a detenerse con la mirada, pues le distraía el sonido.

—Eso no es lo importante.

—No creo que sea una bruja, Ryu.

—¿Cómo puedes estar tan seguro, Yun? El punto es que algo sucedió y ahora la buscan… lo que pasó hoy… no nos dijo la verdad. Seguramente los soldados la reconocieron; nosotros nos arriesgamos para ayudarla y ni aun así nos dijo la verdad.

—Sabías que huía de algo, Ryu. Fuiste tú el que habló con ella primero y la invitaste a trabajar con nosotros a sabiendas de que ocultaba algo —contestó Kai con una tranquilidad que el mayor no comprendía, pues había supuesto que estaría furioso.

—Habló de problemas familiares, Kai.

—Ella es muy rara. Debimos imaginar que algo así pasaría.

Kai compuso una mueca extrañada hacia Yun y sonrió mientras volvía a recostarse sobre la cama.

—Vamos a dormir. Mañana hablaremos con ella.

Estaba por cerrar los ojos cuando Ryu le desafió con un tono de voz tan serio que lo hizo sorprender en extremo:

—No.

—¿Quieres seguir hablando de esto? No podemos hacer nada ahora, Ryu.

—Me refiero a que no le diremos. Ninguno de ustedes hablará con ella de esto.

Yun y Kai se miraron desconcertados y el último volvió a sentarse en la cama. Estaba demasiado cansado para seguir alegando por eso, pero no quería llevarle la contra a su hermano.

—Sigo sin comprender. Dices que ¿prefieres dejarlo pasar?

Ryu pasó un tiempo callado, hasta que tuvo el valor de hablar. Sabía que lo que iba a decir era algo terrible, pero no podía dejar sus ideas a un lado.

—No vamos a dejarlo pasar. Cora dice que puede cuidarla, que puede mantenerla alejada del ejército, pues está casi segura de que no es una cipriana.

—¿Planeas dejarla aquí, entonces?

—No. Planeo entregarla.

Kai se levantó de la cama con una lentitud alarmante y caminó hacia la ventana. Ahora, por fin, sabía lo que Ryu quería decir. Yun habló primero.

—Ya entiendo a lo que te refieres.

—Es una oportunidad que no podemos desperdiciar —continuó Ryu. Kai se apoyó en el marco de la ventana.

—¿Planeas hacer un intercambio? —preguntó Yun. Kai se guardó un gemido de frustración y lo contempló con un evidente desconcierto pintado en sus rasgos.

—Hablaremos con uno de los soldados y le pediremos que elimine nuestros nombres, que nos haga desaparecer de los registros como si hubiésemos muerto. Si tenemos suerte, tal vez podamos conseguir una dispensa oficial; a cambio, le entregaremos a Bianca. Estoy seguro de que aceptará. Nosotros no estamos en búsquedas prioritarias y nuestro padre ya ha envejecido, seguramente nuestro proceso se ha vuelto lento y podemos terminarlo si intercambiamos la información con alguien para que nos elimine de las listas o nos consiga el perdón.

—Podríamos dejar de vagar sin rumbo —dijo Yun como si hablara para él mismo.

—Por supuesto. Lo único que tendríamos que hacer sería traicionar a Bianca —agregó Kai con sarcasmo—. ¿Realmente funciona para ti?

—Haría lo que fuera para terminar con todo esto. Incluso borrar mi propia existencia, no me importaría.

—Ryu, esto no es correcto —contestó Kai que introdujo las manos a los bolsillos de sus pantalones y alzó los hombros—. No podemos hacer algo así.

—¡Nuestro padre nos inculpó del asesinato de madre! ¡Nos han buscado desde hace años por un crimen que no cometimos! Eso —sostuvo Ryu mientras lo señalaba con el dedo—, es lo que no está bien. Bianca podría ser o no una cipriana, pero eso no es lo que importa; lo que importa es que podemos ser libres.

—A costa de la libertad de alguien más. ¿Cómo puedes pensar siquiera en hacer algo así? Es inhumano.

Kai no percibió que había alzado la voz, hasta que sintió la característica picazón en la garganta. Yun, que no había dicho nada, se levantó de la cama y se posicionó al lado de su hermano mayor. Kai supo que esa sencilla acción revelaba a quién apoyaba.

—No lo puedo creer —dijo y se pasó la mano por el rostro con pesadez.

—Kai, creo que Ryu tiene razón. Debemos pensar en nosotros. Hemos agotado nuestras fuerzas huyendo, esta es una oportunidad que no se volverá a repetir y, si seguimos con ella, firmaríamos nuestra sentencia de muerte. Nos encontrarían mucho más fácilmente si seguimos viajando juntos.

—Sé que es difícil para ti. No es honorable, pero ya estamos lejos de cualquier acción honorable.

—Tenemos que hacerlo Kai. —Los ojos del menor brillaron ante el desacuerdo de Kai; se acercó y apoyó una mano en su hombro cuando estuvo frente a él.

—Lo haremos aunque estés en contra.

Kai sintió una angustia terrible ante las palabras de Ryu y negó con la cabeza mientras posaba una mano en el hombro de Yun e imitaba su gesto.

—Ustedes son todo lo que tengo. Son mi familia y juré cuidarlos y protegerlos, igual que ustedes a mí. Jamás los traicionaría.

Ryu suspiró, aliviado al ver que Kai apoyaba la oportunidad. Sabía que no era correcto, por supuesto, pero estaba cansado de huir. Si Bianca era una bruja podría arreglárselas sola.

A la mañana siguiente, Kai los levantó más temprano de lo normal con una pastilla de adrenalina que solo usaban en ocasiones especiales. Ryu se puso de pie a duras penas al igual que Yun y ambos caminaron hacia el lavabo a trompicones para lavarse el rostro; después de eso se limpiaron el agua que les caía en gruesas gotas sobre la ropa.

—¿Cómo haremos para que Bianca no se entere? —preguntó Kai y los miró con un brillo de indecisión en sus ojos.

—Vamos a tener que dividirnos en grupos. Alguien deberá buscar al soldado correcto y hacer el trato con él; deberá asegurarse de que realmente cumpla su palabra —comenzó Ryu con voz grave.

—Iré yo —se ofreció el de la bandana.

—Alguien más tendrá que viajar con ella hacia la frontera para que no sospeche nada. No podemos traer al soldado aquí, corremos el riesgo de que Cora investigue a Bianca y quiera ayudarla —continuó el mayor. Yun levantó la mano desde la silla en la que se había sentado, junto al mueble del lavabo, y dijo:

—Lo mejor es que ustedes dos vayan a buscar con quién hacer el trato. Yo iré con Bianca a la frontera. Nos encontraremos allá.

Ryu no se convenció del todo.

—No podemos darnos el lujo de perderla.

—No la perderé —aseguró Yun al sentirse menospreciado por su hermano.

—Mientras estés despierto —contestó Ryu, sarcásticamente.

Todos guardaron silencio. Analizaron la nueva información y, de antemano supieron, que ni Ryu ni Yun podrían ser capaces de vigilarla durante la noche.

—No va a escapar; sabe que la buscan. No querrá quedarse sola —dijo Kai y se acomodó las muñequeras, sintiéndose nervioso, pues ya sabía lo que su hermano pensaba.

—El problema es que podría llegar a sospechar algo. Debemos asegurarnos de que no se presente ninguna situación en la que pueda escapar.

—Yo no quiero cuidarla, Ryu. Realmente no; además no puedo dejarlos desprotegidos a ustedes dos. Si se van juntos nadie hará guardia por ustedes en la noche. Si sucede algo…

—Tomaremos medidas. Buscaremos refugio antes del anochecer para no dormir en zonas abiertas, nos esconderemos cuando sea necesario y pondremos trampas en los alrededores. Tardaremos un poco, pero creo que es lo mejor. Jamás me perdonaría si nuestra única oportunidad se nos escapa de las manos —dijo el mayor.

Kai se sintió aún peor que por la noche. No tenía idea de cómo podría ver a Bianca a la cara, sabiendo que le mentía y que básicamente la encaminaba a su muerte. Maldijo en voz baja y Ryu se acercó a él al ver su inseguridad.

—Sé que puedes hacerlo. Eres el único que siempre tuvo sus límites con ella. Trata de hablarle lo menos posible, ¿bien?

—Bien.

—¿Crees que podremos ubicar con facilidad el campamento? —preguntó Yun y arrugó el ceño.

—No podemos pedirle ayuda a Cora, tendríamos que explicarle todo lo que tramamos, así que tendremos que buscar arduamente durante el día; este maldito bosque es inmenso —se lamentó Ryu al pasarse las manos por el cabello, con fastidio.

—Creo que también se me complicará un poco dirigirme hacia la frontera.

—Tú puedes usar la brújula, Kai. Sabes en qué dirección debes ir —dijo Yun. Kai y Ryu asintieron ante su idea. Ryu buscó entre las cosas de las mochilas, pero no la encontró.

—¿En dónde está? —preguntó el mayor.

—Ayer se la presté a Bianca, se veía preocupada por no saber hacia dónde se dirigía —dijo Yun al hacer memoria de lo que había pasado el día anterior.

—¿Qué se supone que vamos a decirle? ¿Cómo piensas explicarle que no continuarán con nosotros? —preguntó Kai.

—Tú le dirás parte de la verdad. Nos toca confesarnos primero; y lo mejor es que seas tú el que se lo diga, así no podrá tratar de convencernos de lo contrario. Manéjalo de manera que parezca que lo hacemos por ella —contestó Ryu y puso la mano sobre el hombro de Kai.

Kai preparó en su mente su discurso. Ryu continuó:

—Mandaré un mensaje a Sunmi, si encuentro un halcón. Le contaré de qué se trata nuestro plan, que pronto seremos libres, pero que no podremos volver a comunicarnos con ella hasta que padre muera. Debes llegar a la cabaña en la que vivimos un tiempo, ¿recuerdas? —Kai asintió—. Cuando llegues allí, asegúrate de prender la chimenea cada noche, no sé cuánto tardemos en llegar nosotros, pero de esa manera sabremos si ustedes están ya allí. Estaremos pendientes de tu señal.

Kai asintió de nuevo ante las palabras de Ryu y se alistaron para poder organizarse y salir al mediodía, cada quien en dirección opuesta.

Al salir de la habitación, Kai bajó primero por las escaleras y Yun se detuvo frente a la puerta de Bianca; tocó tres veces seguidas despacio y esperó. Bianca abrió, tenía unas marcadas ojeras y parecía que no había podido dormir bien. Lo miró con los ojos entrecerrados y murmuró algo ininteligible.

—¿Qué dices? —preguntó Yun y sintió que el pulso le latía con rapidez, de vergüenza, por tener el descaro de mirarla de frente.

—Digo que ahora bajo —y sin más, cerró. Yun se quedó con la mirada clavada en la madera. Puso la mano abierta sobre la fría superficie y cerró los ojos.

—Realmente lo siento —susurró.

Se alejó y bajó las escaleras con paso firme. Ya estaba decidido, ya no había vuelta atrás. Cuando se reunió con sus hermanos, desayunaron algo y Kai los acompañó a la puerta después de que dieron las gracias a Cora por la hospitalidad y le explicaron que seguirían el viaje con Bianca.

—¿No van a despedirse de Bianca?

—Es mejor así —contestó Ryu y se acomodó la mochila al hombro.

Cinco minutos después vio a sus hermanos desaparecer entre los árboles y cerró la puerta, se apoyó en ella y desplazó las dos manos a la cabeza. Jamás pensó que algo así podría ocurrirle y deseó acabar con todo: abandonar ese lugar y dejarla allí. Pero él era demasiado fiel a sus hermanos, jamás podría fallarles.

—¿Estás bien?

La voz de Bianca lo hizo levantar la cabeza y con la mano derecha se frotó la nuca adolorida por la tensión. Ella bajaba la escalera y lo observaba con una extraña paz en su rostro.

—Bien.

—¿En dónde están Ryu y Yun?

—Se han adelantado. Y nosotros también debemos salir de aquí lo más rápido posible. Ya hemos abusado mucho de la gentileza de estas personas.

Bianca se mostró desconcertada, pero ante su tono seco, prefirió permanecer callada. Kai le señaló el pasillo que llevaba a la pequeña cocina.

—Ve a comer algo. Cuando termines, sube y toca a la puerta de mi habitación. Te esperaré.

Bianca asintió sin estar convencida de nada y caminó con paso inseguro hacia la cocina. Kai subió de dos en dos la escalera y entró a la habitación para preparar todo. Al cuarto de hora, justamente, se escuchó el suave golpeteo en la puerta. Bianca estaba lista para ir hacia la horca y él estaba dispuesto a llevarla. Cuando llegaron a la planta baja Kai caminó hacia el despacho de la mujer pelirroja y tocó a la puerta.

—Mis hermanos se han adelantado para asegurarse de que el camino estuviera despejado. Nosotros debemos irnos ya, o les perderemos el rastro —explicó a Cora cuando ella abrió.

—Muchas gracias por su ayuda —agregó Bianca desde su espalda y él asintió para confirmar.

Cora les sonrió y les entregó una bolsa con unos panes frescos. Cuando estuvieron fuera de la casa iniciaron el camino y Bianca prefirió no decir ni preguntar nada; cosa que Kai agradeció.

Pasadas unas horas, Bianca se sentó en una roca, completamente exhausta, y Kai también se detuvo.

El castaño sintió su pulso acelerarse cuando ella lo miró atenta mientras se sobaba el tobillo adolorido. Sabía que en cualquier punto arrojaría sus dudas, pues aún no habían encontrado a Yun y a Ryu como él había dicho.

—¿Hacia dónde nos dirigimos? —preguntó, pero por su tono, Kai podía apostar a que sabía ya la respuesta.

—Vamos a donde dijiste que querías ir. A la frontera.

—Mmm… —Bianca sonrió, agachó la mirada y resopló repentinamente, cosa que hizo que Kai se sorprendiera, pues estaba concentrado en pensar en cómo iba a manejar las cosas.

—Tal vez te preguntas por mis hermanos, ¿no?

—¿Debería? Confío en que lo que dijiste antes era cierto. Pensé que por la ubicación y el tipo de bosque aún no nos habríamos encontrado, pero creo que hay algo más. Lo veo en tus ojos.

Kai se advirtió contrariado. Siempre le había parecido frustrante el hecho de que alguien lo mirara directamente para estudiarlo. Se rascó la coronilla y se sentó frente a ella en el suelo.

—Lo que te dije no era verdad.

—¿Cuál es la verdad, entonces?

—Es una larga historia. Prefiero seguir si no te importa; ya te la contaré cuando lleguemos a alguna zona más segura.

Bianca concordó sabiendo que de todos modos no le quedaba de otra; se levantó y caminó detrás del muchacho que la guiaba con monosílabos y ademanes. El clima comenzó a enfriar conforme pasaba la tarde y Bianca sentía el aire cada vez más helado que chocaba contra su rostro. El barro aún húmedo por las lluvias la hacía resbalar de vez en cuando. Una vez incluso, la bota se le atoró en una zanja llena de barro, pero había preferido arreglárselas sola; cuando por fin pudo sacar el pie de la zanja, Kai le llevaba una diferencia de más de diez metros y ni siquiera se había dado cuenta de que ella se había quedado atrás. No le sorprendió.

Al llegar a un inmenso tronco con una abertura en la parte de abajo, Kai decidió que sería un buen lugar para pasar la noche. Hizo una fogata frente al árbol y Bianca arregló todo por dentro. Había hojas secas manchadas de barro y un montón de caracolas por la humedad, con cuidado las tuvo que sacar, pues no quería aplastar a ninguna. En cuanto terminó de disponer todo, se puso una de las mantas sobre la cabeza y se sentó a un lado de Kai que continuaba callado y avivaba el fuego.

—¿En dónde están?

Kai no respondió a la pregunta de inmediato, de hecho, se permitió su tiempo mientras se ponía cómodo sobre una raíz del árbol y limpiaba sus botas que estaban llenas de barro, con unas hojas limpias y frescas.

—No hemos sido del todo sinceros contigo.

Bianca frunció el ceño y entrelazó los dedos de sus manos; miró hacia el fuego que crepitaba y suspiró cansada. Comprendía que era imposible ser totalmente honesto con las personas, pues ella tampoco lo había sido. Como no dijo nada, él prosiguió.

—Conoces datos acerca de nuestro pasado, de lo que nos sucedió y de lo que nuestro padre nos hizo.

—Sí.

—En aquel tiempo mi padre solía ser una persona muy influyente. Era poderoso y muchas personas trabajaban para él, para satisfacer sus peticiones y sus deseos. Tenía reuniones y visitas todo el tiempo —susurró él, perdido en sus memorias. Luego agregó—: Aún recuerdo cuando solía hacer fiestas mientras nos mantenía en las mazmorras.

Bianca se sintió inquieta de solo imaginárselo. Era increíble que un padre pudiese hacer una cosa así.

—Cuando él asesinó a nuestra madre, escondió el cuerpo. Nunca supimos en dónde había quedado; no pudimos velarla correctamente y él alegó que había desaparecido cuando las autoridades la buscaron y, por supuesto, siendo quien era, todo mundo le creyó. Se volvió a casar, cinco años después. El día en el que escapamos, antes de que nuestra madrastra nos liberara, él sacó el cuerpo de nuestra madre del fondo de un pozo sagrado. Le contó a Sunmi que ya no podía esperar más para tener los objetos de Tomoe y la forzó a culparnos de haber matado a nuestra madre. No pudo negarse... él solía golpearla seguido y la maltrataba cuando no hacía lo que le pedía. Así que padre llamó a la guardia y ella dijo que nos había visto escondiendo el cuerpo de madre en aquel pozo hacía años. Se arrepintió, por supuesto, y esa misma noche antes de que el ejército llegara para llevarnos y hacernos confesar, ella nos liberó. De nada sirvió, pues al huir parecía que aceptábamos el crimen. Ella nos dijo que podríamos defender nuestro honor mientras estuviéramos vivos; y desde ese momento los soldados nos han buscado por un crimen que nosotros no cometimos. Han pasado más de diez años, es evidente que el caso está congelado, pero nuestro padre no se dará por vencido.

—No puedo creer que haya hecho algo así. Es inhumano. Es por eso que no pueden quedarse en un solo lado por mucho tiempo, ¿verdad?

—Qué puedo decir, así funciona la vida de prófugo.

Bianca se sintió terriblemente mal al haber escuchado la historia completa. No podía siquiera imaginarse el dolor y la desesperación que habían vivido todos esos años.

—¿Lo que me acabas de decir tiene algo que ver con el hecho de que tus hermanos ya no estén con nosotros? ¿Sucedió algo malo?

—Lo que pasó fue que al encontrarnos con los soldados, probablemente los que aún quedaron con vida nos identificaron; mis hermanos se encargarán de hacerles perder el rastro.

—Entiendo.

—Nos alcanzarán después.

—¿Por qué...? —Bianca se detuvo y cruzó las manos, volteó la mirada hacia la luna y se quedó callada. Kai, que había esperado a que continuara con la pregunta, se giró y se inclinó, como para instarla a continuar. Bianca negó con la cabeza.

—Pregunta lo que quieras.

—Prefiero quedarme con la duda.

Kai se llevó la mano a la parte de atrás de la cabeza y se desanudó la bandana, la dejó sobre sus rodillas y la desenrolló. Bianca pudo observar un montón de símbolos japoneses sobre la tela y algunas imágenes de personas montadas sobre caballos, vestidas de negro.

—Esos símbolos, ¿qué dicen?

Kai pasó las yemas de sus dedos, ligeramente callosos, por encima de la tela para disfrutar la sensación y tardó en contestar.

—Son de escritura antigua. De hecho, esta es mi bandana favorita; cuenta una leyenda. Nuestra madre solía contárnosla algunas noches antes de dormir.

—¿De qué trata? —preguntó animada. Las historias le fascinaban y rememoró el tiempo que solía pasar con María Antonieta, escuchando sus historias, sus relatos. Kai se pasó la lengua por el labio inferior y sonrió al ver el interés reflejado en los orbes azules de su acompañante.

—Habla acerca del perdón, de la integridad, del furor y de la verdadera esencia de un guerrero.

—¿La verdadera esencia de un guerrero?

—Sí. Un guerrero samurái nunca debe luchar sin pensarlo claramente, sin haber valorado y analizado la situación. Un guerrero samurái no debe dejarse llevar por los sentimientos, sino por la razón.

Kai sabía que cada una de las historias que su madre les había contado tenía un significado formativo muy especial. Ellos no tenían un padre honorable ni decente, era una desgracia para la herencia samurái. Su madre había querido convertirlos, a través de esas historias, en mejores personas.

—Quiero escucharla.

—La leyenda trata de un samurái que vivía en Okinawa, hace muchos siglos. Okinawa era una ciudad de Japón.

—Bien.

—El samurái se dedicaba, además de a la espada, a prestar dinero.

—Como un… ¿usurero?

—Exacto. Hacía cosa de un año que le había prestado dinero a un pescador y era tiempo de cobrarlo, pues había sido una gran suma. Fue a buscarlo y cuando el pescador lo vio a lo lejos, huyó.

Bianca preguntó intrigada:

—¿No tenía el dinero para pagarle?

—Digamos que… no le había ido tan bien ese año. El samurái lo vio y corrió para perseguirlo. Finalmente lo encontró escondido entre las rocas de un barranco. El pescador pidió clemencia, pero el samurái estaba tan enfadado que desenvainó su espada —Kai hizo el movimiento. Bianca sonrió de nuevo y esperó ansiosa mientras se rodeaba las rodillas con los brazos.

—¿Lo mató?

—Estuvo a punto de hacerlo. Pero el pescador le dijo que había aprendido un precepto: "Si alzas tu mano, restringe tu temperamento; si tu temperamento se alza, restringe tu mano". Significa que…

—Sé lo que significa. Continúa.

—El samurái comprendió lo que él quería decirle y decidió otorgarle un año más.

—¿De verdad? —Kai asintió y esperó unos segundos para continuar, mientras le señalaba una de las imágenes del samurái a caballo, que regresaba a su hogar.

—Cuando llegó a su casa, ya había caído la noche. El samurái caminó hacia su habitación y vio un pequeño rayo de luz salir por la rendija de la puerta semi abierta. Se acercó y se llevó una sorpresa al encontrar a su esposa con un hombre, compartiendo la cama.

Bianca puso ambas manos en los labios para acallar la exclamación de sorpresa y Kai se inclinó más hacia ella.

—Seguro que estaba furioso.

—Lo estaba. Sin pensarlo dos veces, desenvainó su espada decidido a quitarles la vida a ambos; pero justo cuando acercó la mano al picaporte de la puerta, se detuvo en seco, respiró agitadamente y recordó aquel precepto que el pescador le había regalado.

—"Si alzas tu mano, restringe tu temperamento; si tu temperamento se alza, restringe tu mano" —recitó Bianca con voz delicada.

—Entonces, guardó su espada y con voz grave anunció que había llegado a casa. La esposa salió felizmente a recibirlo y detrás de ella iba su madre quien, vestida con ropas samurái, había velado por la seguridad de su hija en ausencia del marido, pues en esos tiempos era muy arriesgado que una mujer se quedase sola por las noches.

Kai continuó:

—Al año siguiente el samurái volvió con el pescador, que al verlo a lo lejos, corrió para encontrarse con él y entregarle el dinero que el samurái le había prestado, pero el guerrero no lo aceptó y le dio las gracias por haberle compartido aquella sabiduría que lo había protegido a él y a su familia, de sí mismo.

Bianca se acercó y recibió entre sus manos la tela que él le permitió sostener. Las imágenes eran preciosas, pequeñitas y bien delineadas y detalladas.

—Es una leyenda con mucha enseñanza.

—Sí, lo es. Muchas veces las personas temen de otros, pero la mayoría de las veces el peor oponente es uno mismo. Debes enfrentarte contigo, con tus creencias y con tus deseos.

Ella comprendió a lo que él se refería y se le hizo un nudo en la garganta. Confirmó con un movimiento y se peinó un mechón tras la oreja, mientras observaba la tela. Kai extendió las manos segundos después y ella depositó la tela sobre sus palmas.

—Suena a que tu madre era increíble.

—Siempre lo fue —afirmó él y guardó la tela en la mochila que estaba a su lado. Se puso de pie y señaló hacia adentro del tronco del árbol—. Duerme adentro. Yo dormiré aquí.

Bianca se puso de pie y entró pasando frente a él. El lugar estaba cálido, pues había guardado el calor de la fogata. Acomodó sus cosas y se acostó.

—Antes ibas a preguntar algo —escuchó que dijo Kai desde fuera del tronco, apoyado en una raíz alta—. ¿Qué era?

—Solo quería saber por qué de los tres, fuiste tú —dijo en voz baja con la mirada dirigida hacia arriba, hacia el final del hueco del tronco.

—No lo decidí yo —comentó él desde afuera con una nota sarcástica en su voz y Bianca rio de buena gana.

—No; supongo que no.

—Yun se ofreció primero, si te interesa el dato.

Bianca volvió a reír y jugó con las caracolas pegadas en su bolso.

—Pero Ryu pensó que siendo tan cercanos, era algo peligroso permitirle viajar contigo. Así que me lo ordenó a mí.

—Lamento que estés atascado con mi extravagante y rara compañía.

Kai tardó en responder. Se acomodó sobre la raíz y se arropó con la cobija que había sacado de su mochila.

—No está tan mal.

Rompehielos

El camino hacia la frontera se sentía mucho más largo de lo que esperaba Bianca. Habían salido del bosque hacía dos días apenas y viajaban desde hacía más de media semana. Aunque había dormido bien, se sentía exhausta y solo había podido tomar dos baños en cinco días. Kai se percató de que ella no podría aguantar mucho más tiempo en camino.

—Nos detendremos para descansar en un pequeño pueblo que está a unos kilómetros de la frontera —anunció, en cuanto ella se detuvo para apoyarse contra un árbol al lado del camino.

Estaban entre una pradera enorme y a unos metros de allí, Bianca vislumbró un gigantesco campo sembrado con maíz. Era un lugar muy bonito y estaba segura de que podría apreciarlo mejor si no se sintiera tan cansada.

—¿Y qué tan lejos está el pueblo?

—Según el mapa, posiblemente esté a dos o tres días más de camino.

—Es una eternidad.

Kai arrugó el ceño, atónito por su falta de condición.

—No pareces estar acostumbrada a viajar.

Bianca se pensó la respuesta con cuidado y se sacudió el vestido que de la parte de abajo estaba lleno de tierra y suciedad.

—No lo estoy.

—¿Cuánto hace que viajas?

—Mmm… casi nada para ser sincera. No estoy acostumbrada a caminar a este ritmo todo el día.

Kai no dijo más y continuó por delante de ella. Siguieron por aproximadamente otra media hora más y cuando estaban a punto de llegar al campo de maíz, un graznido hizo que Bianca mirara hacia el cielo.

—Hay un lago cerca. Hacia allá —dijo y apuntó hacia la izquierda con su dedo índice.

—Debe estar detrás de aquel cerro. Haríamos unos treinta minutos para llegar, mas no tenemos tiempo porque en unas horas oscurecerá. Debemos apresurarnos para encontrar un lugar donde pasar la noche.

Bianca se le adelantó y se paró frente a él; Kai se detuvo con un movimiento brusco para no chocar con ella y se puso en jarras.

—¿Y ahora, qué? —preguntó de malas.

—¿Podemos ir?, por favor. Quiero bañarme.

Kai negó rotundamente, se movió hacia un lado y siguió caminando. Se quedó plantada en el mismo lugar y lo siguió con la mirada. Sujetó con fuerza su bolso y caminó en dirección hacia el lago, decidida a que, si él no quería acompañarla, iría de todas formas. Kai no notó la deliberada actitud de Bianca hasta que, cinco minutos después se volvió y advirtió que caminaba hacia el cerro.

—Demonios —susurró y se movió para darle alcance con paso veloz. Bianca se percató de que la seguía al escuchar sus pasos cerca.

—Te tardaste —anunció con sorna y él no contestó.

El cálculo de Kai fue correcto; tardaron solo un poco más de media hora en llegar al lago. No era muy amplio y no se veía profundo. Un numeroso grupo de patos caminaban cerca de la orilla. Bianca sonrió al observar a las pequeñas crías que andaban con dificultad detrás de los mayores. Se acercó y se agachó para llenar la cantimplora. Kai se sentó en una roca plana que estaba a unos metros de la orilla y la miró desde allí.

Un extraño sonido de lamento se extendió por el pequeño valle y tanto Bianca como él se alarmaron.

—¿Qué ha sido eso? —preguntó y se levantó como impulsada por un resorte.

Kai se puso de pie, pero a diferencia de Bianca, lo hizo mucho más lento. No respondió y agudizó el oído para intentar reconocer el sonido que se volvió a escuchar.

—Es como… viene de allí —comentó relajado al distinguir que era un sonido animal; se volvió a sentar y miró atento cómo Bianca se acercaba a un grupo tupido de juncos que se elevaba a unos metros de allí.

Bianca caminó con cuidado y advirtió que el animal que estaba allí, la había visto porque comenzó a hacer sonidos mucho más inquietantes; se metió al lago hasta que el agua le llegó a las espinillas y movió con cuidado los juncos. Era un pequeño ganso que estaba atascado entre las raíces de los mismos. Bianca lo miró luchar en vano para deshacerse del amarre; volvió a la orilla y trató de hacer el menor movimiento posible para no alarmar de más al pobre animal.

—Es un ganso. Está atascado entre los juncos. —Algo en el tono de la voz de Bianca alarmó a Kai. La miró incrédulo porque pronto supo leerla entre líneas.

—No voy a ir a ayudarlo. Déjalo en paz. —Bianca respingó la nariz y se inclinó un poco hacia él.

—Vamos; por favor… es solo un bebé.

—No. No me gustan los gansos; son ruidosos y picotean todo lo que esté a su alcance.

Bianca escuchó de nuevo los sonidos incansables del pobre animal y se puso en jarras. Kai sonrió sin saber si estaba sorprendido por su tozudez o por su benevolencia.

—¿Crees que en serio vas a ayudarlo?

Ante la pregunta, su acompañante, desconcertada, ladeó la cabeza y bajó los brazos de las caderas lentamente.

—No entiendo a lo que te refieres.

Kai apoyó su peso en las manos al colocarlas sobre la roca detrás de su espalda.

—¿Piensas que si vas y cortas las raíces, será una ayuda para él?

—Evidentemente —aceptó con tono condescendiente.

—No vas a ayudarlo. En todo caso lo harás un inútil. Es pequeño y debe aprender a defenderse y a liberarse de sus propios problemas solo. No puedes ir por allí ayudando a cada criatura que te encuentres; no siempre es correcto.

Bianca se dijo que no lo había pensado de esa forma. El pequeño ganso había despertado su instinto protector, pero parecía que había mucho más detrás de lo que ella pensaba o deseaba hacer.

—¿Qué pasa si se queda atorado allí y muere?

—Dale el beneficio de la duda.

—¿Cómo dices?

—Espera —dijo él, abrumado—. Espera a ver qué pasa. Es muy pronto para que corras en su auxilio. Veamos si puede hacerlo por él solo.

Bianca no se quedó tranquila del todo y de malas se dejó caer a su lado para comenzar a quitarse las botas. Kai recordó que ella había querido ir allí con un propósito específico; así que se levantó, caminó para sentarse del otro lado de la roca y le dio la espalda al lago y a ella.

—Puedes bañarte tranquila. No miraré —le avisó de todos modos y Bianca, que ya se había quitado ambas botas, lo miró por el hombro, percatándose de que él había tomado su bandana y la había bajado, de su frente, a sus ojos.

—Gracias.

Bianca se despojó de la ropa y caminó con paso inseguro a la orilla del lago; el agua, en definitiva, no era cálida, pero tampoco estaba fría… estaba bastante soportable. Se lavó la melena como pudo y varias veces mientras se limpiaba, volvía la cabeza hacia los juncos y trataba de no sentirse mal por los chillidos del animal que cerca de ella, parecía luchar por su vida. No se movió ni un paso hacia allí… dentro de ella esperaba que saliese solo.

Cuando terminó de asearse, el ganso dejó de chillar. Bianca se asustó al no oírlo más y pensó que tal vez algo malo le había sucedido. Se acercó cortando con las manos el agua y cuando estuvo a menos de un metro de los juncos, el ganso salió graznando con cara de pocos amigos y sacudió la pata lastimada de un modo inusual, pero con una orgullosa actitud. Bianca se desplazó para no estorbarle el paso. Con una fulgorosa sonrisa, dejó el agua y caminó rápidamente hacia su vestido.

—Salió solo —anunció mientras metía los brazos por las mangas. Kai dio por sentado que estaba lista y se puso de pie.

—¿Puedo mirar?

—Puedes. ¿Escuchaste lo que dije? —preguntó mientras exprimía su cabello sobre la arena y caminaba descalza hacia él.

—Sí, Bianca; escuché perfectamente. No estoy sordo.

—Era más pequeño de lo que pensaba —agregó sin prestar atención al comentario anterior. Kai se acomodó la bandana y caminaron lado a lado hasta la orilla—. Míralo, allá va. Supongo que tenías razón… se ve que va a estar bien y logró salir él solo después de todo.

Empezó a trenzarse y continuó mirando hacia el pequeño ganso que se desplazaba por el agua con algo de dificultad. En su ensimismamiento sintió un agudo dolor en el pie, gritó a todo pulmón y se sujetó involuntariamente con la mano enguantada al brazo de Kai, que por reflejo reaccionó y la miró asustado. Bianca perdió el equilibrio y calló de lado con medio cuerpo en la orilla del agua y con Kai encima.

—¿Qué demonios te pasó? —preguntó él mientras aguantaba su peso sobre los brazos para no dejarse caer por completo sobre ella—. ¿Estás bien? —Sus ojos, preocupados, le inspeccionaron de cerca el rostro y ella ahogó un gemido cuando se percató de que el dolor seguía allí.

—Me duele el pie. No sé qué fue lo que sucedió.

Kai tenía apoyada una rodilla en la arena mojada y las dos manos a un lado de su cabeza. Por alguna razón, Bianca pensó que él parecía no haber escuchado lo que ella le había dicho; estaba anonadado y la miraba extrañamente. Kai se inclinó un poco y ella abrió mucho los ojos, sin saber qué le sucedía. Un inusitado calor la recorrió hasta el pie dolorido y recordó que, desde el suceso en el elevador, no habían vuelto a estar tan cerca uno del otro; de pronto se sintió azorada por la estudiosa mirada masculina.

—Algo me pasó en el pie —volvió a decir y lo sacó de su trance. Kai negó con la cabeza y pestañeó confundido, se levantó de encima y miró sus pies. El derecho sangraba de uno de los dedos.

—Probablemente te pinchó un cangrejo pequeño de agua dulce.

—¿Un cangrejo?

Kai se arrodilló para ver mejor la herida y alargó la mano para tratar de levantarle el pie; ella, presurosa, lo movió hacia el agua para alejarlo de él y lo dejó con la mano estirada. Kai la miró con recelo y volvió a estirar la mano como si la retara; Bianca se puso de pie a trompicones, él la siguió como un rayo al ver que volvía a perder el equilibrio por la molestia del pie y la sostuvo por los brazos.

—Creo que ya lo he entendido —expuso y la apretó gentil. Bianca lo miró con desdén y trató de zafarse, pero Kai la detuvo y le dio otro apretón—. Ya sé en dónde tengo permitido tocar —confesó como si hubiese descubierto la mano de Midas. Bianca abrió mucho los ojos, sorprendida mientras él aligeraba la presión y poco a poco la liberó—. Nada de piel, ¿verdad?

—Yo…

—Lo que aun no comprendo es el porqué. Sabes, toda esa explicación que me diste del hombre que te agredió… es que no me convence del todo —dijo y se rascó la barbilla lentamente como si pensara en otra cosa. Bianca cruzó los brazos detrás de la espalda, trató de mantener el equilibrio y prefirió quedarse callada. En esos casos era cuando el silencio en verdad valía oro—. Considero muy sospechoso todo esto.

—¿Sospechoso? No te preocupes, a mí no me han acusado falsa ni realmente de ningún asesinato —se defendió y él abrió los ojos sorprendido por su descaro. Estaba claro que se sentía atacada y que por eso se la regresaba así.

—Quiero conocer la verdad. —Bianca se sintió acorralada.

—No te incumbe, no tiene nada que ver contigo.

—Tiene todo que ver conmigo porque estamos juntos —instantáneamente se retractó como si hubiese algo malo en lo que había dicho—. Viajamos juntos. ¿Hay algo peligroso que deba saber?

Kai apretó los puños y deseó internamente que respondiese con una afirmación, que le dijera que en efecto era una bruja malvada, que la buscaban… que era culpable de muchas cosas.

—¿Peligroso?

—Sí. Quiero saber si eres una persona que represente un peligro para mis hermanos y para mí.

La mirada de Bianca se suavizó y se enfocó en la arena que por ratos estaba mojada y por ratos estaba seca, por los pequeños movimientos de sube y baja del agua.

—No soy una persona peligrosa para los demás… solo lo soy para mí. Así que no tienes de qué preocuparte. —Kai la miró escéptico. Se sentía traicionado por él mismo, pues hubiera preferido escuchar lo contrario.

—¿A qué te refieres con eso?

—Ya te lo he dicho. No es algo que te afecte, ¿por qué deseas saberlo?

—Tienes que decírmelo.

—Es algo que debo proteger, no puedo ir diciéndolo a los cuatro vientos —exclamó fastidiada de su tenacidad.

—Dímelo.

Kai había sobrepasado su propio límite, no tenía idea de cuánto deseaba entender lo que sucedía con Bianca hasta ese punto. Todo empeoró cuando ella continuó:

—Bien, te lo diré con una condición. Muéstrame tu tatuaje y dime lo que significa.

—¿Mi tatuaje?

—Sí. Creo que tú y tus hermanos tienen incluso más secretos que yo. Quiero saberlo, necesito saber que puedo confiar en ti y el único modo de averiguarlo es este.

Kai se despeinó en señal de frustración. Él jamás había dejado ver esa marca a nadie. Era especial. Y en última instancia, mostrársela era una cosa… pero explicarle su significado era algo impensable.

—No puedo hacerlo.

Bianca sonrió triunfante y se encogió de hombros como si no hubiera nada más que hacer. Dio media vuelta para caminar hacia sus botas y cojeó con cuidado de no lastimarse más el pie dolorido; al llegar a la roca se sentó y se observó con atención la herida. Kai se había quedado parado frente al lago y había metido las manos a los bolsillos de enfrente de su pantalón, mientras contemplaba el horizonte.

—¿Está muy mal? —preguntó al acercarse con paso lento a la roca. Bianca negó y miró por todos lados.

—Necesito esa hierba de allá, me haré un vendaje con ella y un pedazo de tela —le dijo Bianca al señalar hacia los juncos—. ¿Puedes hacerme el favor de ir por ella? Es esa que es de color verde brillante con un centro blanco y tiene forma como de galleta de la fortuna.

Kai caminó en la dirección que señaló y se inclinó para buscar la hoja que ella le había descrito; cuando la encontró, la arrancó con facilidad y caminó de vuelta.

—¿Qué planta es esta?

—Es un tipo de apiaceae. Se llama centella asiática.

Kai se la alcanzó y se sentó a su lado en la roca mientras la observaba hacer un machacado con las hojas y colocarlo sobre su herida. Cubrió el machacado con un pedazo de la tela de la única prenda que llevaba en su bolsa de caracolas y se puso la bota.

—¿Para qué sirve?

—Sirve para todo. Es realmente interesante… han encontrado que sirve para tratar la lepra y además tiene una vitamina de rejuvenecimiento —sonrió Bianca al recordar cuando su madre solía explicarle todas esas maravillas de la herbolaria.

—Muy interesante.

Se sintió tranquila de saber que Kai había dejado la discusión previa por la paz.

—¿Puedes caminar? —preguntó preocupado.

—Puedo hacerlo, pero tendré que ir más despacio. —Kai asintió y esperó a que ella se incorporara para continuar con el trayecto.

Tardaron más de cuarenta minutos en llegar al inmenso campo de maíz que habían visto con anterioridad. Parecía un poco descuidado, como si no lo trabajaran con frecuencia. Bianca intentó andar con precaución entre las altas plantas, pues sabía que ese era un lugar idóneo para encontrar serpientes.

Kai también miraba precavidamente por todos lados, y trató de prestar atención a cualquier movimiento o sonido que notara a su alrededor. Era difícil cruzar un lugar con plantas tan altas como esas, así que tenía toda su atención centrada en caminar en dirección recta.

—Esos tatuajes que llevan, ¿representan algo malo?

—No. Es algo muy personal que prefiero ignorar.

—¿Ignorar?... ¿no les gustan? —cuestionó desde atrás y siguió el camino marcado por Kai.

—Mis hermanos creen que es algo así como una epifanía. Una manifestación de sus destinos.

Bianca se detuvo de golpe. No comprendía del todo cómo una imagen podía representar un destino: ¿en qué sentido podría ser?

—¿Por qué te lo hiciste entonces?

Kai profirió un sonido grotesco, sarcástico, lo que básicamente le dio a entender que él no había sido el de la idea.

—Yo no decidí hacérmelo.

—¿Quién fue, pues?

—Mi madre.

—¿Tu madre lo decidió?

—Sí. Ella misma fue quien los hizo.

Bianca se sorprendió. Esa mujer resultó tener más habilidades que cualquiera que ella hubiera conocido; incluso más que su propia madre. Se detuvo unos segundos para cortar con su navaja un elote, que se veía bastante sano, y lo guardó en su bolso de caracolas. Kai se detuvo para esperarla y ella le sonrió agradecida.

—Siento que tu madre era una mujer muy impresionante.

—Lo era.

—¿Por qué les hizo esos tatuajes?

Kai le dio una mirada de advertencia como para obligarla a parar con su interrogatorio.

—No estoy preguntando el significado.

—Ella sabía que querrían marcarnos —contestó de mala gana.

—¿Quiénes?

—En mi cultura, marcan con tatuajes a los criminales desde la muñeca al codo. Mi madre sabía que tarde o temprano nos marcarían a nosotros también. Quiso darnos su propia marca, una que invalidara la que nuestro padre nos haría por acusarnos de su muerte.

Bianca se instó a caminar más rápido y lo tocó por el brazo para hacerlo detener.

—¿Sabía que tu padre iba a asesinarla? —preguntó asombrada.

Kai no la enfrentó, suspiró y miró hacia adelante. Siempre hacia adelante. Eso era lo que su madre solía decirle, incluso en la hora de su muerte, lo había instado a huir con sus hermanos… sin dejarle mirar atrás.

—Lo sabía.

—¿No pudo evitarlo? Quiero decir, si lo sabía…

—Era algo inevitable, Bianca. Hay cosas en la vida, momentos y situaciones que, sin importar lo que hagas, suceden. No puedes evadirlas. Nunca nos lo dijo, pero estoy seguro de que ella, al escapar, no intentaba eludir la muerte… solo intentaba ganar tiempo para estar con nosotros.

De algún modo, Bianca comprendía lo que la madre de Kai había sentido. Ella estaba en una situación similar; incluso, cuando sabía que probablemente su vida iba a terminar pronto, continuaba intentando ganar tiempo. Ganar tiempo para hacer las cosas que nunca había hecho, con personas con las que nunca había tenido la oportunidad de convivir. Ir a lugares a donde no había ido antes. Su corazón latió con fuerza de solo pensar en los sentimientos que pudo haber tenido aquella mujer, que sabía que no podría estar mucho más tiempo con sus hijos.

—No podrías comprenderlo —susurró él y continuó con su camino.

—Te sorprenderías —comentó en voz baja, pero Kai no alcanzó a escuchar.

—Mi madre nos hizo prometer que no tomaríamos a la ligera el significado del tatuaje. Es por eso que no puedo mostrarlo a los cuatro vientos, así como tú no puedes hablar de tus múltiples problemas.

—Problema.

—¿Perdona? —preguntó él. Se detuvo de nuevo y la observó sobre el hombro.

—Dijiste problemas. El mío es uno, en singular —comentó y levantó el dedo índice mientras sonreía.

—No lo parece.

—Es que es uno muy grande.

Kai sonrió y continuó caminando con paso relajado entre las plantas. Bianca intentó acelerar el paso pero el dolor en el pie la hizo detenerse al cabo de unos metros.

—No podemos parar. Pronto va a oscurecer; debemos cruzar este campo y no sé qué tan extenso sea.

—Dame unos minutos. Solo necesito sentarme.

—No hay un lugar para sentarte.

—El suelo siempre es buen lugar —se animó y se dejó caer sobre las hojas secas debajo de sí. Sentía que la zona adolorida le latía y tuvo el deseo de sacarse la bota para apretar su herida—. Lo siento mucho, no quería retrasarnos.

—Me da gusto que asumas la culpa por nuestro retraso —comentó él, socarrón—. Debes aprender a reprimir tus deseos un poco; no puedes hacer lo que quieres todo el tiempo.

—Mi problema tal vez es que me he reprimido en demasiadas cosas por mucho tiempo. Fue solamente desde que los conocí a ustedes que comencé a sentirme libre. Pero tomaré en cuenta tu consejo.

—¿Estabas reprimida? ¿En qué sentido? —preguntó incrédulo. No se veía para nada como alguien reprimida.

—En muchos. Pasé años sin poder salir de casa, por lo que no pude hacer mucho; nunca pude relacionarme con nadie con facilidad. Cuando al fin salí…

—¿Eras una marginada?

—¿Una marginada? —Bianca sonrió al pensar en esa palabra, misma que resultaba quedarle como un guante—. Nadie se acercaba a mí. Mis ojos —obvió al señalarse con el dedo índice.

—Me parece asombroso que lo único que me gusta de ti es lo que más problemas te ha traído.

—La gente suele ser cruel con quienes son diferentes. Y yo soy muy distinta en muchos aspectos.

Kai asintió y por reflejo se acercó a ella cuando intentó ponerse de pie para continuar. Bianca compuso una mueca de dolor que le transformó el delicado rostro. Él se colocó a su lado, se inclinó un poco hacia su costado y le alargó el brazo.

—Apóyate —ordenó en tono comedido y ella lo miró con ojos que brillaban de agradecimiento. Kai pensó que esa chica se conformaba con cualquier cosa.

Continuaron y cruzaron después de una hora el maizal. Bianca siguió hasta que ya no pudo más. Kai lo notó; supo, cuando la vio pálida, que ya no podría continuar. Estudió todo a su derredor y observó que habían llegado a una especie de planicie que contaba con unos pocos pinos. Determinó que no sería seguro quedarse allí, porque estaban a la vista de cualquiera; aun así, la opción de continuar tampoco era viable.

—Vamos a tener que quedarnos aquí.

Bianca volvió a sentarse con expresión de cansancio. La noche los cubrió en menos de treinta minutos, tiempo que Kai utilizó para hacer la fogata y preparar una deliciosa rata de campo para cenar. Bianca comenzó a tomarle gusto, sonrió y pensó que jamás se hubiera imaginado comiendo una.

El cielo estaba completamente despejado y las estrellas brillaban intensamente sobre ellos. Dejó que su mente viajara a aquella noche cuando había platicado con María Antonieta sobre estrellas y constelaciones… esa noche en la que se había desatado su pandemónium.

—¿Qué es eso que tienes colgado en el cuello? —Kai se había percatado desde esa mañana, cuando ella se había puesto el vestido de nuevo, que había dejado al descubierto un collar con algo que se veía como una canica de vidrio de un color indefinible entre azul, y verde oscuro, como un pequeño océano. Bianca trasladó la mano al cuello y metió el objeto de nuevo debajo del cuello de su vestido; había olvidado meterla cuando se había bañado.

—Es el único recuerdo que me dejó mi madre. Mi verdadera madre, quiero decir.

—¿Tiene algún valor? —preguntó interesado en conocer si era algún tipo de piedra preciosa.

—No en especie.

—¿Puedo verlo de cerca?

Bianca arrugó el ceño y después de unos segundos de indecisión, volvió a sacarlo de debajo del cuello de su vestido. Kai se acercó lentamente y tocó la pequeña pelota de cristal con las yemas de los dedos. La luz del fuego alumbraba lo suficiente para darse cuenta de que algo estaba fuera de lugar.

—¿Tiene algo adentro?

Bianca supo de antemano a lo que él se refería; pero no pudo encontrar modo alguno para explicárselo.

—No. Está cuarteado.

—¿Se te cayó antes? —preguntó él mientras inspeccionaba el objeto, maravillado por su color.

—No.

—Cuando dices que no vale nada en especie, cosa que dudo pues nunca había visto algo tan precioso como esto, ¿quieres decir que tiene algún otro tipo de valor?

Bianca asintió. Kai comprendió que era algo que ella no estaba en condiciones de abordar. Dejó el cristal con delicadeza sobre el pecho de la muchacha, quien rápidamente volvió a colocar la piedra debajo del cuello alto de su vestido.

—Vamos a dormir.

Ante esas palabras ella preparó su cama con cuidado de no moverse mucho para no lastimarse el pie. Se quitó la bota para inspeccionar la herida y vio que se había logrado hacer una costra muy delgada, que probablemente con cualquier roce o movimiento se volvería a caer. Así que volvió a vendarse con nuevas centellas y dejó su pie libre de la bota por esa noche.

Un pueblo sin mujeres

Al día siguiente, con el sol encima de sus cabezas, llegaron al pueblo que Kai había mencionado antes. Era pequeño y con pocos habitantes. Las casas hechas con madera estaban a distancias largas unas de otras y no había calles pavimentadas. La tierra se elevaba en pequeños remolinos por el aire y provocaba, en general, una visión ligeramente borrosa del pueblo. No había mucho movimiento, a pesar de que no era tarde, y Bianca pudo observar a contados hombres que se cruzaron con ellos.

—Es un pueblo de hombres —anunció Kai a su lado y ella lo miró anonadada.

—¿A qué te refieres con eso? ¿Quieres decir que no hay ninguna mujer aquí?

—Según lo que he escuchado, alguien vino y se llevó a todas las mujeres que vivían aquí. De eso han pasado años; los hombres no se han recuperado de la pérdida.

Bianca abrió los ojos por completo, sorprendida de escuchar aquello.

—¿Quieres decir que las raptó?

218

—No. Ellas se fueron por voluntad propia; o al menos eso es lo que la mayoría dice. Los hombres de la ciudad cuentan una historia diferente; parece ser que era un hechicero.

—¿Cipriano?

—Supongo —Kai guardó silencio cuando un hombre caminó hacia ellos, tambaleándose, con un vaivén que reflejaba embriaguez; caminaba hacia Bianca y Kai la asió por el brazo y la ubicó al otro lado de él con un movimiento tan indescriptible, que el hombre ni siquiera se percató de ello y continuó su camino sin chocar contra ella—. Mujeres, adolescentes y niñas. Todas desaparecieron con él.

Bianca se dio cuenta de que el pueblo se veía como un lugar lúgubre, a pesar de ser tan colorido.

—Espero que podamos encontrar una posada con habitaciones libres —dijo y se frotó las manos una contra la otra para tratar de calmar su espíritu, que de algún modo se había ofuscado. Estar en un lugar lleno de hombres le sonaba mal, pero estar en un lugar lleno de hombres deprimidos por la falta de mujeres le parecía en verdad terrorífico.

Continuaron por el camino y a lo lejos vislumbraron una gran taberna, de donde entraban y salían los hombres fluidamente. Kai se detuvo al ver a un anciano que, sentado en el pórtico de una casa, limpiaba unos zapatos.

—Disculpe, ¿conoce algún lugar en donde renten habitaciones?

El anciano lo miró con dificultad a través de sus ojos cubiertos por una capa blanca y señaló en dirección a la taberna. Bianca sintió que el estómago se le revolvía.

—¿No crees que lo mejor es continuar? —preguntó y miró con temor hacia la taberna.

—Necesitamos descansar; en especial tú.

Bianca siguió a Kai a regañadientes y caminaron otros cincuenta metros hasta que llegaron a las puertas de la taberna. Kai se detuvo de golpe cuando alguien salió por las puertas como un torbellino y cayó de espaldas en el piso terroso. Bianca se llevó la mano a los labios para acallar la expresión de sorpresa al ver al hombre aterrizar en el suelo, seguido de otro hombre que lo montó a horcajadas y comenzó a golpearlo repetidamente en el rostro. Un grupo de adolescentes salió detrás de ellos para presenciar la culminación de la pelea que, tanto Bianca como Kai supusieron, llevaba un rato de haber iniciado dentro de la taberna. Aplaudían y sonreían emocionados, con las mejillas coloreadas por los efectos del alcohol, y los ojos desorbitados cuyos párpados se movían continuamente.

Kai se colocó frente a ella para apartarla hacia atrás e impedir que alguno de los chicos borrachos le cayera encima; empero, Bianca estaba tan absorta en la pelea que no prestó atención al movimiento instantáneo de Kai y se tropezó cuando él la apartó hacia atrás. Supuso que en cualquier momento caería de espaldas pero la caída nunca sucedió. Unas manos firmes le rodearon la cintura y ella se aterrorizó tanto que brincó asustada.

—¿Estás bien, querida?

Kai se volvió también al escuchar esas palabras y la apartó antes de que el hombre que la había sostenido por la cintura, le tocara el rostro con su mano derecha que ya alzaba hacia ella. Bianca se resguardó con gusto detrás de Kai de nuevo y se percató de que él había sujetado con fuerza la mano del hombre en el aire.

—Valoro la ayuda; mi hermana es algo torpe —comentó en voz baja para no tratar de llamar la atención. El hombre miró de manera despistada a Kai e hizo una mueca de dolor cuando se percató de que el muchacho lo tenía bien agarrado de la muñeca. Kai lo liberó poco a poco, el hombre se masajeó la zona adolorida y lo miró sorprendido por su fuerza—. Solo buscamos un lugar para pasar unas noches. No queremos problemas —confió él al hombre casi en secreto, pero se aseguró de que fuera lo suficientemente alto para que los que se encontraban alrededor lo escucharan.

La pelea se había detenido ante aquel gélido ambiente y los hombres que estaban en el suelo, llenos de tierra y suciedad, se levantaron y miraron a los recién llegados como si admiraran al mismo diablo. A Kai no le pasaron desapercibidas las miradas de todos, que se posaban en Bianca.

—Aquí no se permite la entrada a las mujeres —espetó el que había caído primero al suelo; escupió hacia ellos y se limpió la saliva que le goteó del labio inferior.

—Sí, somos un pueblo de hombres. Las mujeres son unas malditas traidoras.

A pesar de que todos los que estaban allí concordaron con un asentimiento de cabeza, Kai reparó en que, por la manera en la que miraban a Bianca, necesitaban con urgencia la compañía femenina, a pesar de sentirse tan heridos por el abandono sufrido con anterioridad.

—Hemos viajado durante días; solo les pedimos un mínimo de comprensión.

Bianca se encogió contra la espalda de Kai cuando vio que la reacción de la mayoría era negativa. Los hombres y jóvenes empezaron a rodearlos y el samurái sacó la moneda del bolsillo de enfrente del pantalón, sin hacer amago de usarla como arma, simplemente la sostuvo en su mano para estar preparado para cualquier cosa. Las puertas de la taberna se abrieron y salió un hombre, de unos veintitantos, con una camisa blanca arremangada, unos pantalones negros y llevaba en las manos un trapo blanco con el que secaba un tarro de cerveza.

—Me pareció inusual no escuchar ninguna revuelta, ¿qué está pasando aquí? —Su mirada se detuvo en los extranjeros y en todo el grupo de varones que los rodeaban como leones a una presa. Observó con atención a la joven de cabellos negros azulados, silbó por lo bajo y la admiró desde el peldaño más alto de la escalera de madera. Bianca le regresó la mirada y lo desafió con sus ojos azules, sin siquiera percatarse de ello.

—Quieren asentarse unos días por aquí, jefe —contestó en desacuerdo uno de los tipos que estaba cerca de Bianca.

El que, en efecto, era el dueño del lugar, bajó las escaleras, se acercó a ellos con paso lento y se arregló los mechones ondulados con la mano derecha.

—No estamos buscando problemas —repitió Kai y sujetó la moneda entre sus dedos con tranquilidad; pero el hombre no lo miraba a él en absoluto, ya que su atención estaba puesta en Bianca.

—¿Cómo te llamas, linda?

Bianca resolló ante el apelativo. Respingó la nariz y apretó las manos sobre los hombros de Kai, quien volvió la cabeza y la miró sereno para tranquilizarla.

—No voy a lastimarte, ni dejaré que ninguno de ellos lo haga —prometió el hombre—. Pero quiero saber tu nombre.

—Me llamo Bianca —contestó con voz firme después de unos segundos. Él le sonrió con todo su apuesto rostro y levantó la mano para estrechar la de ella; no obstante, Kai se adelantó y la estrechó él mismo.

—Kai. Un placer —dijo, mientras el jefe de la taberna lo miraba sardónicamente por su actitud.

—Soy Len, diminutivo de Lennin —contestó al estrechar con fuerza la mano de Kai—. ¿Es tu novia?

Kai tuvo una extraña sensación en el estómago cuando Len preguntó aquello y carraspeó azorado sin dejar de verlo.

—Es mi hermana.

—No son similares en nada —contestó el dueño de la taberna con perspicacia.

—Media hermana —se apresuró a decir Bianca y Kai sonrió, divertido por su observación.

—Es un detalle al cual no suelo darle importancia —confesó el de la bandana, jugueteando con la moneda en su otra mano. Len asintió con los ojos extremadamente abiertos.

—Perfecto. Seremos cuñados entonces —especificó con guasa, como si no hablara en serio. Kai arrugó el ceño, extrañado ante la repentina frase.

—¿Cuñados? —preguntó Bianca y alzó las cejas sorprendida.

—Como puedes ver no hay mujeres por aquí. Nos abandonaron hace pocos años; y nosotros no podemos darnos el lujo de quedarnos sin herederos. —Bianca, Kai y todos los demás que los rodeaban, quedaron boquiabiertos ante la idea de Len, quien cruzado de brazos, asentía con seriedad, pero que en verdad nada más bromeaba—. ¿Qué te parece mi oferta? Serás dueña de la taberna como yo, y de todo lo que tengo, que es básicamente la mitad del pueblo.

Bianca no supo qué decir. Estaba por completo anonadada ante las palabras de ese hombre. Nunca se habría imaginado en una situación así. Jamás había pensado siquiera en que alguien pudiese proponerle matrimonio. Su corazón latió con tanta fuerza que la sangre se agolpó en sus mejillas.

—Yo… Estoy segura de que sería todo un honor. En verdad le agradezco la oferta, pero no puedo aceptarla. Lo siento mucho. —Ahora fue el turno de Len para sentirse desconcertado, tocado por la honestidad de la chica ante una broma. Suspiró, actuó con tristeza y se apoyó en una de las columnas de madera que sostenían el barandal de las escaleras.

—Sin embargo, para que los deje quedarse deben pagar, y a mí no me interesa el dinero.

—Lo comprendo, pero considero que una boda es algo excesivo —contestó Kai con tono sarcástico.

—Una prenda, entonces.

Bianca percibió que se le revolvía el estómago y se pegó más a la espalda de Kai, quien entornó los ojos y apretó las manos en puño.

—Si me das un beso —y señaló su mejilla—, los dejaré quedarse los días que gusten.

Bianca lo miró horrorizada. Su poca experiencia con ese tipo de contacto físico la había dejado mental, emocional y físicamente dañada. No quería tener que volver a hacer algo así jamás en su vida. Alzó la barbilla y dio media vuelta para salir de allí lo más rápido que sus piernas le permitieran, pero el grupo de hombres se cerró más y ella tuvo que retroceder. Kai se percató del miedo que reflejaban los ojos de su compañera, casi como si le hubieran dado un ultimátum de vida o muerte.

—¿Estás bien? —le preguntó en un murmullo, cuando se quedó parada en seco, recordando lo que le había sucedido la última vez. Bianca se sobresaltó asustada y Kai la miró conflictuado por su reacción. Len también se mostró extrañado ante la respuesta de la chica y arrugó la frente. Bianca inspiró varias bocanadas de aire y permaneció en silencio para tranquilizar su mente; Kai la sujetó del brazo para reconfortarla y ella asintió después de unos segundos para darle a entender que ya se encontraba mejor. Su mirada se paseó por todo el lugar como si tratara de encontrar una solución; no quería provocar una pelea. Un tablero circular en la pared llamó su atención: dardos. Se giró y miró al hombre para enfrentarlo.

—Pagaré lo que me has pedido, si puedes vencerme —y señaló hacia el tablero de dardos colocado en la pared a un lado de las puertas de la taberna. Len volvió el rostro hacia atrás y se percató de lo que ella quería decir. Bianca metió la mano en su bolsa de caracolas y sacó su navaja, la abrió y observó un punto lejano cerca de un gran barril que estaba a unos quince metros—. Veamos quién puede acertar más cerca del centro del tablero, desde allí.

—¿No crees que es más fácil darme lo que te he pedido?

Bianca negó rotundamente y Len sonrió.

—¿Soy tan horrible?

—No lo eres. Me atrevería a decir que es todo lo contrario —contestó y Kai la miró sorprendido por su franqueza.

—Entonces no le veo el problema. —Len sonrió animado de nuevo y se acercó a ella con paso lento, pero Bianca levantó su navaja amistosamente.

—El problema es que no puedo besar a nadie. No te lo tomes como algo personal, por favor. No eres tú, soy yo.

Len comenzó a reír por lo bajo y asintió sin preguntar ni decir nada más. Apuntó al lugar al que ella había indicado, como para confirmarlo y cuando ella concordó, él sacó su propia navaja y caminó hasta allí con paso calmado. Se situó a un lado del barril y apuntó con maestría; lanzó su navaja que voló por los aires rápidamente y se incrustó en la línea roja del tablero circular que estaba a pocos centímetros del punto central. Todos aplaudieron y Kai la detuvo del brazo.

—¿Estás segura de esto?

Ella afirmó, se soltó de su amarre y caminó hasta donde Len estaba; él le sonrió y se hizo a un lado para dejarle sitio. Bianca apuntó, concentró todos sus pensamientos y su atención en el tablero, dejó borrosa la sonrisa de su acompañante y lanzó su navaja que, de igual modo que la de Len, voló por los aires y se clavó a un lado de la navaja del dueño de la taberna. Ella sonrió al verlo desde lejos y para sacarla de sus casillas, Len dijo:

—No es válido si quedan a la misma altura.

Bianca lo miró sin dejar de sonreír.

—Es que no lo están.

Él dejó de observarla y trató de enfocar pero al no lograr vislumbrar la diferencia, se volteó hacia ella y le indicó el camino con la mano para permitirle dirigirse hacia allí primero. Un hombre ya se había adelantado para estudiar el desafío en el tablero; y cuando Len llegó junto a él, tragando saliva y sin querer realmente darle la noticia, le dijo:

—Jefe, la navaja de la chica está medio centímetro más arriba que la de usted.

Len se volvió hacia Bianca que, con las manos cruzadas detrás de la espalda, le regaló otra sonrisa.

—Eres muy buena en esto —murmuró cuando regresó a su lado. Se puso de puntitas para hablarle más de cerca.

—Soy mejor, solo que no quise dejarte en vergüenza. Nivelar mi navaja con la tuya fue mucho más difícil que dar en el centro.

Len comenzó a reír de nuevo. Se dirigió al tablero, asió las dos navajas por los mangos y las quitó de la superficie colorida, se volvió hacia ella y le alargó la suya. Bianca la recibió con una sonrisa y sintió muchísimo no poder darle lo que él le había pedido, pues daba la impresión de ser una muy buena persona. Él levantó la mano de nuevo y con sus ojos preguntó si podía estrechar la suya; Bianca elevó su mano enguantada, la entrelazó con la de él y le dio un buen apretón. Kai vio que los hombres alrededor habían dejado sus posturas amenazadoras y la miraban extrañados, admirados incluso. Parecía que, aunque ellos no pudieran admitirlo, ella se había ganado el respeto de todos. Con una sonrisa orgullosa guardó la moneda en el bolso de su pantalón de mezclilla y caminó hasta ella, que lo miró emocionada por haber ganado el reto.

—Lo hiciste bien —felicitó a su lado y ella le sonrió hasta con los ojos.

—Se han ganado el acceso —anunció Len, y los dos caminaron con él hacia las escaleras y entraron a la taberna.

Era completamente diferente a como se veía por fuera. Bianca no daba crédito a lo que observaba. Tenía luces por doquier, que se movían como mariposas por todo el lugar, sillones acogedores y totalmente limpios, mesas altas y bajas con diferentes pinturas muy artísticas. La barra principal era alta, de mármol reluciente; había un jardín al fondo con un magnífico acuario y, hacia la derecha, había una escalera de caracol con una entrada que se dividía en dos.

—Es increíble —susurró ella al mirar todo.

—Por eso no nos permitimos pelear dentro —comentó Len. Luego se dirigió a uno de los jóvenes que también traía puesta una camisa blanca y pantalones negros y dijo—: Llévalos arriba.

El chico los encaminó hacia las escaleras y tomó la delantera para guiarlos hacia las habitaciones. Cuando llegaron al primer piso les entregó las llaves de cada habitación que estaban una al lado de la otra.

—Muchas gracias. —El aludido asintió ante las palabras de agradecimiento de Kai y sonrió ampliamente; se giró y regresó por donde habían llegado.

—Descansa un rato —le aconsejó Kai, quien se acomodó las muñequeras mientras abría la puerta de su habitación y entró sin siquiera esperar a que ella abriese la suya.

Bianca metió la llave en la cerradura y al escuchar el conocido clic, entró en la habitación y quedó sorprendida. Era mucho más grande que cualquier habitación en la que hubiese estado antes;

incluso, más grande que la de su propia torre. Emocionada caminó hasta la cama, se sentó y sonrió al sentir la comodidad de un colchón mullido. Había portarretratos digitales que cambiaban de imagen cada cierto tiempo y reflejaban maravillosos paisajes; unos colgaban en las paredes y otros estaban sobre una chimenea al fondo de la habitación. Tenía una pequeña sala como para tomar el té, cosa rara, porque Bianca no podía imaginar a ningún grupo de hombres como los que había visto antes, tomando el té. Sonrió ante la idea.

Se dejó caer sobre la cama y observó el techo de color azul cielo con pequeñas aves pintadas y, poco a poco, sucumbió ante el cansancio. Por primera vez en mucho tiempo, soñó. Bianca no recordaba la última vez en la que había soñado. Esa noche el hombre con pantalones negros y con camisa blanca estaba en su mente; platicaba con ella, le decía cosas en secreto, le tocaba la mejilla con cariño y Bianca no sentía ni la más mínima pizca de dolor.

De pronto, en su sueño, todo se oscurecía y, cuando ella trataba de enfocar, ya no era el hombre con la camisa blanca, era alguien más que no podía reconocer; alguien que no conocía y una sensación de vacío la hizo despertar.

Sudorosa inspiró varias bocanadas de aire, se incorporó rápidamente y notó que ya era de noche. El estómago le rugió y decidió bajar a cenar algo. Ya afuera de su cuarto se detuvo frente a la puerta de Kai con la intención de tocar, pero se quedó con la mano a medio camino. Si estaba dormido no quería perturbar su sueño, por lo que continuó su recorrido hacia abajo.

Al bajar, vio al dueño de la taberna que platicaba al pie de las escaleras con uno de los hombres con barba que recordaba haber visto esa tarde. En cuanto se dio cuenta de que ella bajaba dejó de hablar con el hombre y la miró con una sonrisa.

—¿Has descansado suficiente?

Bianca confirmó con un movimiento de cabeza y correspondió la sonrisa; el hombre barbudo se retiró. Len se metió las manos a los bolsillos del pantalón y caminó con ella hacia la barra.

—No tenía idea de lo que había sucedido con las mujeres del pueblo hasta que Kai me lo dijo cuando llegamos hoy.

Len le ofreció un asiento alto en la barra, se paró al otro lado y terminó de secar unas copas que goteaban en el mármol.

—¿Qué puedo servirte?

—No tengo experiencia con el alcohol, preferiría una bebida virgen.

—Te prepararé un té helado, pues —se movió con agilidad de un lado a otro de la barra y comenzó a llenar un alargado vaso de cristal con agua caliente—. Todo sucedió cuando yo era apenas un adolescente. Mi madre y mis dos hermanas se fueron también —explicó, mientras colocaba la bolsita de té en el agua caliente y llenaba con maestría una copa alargada con hielos—. Una noche me despedí de ellas para ir a dormir y a la mañana siguiente ya no estaban.

—¿El hombre, el que era hechicero, se las llevó?

—Llegó a nuestro pueblo y nos hizo creer que era solo un forastero común y corriente. Les lavó el cerebro a todas y les hizo pensar que era rico y que deseaba darles una vida sin penas ni sufrimientos. Todos en el pueblo trabajamos hasta el cansancio; al ser un lugar pequeño, debemos sacarnos a flote y supongo que ellas estaban cansadas de tanto trabajo. Prefirieron la vida fácil que él les prometía. No eran tantas y pudo llevárselas con facilidad.

—¿Cuántas eran?

—No eran más de treinta. No sabemos si realmente era un hechicero o no, y si utilizó su magia con ellas o no. Las buscamos por meses sin parar y la economía del pueblo se vino abajo porque muy pocos nos mantuvimos en los negocios. Nunca volvimos a saber de ellas. Mi padre murió un año después.

—Lamento escucharlo. Debió ser terrible perder a todos en tan poco tiempo.

—Lo fue. Pero tampoco tuve tanto tiempo para lamentarme. Era muy joven y necesitaba salir a flote yo solo. He conseguido el suficiente dinero para contratar buscadores. Solo quiero saber la verdad, necesito saber si aún están vivas y qué fue lo que en realidad sucedió. Por lo que sé, la mayoría de las mujeres del pueblo casi no veían a sus esposos, pues trabajaban muchas horas. Las mujeres eran infelices y siempre se quejaban de la falta de atención, pero mi madre no se quejaba —confesó él al entregarle la copa llena de té helado y ella le agradeció con la mirada.

—Estoy segura de que encontrarás lo que buscas. Tal vez no te guste lo que encuentres, pero es mejor que quedarse en la ignorancia.

—Muchos aquí difieren. Prefieren la ignorancia que una indeseada verdad.

Las puertas de la taberna se abrieron y entró un grupo de hombres que también tenían pinta de viajeros. Len salió de la barra para ir hacia allí.

—Discúlpame, debo ir a atenderlos.

Bianca se quedó sentada después de verlo marchar hacia el frente de la taberna y se bebió su té con tranquilidad, mientras lo miraba hacer. Platicaba con la gente y se le daba bastante bien, parecía un conversador nato. Cuando terminó su té se bajó del asiento alto y caminó hacia el jardín que había visto antes. Era muy grande y estaba cubierto por un techo de cristal que dejaba entrar la luz de la luna a medias. La fuente de en medio estaba alumbrada y tenía una escultura de tipo abstracto en la parte del centro.

—Me preguntaba cuánto tiempo tardarías en venir.

Bianca reconoció la voz de Kai al instante y se volvió hacia una de las bancas que estaban alrededor del jardín. Él se encontraba sentado con una pierna cruzada por el tobillo sobre su otra rodilla y la miraba atento.

—¿Cómo sabías…?

—Eres demasiado curiosa como para pasar este lugar por alto.

Kai se levantó de la banca y caminó hacia ella con paso lento. Bianca le sonrió de nuevo y él casi se detuvo. Le había sonreído muy seguido en las últimas horas y a él le incomodaba sobremanera. Sin darse cuenta de su indecisión, Bianca se desplazó hacia la inmensa pecera que estaba solo unos metros al fondo. Nunca había visto una y esa en especial, era magnífica: tenía piedras de distintos colores y corales muy llamativos de diferentes alturas y formas. Los peces nadaban junto a unas tortugas bebés que se pegaban al vidrio de vez en cuando.

Kai se detuvo a su lado y observaron en silencio a los peces de diferentes colores y tamaños, que nadaban de aquí a allá. Bianca posó su mirada en uno de los peces más elegantes que hubiese visto en la vida. Parecía que le habían confeccionado especialmente un manto transparente que lo seguía y tenía unos gruesos bigotes que de igual modo flotaban majestuosamente en el agua. Al ver su interés, Kai sonrió y se acercó más a ella.

—Se llama koi.

Bianca levantó las cejas sorprendida de que, sin haberle preguntado, él hubiese adivinado lo que pensaba.

—Es una lástima que haya tan pocos en la actualidad. Es un pez de origen oriental —explicó Kai mientras lo observaban danzando con otro de la especie.

—Como tú.

—Así es.

Bianca sonrió y advirtió que Kai miraba al pez con fascinación y emoción al mismo tiempo, reflejados en sus orbes negras.

—Mi madre solía contarnos historias sobre estos peces. Siempre nos decía que de seguir el ejemplo de algún animal deberíamos seguir el de ellos.

—¿Qué tienen de especial? —se interesó Bianca, mientras él recorría el camino trazado por el pez con el dedo sobre el vidrio. Aleteando, este se acercó a su dedo y lo observó también.

—Los peces koi no son como todos los demás. Ellos construyeron su fuerza siglos atrás cuando un grupo pequeño nadaba por un río y se encontró con una cascada.

—¿Qué hicieron?

—Muchos abortaron la misión —dijo él con una bella sonrisa—, pero unos nadaron hacia arriba y coletearon para subir hasta la parte más alta de la cascada. Al lograrlo, su recompensa, fue que pudieron convertirse en dragones.

Bianca frunció el ceño y recordó de nuevo una de las conversaciones que había sostenido con María Antonieta.

—Mi madre siempre decía que yo era el más parecido —interrumpió él sus pensamientos.

—¿Por qué?

—Porque nado siempre contra la corriente.

Temores y anhelos

Desde esa noche Kai no pudo olvidar la mirada que Bianca le dio después de haber dicho esas palabras. Recordó cómo se habían abierto desmesuradamente sus ojos azules y el brillo repentino que los alcanzó mientras sus tupidas pestañas permanecían en el mismo lugar por segundos interminables, casi como si hubiera encontrado algo que llevaba mucho tiempo buscando sin saberlo.

Acostado en su cama por la madrugada, dos días después, con la mirada dirigida hacia el techo sin observar nada más que lo que había en su mente, su estómago se contrajo con un movimiento ya conocido para él. Le había sucedido las últimas veces en las que había estado con ella más de cinco minutos. Con un movimiento que reflejaba fastidio, se quitó la bandana de la frente y la arrojó hacia la almohada de al lado. No tenía idea de lo que le sucedía, pero era algo que no le gustaba; lo hacía sentirse desprotegido y torpe.

Sabía que esa noche, algo en sus palabras mientras miraban la inmensa pecera, habían despertado un sentimiento en ella también; porque de igual modo que él, no toleraba pasar mucho rato en su compañía, pues se quedaba extrañamente callada, como si las frases se le hubieran acabado. Esa era una de las razones por las que Kai había retrasado el viaje. Solo pensar en estar con ella de nuevo día y noche sin la ayuda de ninguna pared que se pudiera interponer entre ellos, le hacía sentirse en desventaja. Los últimos dos días, Bianca la había pasado de maravilla en compañía del dueño de la taberna y Kai no sabía si estaba molesto o agradecido por ello; pues cada vez que la veía paseando con él o platicando todo lo que a él no le decía, unos extraños deseos de apremiarla por cualquier cosa surgían dentro de él.

Por otro lado, también sabía que no podía seguir retrasando el viaje, pues debían llegar a la frontera antes que sus hermanos para encontrar el lugar en donde mantenerla tranquila. Dio vueltas sobre la almohada y enterró el rostro en la suave superficie. Había un conflicto en su interior y lo peor era que crecía en su pecho cada día más, pero no tenía idea de lo que debía hacer para acallarlo.

Esa noche, como las dos anteriores, no pudo dormir. La pasó terriblemente mal, una vez más agobiado por esas extrañas sensaciones en su estómago que, cuando parecía que remitían, iniciaban con más fuerza. Casi en las últimas horas de la madrugada, su cuerpo se cansó de luchar y comenzó a quedarse dormido. Soñó. No fue una pesadilla, fue un sueño tranquilo y relajante, hasta que de algún modo, su corazón latió frenético, tanto en su imaginación como en la realidad, cuando se encontró frente a ella.

Debía de haber acabado de llover, pues el cielo estaba de un tono grisáceo y su cabello largo y obscuro escurría agua por doquier. Bianca lo había comenzado a cepillar, pero de pronto no era ella la que lo hacía… era él. Kai quiso despertarse en cuanto sintió el agradable tacto de los mechones entre sus dedos, pero de nada sirvió, aún estaba allí, parado detrás de Bianca, cepillando la melena mojada, lentamente, y parecía disfrutarlo.

Se tomó su tiempo y continuó con su labor, pero entonces el lugar cambió y se encontraron en un campo lleno de flores. Ella le sonrió como solía hacerlo últimamente y se acercó a él con paso relajado. Kai no se movió y supo en ese punto que, de haber podido hacerlo, seguramente no lo habría hecho. Quería quedarse plantado en ese lugar, junto a ella. De repente, ya no estaba parado a su lado, estaba sobre ella, en el suelo, besándola.

Kai se despertó con la respiración entrecortada y la frente sudorosa. Eso no había sido una pesadilla, pero se había sentido casi como si lo hubiera sido.

Cuando se la encontró por la mañana en el pasillo, la chica le sonrió y a él se le revolvió el estómago.

—¿Dormiste bien? —quiso saber Bianca, mientras los dos bajaban por las escaleras.

—Perfecto —fue toda la respuesta que recibió de él.

—¿Estás bien? —le preguntó y se detuvo repentinamente, pero él ni siquiera contestó y continuó bajando los escalones. Bianca lo miró alejarse con semblante contrito.

Resolló y sintió que una extraña emoción se esparcía por su cuerpo. La identificó minutos después, aún parada en la escalera: Era añoranza. Extrañaba platicar con él como hacía algunos días.

Kai, por otro lado, ni siquiera la esperó para el desayuno, comió una fruta y un jugo de naranja, y salió a caminar al pueblo.

La situación se le hacía cada vez más insoportable y, mientras caminaba por las calles, se preguntó, una y otra vez, cómo había sido posible que su subconsciente le hubiera jugado esa mala pasada. No tenía idea de por qué se había imaginado besándola. Era una tontería. Se golpeó la frente con la palma de la mano y sólo le quedó esperar a que las cosas mejoraran en su mente. Por supuesto, nada de eso sucedió, ni en su mente, ni en la realidad.

Esa noche, luego de pasar casi todo el día afuera, regresó al lugar y se sorprendió al abrir la puerta y ver que estaba todo muy animado. Había música y los hombres bailaban entre las mesas, con sonrisas que cualquier ser en depresión, hubiese envidiado. Kai vio que Bianca, sentada en un banco alto en la barra, aplaudía contenta y contemplaba el espectáculo. Su sonrisa era gigantesca y su felicidad escapaba de todo su cuerpo mientras observaba con atención a los hombres que se mostraban extasiados por hacerla feliz.

—¿Qué sucede aquí? —preguntó de malas, al acercarse. A Bianca se le esfumó la sonrisa en cuanto lo miró. Se volvió hacia Len y Kai se sintió aún más frustrado por eso.

—Es noche de baile —anunció sin dirigirle la mirada.

—¿Noche de baile?

—Sí —contestó el hombre por ella—. ¿Te gusta bailar?

Kai negó sin pensárselo. Len se volvió hacia Bianca y ella le sonrió detrás de su vaso de cristal.

—¿Tú bailas?

Pero antes de que respondiera, Kai la cogió del brazo y la haló hacia él para que bajara del banco. Bianca gimió al perder el equilibrio y lo cuestionó con el ceño arrugado.

—Ya es tarde —dijo él, sin darse el lujo de explicar más.

—¿Disculpa?

—Dije que ya es tarde. Ve a dormir.

Bianca se quedó perpleja debido a su actitud. Kai quiso golpearse contra una de las columnas, pero trató de mantenerse tranquilo.

—Me iba a retirar a dormir cuando te vi llegar pero, pensándolo mejor, no me vendría mal bailar un rato —dijo ella a Len, pero sin dejar de mirarlo a él. Kai se pasó la lengua por el labio inferior y asintió anonadado.

—Bien. Diviértanse.

Bianca lo miró alejarse y después de unos minutos se bebió todo el té helado que había pedido esa noche, dejó el vaso sobre la barra y le sonrió a Len.

—¿Lo hacemos, pues?

Estuvo a punto de colocar su mano abierta sobre la de él, pero de súbito, se sintió insegura. Había hablado demasiado pronto y no sabía por qué lo había hecho.

—Lo siento, creo que estoy algo cansada —comentó al pensarlo mejor. Su buen humor se había esfumado. ÉL se lo había llevado. Len se mostró despreocupado.

—Lo entiendo. Descansa, te veré mañana.

Kai subió y abrió la puerta casi haciéndola chocar contra la pared. Estaba enojado. Él había querido ayudarla pues había creído que a Bianca probablemente le vendría mal un contacto tan íntimo como el del baile, pero a ella no le había importado, incluso había aceptado.

Se recostó en la cama y tardó un rato en acomodarse. Esa noche, tampoco pudo dormir.

A la mañana siguiente se alistó y bajó a desayunar como de costumbre muy temprano. Len lo encontró al bajar la escalera y lo saludó con una sonrisa que él ni siquiera se dio el tiempo de responder.

—Se ve que no has dormido bien últimamente. Pensé que a eso se habían detenido —comentó sarcástico Len, mientras caminaban hacia las mesas.

—Tengo cosas en las que pensar que no me dejan dormir.

—Tal vez deban retrasar su partida —dijo Len y lo miró de soslayo, al mismo tiempo que llamaba a uno de los meseros para que se acercara a la mesa a atender a Kai.

—Quiero unos huevos sencillos y un café expreso, por favor —pidió y presionó sus sienes con los dedos índices. Observó a Len de reojo, quien se sentó a su lado y sonrió con ironía—. Te gustaría eso, ¿verdad?

—Me encantaría —admitió con vehemencia—. No puedo negar que he estado muy complacido con la compañía de tu hermana.

Kai no se sorprendió por aquel comentario, de hecho, lo había esperado desde antes.

—No podemos retrasarnos más, lo siento. Mi hermana —subrayó él con énfasis—, necesita llegar a la frontera por unos asuntos personales. Aunque todo indica que ella ha estado también encantada con tu compañía no puede quedarse por más tiempo.

Len lo observó con una sagaz astucia reflejada en sus ojos negros. El mesero al que Kai le había pedido el desayuno, llegó segundos después y tanto Kai como Len le agradecieron con un ademán de mano.

—Puedo llevarlos yo mismo hasta allá, si es lo que les preocupa.

Kai comenzó a comer y escondió el malestar que sintió al escuchar aquello. Era una mala idea, una idea terrible. Si Bianca aceptaba y contaban con la presencia de Len en la frontera, seguro que no podrían llevar a cabo el plan. Esperó para contestar y se acercó la taza con café caliente a los labios para absorber un poco.

—Gracias, pero preferimos continuar como hasta ahora. Iremos solos.

Len trató de comprender la razón por la cual el de la bandana se comportaba así. Negarse a recibir ayuda para realizar un trayecto pesado hasta la frontera, le resultaba por completo absurdo.

Se percataron de reojo que Bianca bajaba las escaleras con dirección hacia la mesa en donde estaban ambos. Parecía como si ella tampoco hubiese podido dormir bien. Los miró desde lejos y respingó la nariz, admirada de verlos juntos, platicando a la mesa.

—Buenos días —saludó al detenerse junto a ellos. Len se puso de pie, como todo un caballero en presencia de una dama y le sonrió. Kai volvió a su plato de comida y murmuró un saludo a medias.

—Supongo que tú tampoco has podido dormir bien —dijo Len al estudiar las facciones de Bianca, quien le sonrió en agradecimiento por su atención.

—He estado teniendo un sueño raro y no sé a qué se deba —confesó ella, que se sintió ligeramente avergonzada de aceptar que, como una niña pequeña, una pesadilla la tenía sin poder conciliar el sueño. Se fijó en Kai, que también se veía en extremo cansado y se inclinó hacia él—. ¿También has tenido sueños extraños? —preguntó socarrona y él la miró para responderle algo de manera mordaz; no obstante, se quedó atascado en los ojos azules y otra vez su estómago se revolvió. De inmediato volvió la mirada al plato.

—No.

Bianca lo observó extrañada por su respuesta tan cortante y se incorporó de nuevo.

—¿Quieres que te prepare algo para el desayuno? —preguntó Len e indicó con la mano el asiento que él había ocupado momentos antes. Bianca se sentó y asintió ante su ofrecimiento. Len se alejó con paso veloz hacia la cocina.

—Es más que evidente que ustedes dos se han tomado cariño —comentó Kai y apoyó la espalda contra el respaldo de la silla sin mirarla directamente.

—Es alguien decente y educado —aceptó con una sonrisa tranquila. Él alzó las cejas con incredulidad y supo en el fondo la razón por la cual Len actuaba así con ella.

—Eres muy ingenua, Bianca. Es obvio que sea así contigo, eres la única mujer en miles de kilómetros a la redonda y se ve a leguas que no es de fiar.

Bianca lo miró de manera reprobatoria e hincó los dientes en el labio inferior para reprimir un poco el desasosiego que sintió al escuchar su comentario.

—¿Cómo puedes hacer un juicio así sin conocerlo? —Apoyó ambos codos en la mesa, dejó descansar su mentón sobre sus manos—. Te he creído muchas cosas desde que te conozco, pero jamás pensé que fueras prejuicioso.

—No soy prejuicioso, soy prevenido y un hombre prevenido vale por dos.

Bianca levantó una ceja sin creer media palabra de lo que Kai decía. Len los alcanzó minutos después y dejó, frente a Bianca, un plato con un emparedado que él mismo había hecho.

—¿Te ha dicho tu hermano acerca de mi propuesta? —Bianca negó con la cabeza mirando de uno al otro y Kai sintió de nuevo que se le encogía el estómago.

—No es necesario hablarlo.

—Yo creo que sí —insistió Len con una media sonrisa. Acercó otra silla, se sentó con el respaldo hacia el frente y apoyó la barbilla en la parte alta del mismo. Kai le dio una mirada turbia y Bianca le prestó atención—. Le he dicho a tu hermano que puedo ofrecerme para llevarlos a ambos a la frontera, en mi auto. Me gustaría acompañarte a hacer lo que tengas que hacer.

Bianca se sorprendió al escucharlo pues no esperaba que fuera a suceder algo así. Sin saber qué contestar, permaneció en silencio y Kai aprovechó la oportunidad de entrometerse al ver su indecisión.

—Si no te importa, me gustaría hablarlo a solas con ella —sostuvo en voz baja y Len consintió con un movimiento de cabeza.

—No dudes en pedirme lo que necesites —le dijo Len a Bianca, que sencillamente movió la cabeza de arriba abajo. Cuando Len volvió a alejarse de la mesa se situó detrás de la barra para atender a los pocos clientes que habían bajado a desayunar temprano como ellos. Kai la miró y negó.

—Él no puede venir.

—¿No consideras que es una buena idea que nos ofrezca ayuda? No entiendo por qué te comportas así.

—No lo hago por mí —mintió él, descaradamente—. Lo hago por él. Si los soldados nos encuentran y me reconocen, lo considerarán sospechoso por relacionarse conmigo. Es peligroso. No puedes pensar en hacerle eso a alguien que te ha brindado tanta ayuda.

Bianca se acarició con la yema de los dedos la ceja derecha pensativamente y suspiró con pesar. Miró sobre su hombro hacia la barra y tuvo una enorme sensación de vacío y tristeza. Kai notó de súbito que su ánimo decaía y se sintió algo alterado al verla así.

—¿Estás bien?

—¿Puedo hacerte una pregunta? —cuestionó Bianca en voz tan baja que él apenas pudo descifrar sus palabras.

—Por supuesto.

—Tú no tienes el mal de tus hermanos, no me necesitas. ¿Cuál es la razón por la que vas a llevarme a la frontera? ¿Por qué tienes que ser tú y no puede ser él? —Kai carraspeó inseguro y ella continuó—: No entiendes que puedes deslindarte de mí, ¿verdad?

—Prometimos llevarte allí.

—Es una promesa que puedes romper.

—No quiero romperla. Primero, nunca he roto ninguna promesa; y en segundo lugar, por muy poco que me agrades, no voy a dejarte en manos de una persona que casi no conoces.

—¿Por qué?

—No entiendo tu pregunta, Bianca.

—¿En qué te afecta lo que me pase?

—Me afecta —contestó de mal humor.

—¿Por qué te afecta?

—¿Qué, tienes tres años y estás en edad de cuestionar todo? —preguntó con fingida fascinación al ver el rumbo que tomaba la conversación. Bianca se enderezó y cruzó los brazos sobre el pecho.

—Dime.

—Por supuesto que me afecta pensar que algo malo pueda sucederte. No soy un monstruo, al contrario de lo que piensas.

Bianca actuó con una tranquilidad que en realidad no sentía, su mente le gritaba cosas que sus emociones negaban y no podía controlar lo que pensaba. Se levantó de la mesa cuando pasó uno de los meseros.

—Desayunaré en mi habitación —anunció con voz firme—. Dile a Len que lo veré arriba cuando termine de atender a los clientes —pidió a Kai, sin siquiera mirarlo a la cara y acomodó de nuevo su silla—. Declinaré su oferta —agregó antes de encaminarse hacia las escaleras. Kai se levantó veloz como un rayo y la asió del brazo. Bianca le dirigió una mirada de advertencia.

—¿En tu habitación?, ¿estás loca?

—Sabes que lo estoy, ¿por qué te ves tan sorprendido?

—No es correcto.

—¿Prefieres que acepte la oferta, entonces? —Kai la liberó con tanta prisa que le dio la impresión de que se hubiese quemado al tocarla; metió las manos en los bolsillos del pantalón y accedió de malas.

Solo una hora después tocaron a la puerta de la habitación de Bianca. Len entró en seguida de que ella abrió y le sonrió al mirarla atentamente. Con solo verla se percató de que las cosas no saldrían como él esperaba.

—Puedes pensártelo por más tiempo.

Bianca le regresó la sonrisa a Len y lo invitó a sentarse en la salita.

—Desde que llegué he tenido unas ganas locas de usarla —confesó y Len no pudo controlar la risa—. Las habitaciones son muy cómodas, quisiera tener una habitación así, por siempre.

—Puedes. Si te quedas, te prometo protección. Serás nuestra hermanita.

Bianca sabía a lo que él se refería y negó con un leve movimiento. Len apoyó los codos en sus rodillas y se inclinó un poco hacia ella desde su silla.

—¿Es muy importante eso que debes hacer?

—Es la primera cosa importante que tendré la oportunidad de hacer en mi vida.

Len se apoyó en el respaldo de la silla y cruzó su pierna derecha sobre la izquierda.

—¿La primera cosa importante?

—Así es.

—No creo que eso sea verdad. Seguramente has hecho muchas cosas importantes en tu vida.

—Mi vida no tiene el sentido que crees que tiene. No soy como las demás personas. No he tenido la oportunidad de hacer algo que realmente valga.

—Puedes hacer valer muchas cosas aquí. —Len se puso de pie y caminó hacia la ventana con paso lento y se asomó hacia afuera—. Necesitamos personas como tú.

—No es tan fácil como crees. Nunca podría ser lo que tú esperas que sea.

—No he puesto ninguna expectativa sobre ti. No me gustas como piensas —contestó él y le sonrió con cariño.

—Pero sí has puesto expectativas y ni siquiera te has dado cuenta —dijo, se puso de pie también del pequeño sillón y caminó hacia él—. Debo aceptar que me ha resultado increíble que en estos días no me hayas preguntado nada acerca de las cosas que obviamente son extrañas en mí.

—Me gusta que seas así. Tus ojos son raros, no puedo negarlo, pero me gustan. Tu ropa se ve extraña también, pero eres una viajera, seguro con ese traje te sientes cómoda. He visto personas extrañas más de una vez, pero eres la única que me ha parecido interesante. Tengo la impresión de que eres alguien a quien podría considerar familia.

—Te agradezco que lo veas de ese modo, pero hay más en mí de lo que no puedo contarte. Es por eso que no puedo quedarme, ni puedo aceptar que vengas conmigo.

Él la miró sin decir nada por un largo rato y concordó con un movimiento de cabeza.

—No puedo terminar de comprender tus razones, pero no te pediré ni te forzaré a hablar de algo que no puedes compartir. Solo espero… —Bianca no se alejó hacia atrás cuando él caminó hacia ella y se acercó más de lo normal—, que alguna vez puedas compartirlo con alguien. Llevar los problemas tú sola es algo demasiado pesado. No deberías cargar con todo eso, sin ayuda.

—No tienes de qué preocuparte. Pronto se acabarán todos mis pesares —dijo completamente segura.

Al día siguiente Bianca bajó un poco más repuesta y se encontró con Kai al pie de las escaleras. La esperaba ya con la mochila al hombro mientras se acomodaba mejor las muñequeras.

—¿Estas lista?

Bianca afirmó y caminaron juntos hasta la puerta de la taberna. Len los interceptó antes de salir y le alargó una bolsa de tela a Bianca, con una sonrisa.

—¿Qué es esto?

—Recuerdos. Eran de mis hermanas; espero que te gusten.

Bianca le sonrió agradecida y Kai levantó la mano para estrechar la del dueño, que a su vez apretó la suya con fuerza.

—Te agradezco que nos hayas recibido.

—Fue todo un placer tenerlos aquí. Espero que podamos volvernos a ver en el futuro.

Bianca convino y también levantó la mano para estrechar la de él. Len le sonrió mientras se apoderaba suavemente de su mano enguantada y se detuvo unos segundos con esta entre la de él.

—Realmente te agradezco por esto —dijo y levantó la bolsa de tela—. Espero que puedas encontrar la respuesta que buscas.

—Espero que logres lo que deseas hacer. Te deseo la mejor de las suertes.

—Voy a necesitarla —aseguró con suavidad y salieron de allí con paso decidido.

Esa tarde después de caminar por varias horas se detuvieron a comer. Kai sacó de su maleta una hogaza de pan que había conseguido en una de las tiendas de enfrente de la taberna por la mañana y compartió con ella unos pedazos. No habían cruzado palabra desde que habían salido del pueblo y él ya no sabía cómo librarse del silencio que había caído sobre ellos durante todas esas horas.

Bianca estaba sentada en una roca alta y miraba hacia un árbol a su derecha sin prestar demasiada atención a lo que él hacía, y ni siquiera se ofreció a ayudarlo a hervir el agua para la sopa de vegetales. Kai tenía la impresión de que estaba resentida por algo, pero no tenía idea de lo que podría ser.

Cuando terminaron de comer continuaron y se encontraron, no mucho después, con una colina empinada. Kai estudió el terreno y se percató de que la grava de la colina no estaba del todo fija.

—Pasa adelante.

Bianca pasó primero para subir y evadió la mano de él, que la había extendido con la intención de ayudarla a estabilizarse en el primer paso. Como supuso Kai, al no tomar su mano y dar el paso, ella se desbalanceó y se fue para atrás chocando contra él. Kai la sujetó por la cintura y la ayudó a estabilizarse.

—Gracias —susurró y lo miró por sobre el hombro.

Él la privó de su ayuda cuando ella pudo pararse correctamente sobre la grava y comenzaron a subir con dificultad. Tardaron más de una hora en llegar a la cima de la colina y otra media hora en bajar.

—¿Qué hay en esa bolsa, por cierto? —preguntó él cuando encontraron un camino entre unos árboles.

Bianca miró hacia la bolsa de tela que continuaba en su mano y se encogió de hombros. Se detuvo, abrió la bolsa con cuidado y se le escapó una sonrisa por lo que vio.

—¿Qué es?

—Es un vestido —dijo mientras sacaba la prenda de color verde agua y se la mostraba con una sonrisa emocionada. Un sonido metálico se escuchó cuando movió el vestido y ambos miraron hacia abajo. Una pulsera de perlas blancas con un anillo en el medio había caído al suelo. Kai se inclinó para recogerla y se la alcanzó.

Bianca guardó de nuevo el vestido en la bolsa y cogió entre sus manos la pulsera de perlas que él le había regresado, la miró con atención y en seguida se la puso. Kai odió la pulsera desde que la recogió del suelo. Bianca se la pasó toda la noche y toda la mañana del día siguiente admirándola y estudiándola con interés, incluso jugaba con el anillo que colgaba entre las perlas, haciendo el sonido metálico que cada vez lo molestaba más.

—¿Puedes dejar esa cosa en paz? —preguntó por la tarde, hastiado de verla emocionada con el objeto. Bianca respingó la nariz.

—¿Por qué te desagrada? —preguntó mientras caminaba entre la maleza, detrás de él.

—Me gusta el silencio cuando camino —contestó. Se detuvo y sacó la cantimplora de su mochila para beber un trago de agua. Bianca hizo caso omiso de su petición y siguió moviendo la mano aún más, para hacer resonar el tintineo. Kai le dirigió una mirada de advertencia y ella sonrió por el gusto que sintió al hacerlo enojar.

—Puedo tocar cualquier canción que desees —continuó con una sonrisa llena de guasa e hizo la demostración.

—No quiero que toques ninguna canción.

—Creo que si me la quito y la muevo como una sonaja, sonará mejor —dijo y unió la acción a la palabra. Kai cerró su cantimplora, caminó hacia ella y le quitó la pulsera de entre los dedos. Bianca abrió los ojos desmesuradamente, sorprendida por no haberse percatado de sus rápidos movimientos y puso las manos en las caderas—. ¡Dámela! —exigió mientras Kai se alejaba con la pulsera.

—No.

—Es mía, regrésamela —exigió de nuevo; y como él continuó, ella corrió y le cortó el paso.

—No —volvió a decir y levantó la mano para alejar la pulsera de ella. Bianca brincó para poder alcanzarla y Kai sonrió cuando lo miró enojada—. Pídemela como se debe y promete que la dejarás en paz.

—Bien. Por favor, regrésamela.

—Promete que la dejarás en paz —Bianca puso al cielo de testigo por lo que él la hacía pasar.

—Lo prometo —contestó de malas.

—No te creo. Me da la impresión de que no lo dices en serio.

Bianca bajó el brazo que tenía elevado para alcanzar la pulsera y apretó los labios. Kai la miró con atención.

—Es importante para mí —confesó en voz baja.

—¿Por qué? —preguntó él y sintió un pinchazo en la boca del estómago.

—Porque nunca había tenido uno.

Kai bajó la mano despacio, pero no le dio la pulsera, simplemente la siguió mirando con atención.

—¿Quieres decir… una joya?

Bianca entrecerró los párpados y luego de pensarlo negó varias veces.

—No. Quiero decir un regalo.

Algo en el modo en el que Bianca lo dijo lo dejó perplejo. No comprendía del todo a qué se refería, y si era realmente lo que decía, no podía creerlo. No entendía por qué era tan rara, no comprendía cómo era que jamás en sus dieciocho años de vida hubiese recibido un regalo. También se enfadó. No supo en ese instante por qué, pero después pudo entenderlo claramente: estaba enfadado porque ese regalo, su primer regalo, se lo había dado aquel hombre.

Kai se sintió abrumado por un sentimiento desconocido. Bianca lo miró al darse cuenta de que algo pasaba por la mente de él, algo que al reflejarse en sus orbes negras la inquietó un poco; pero no se movió del lugar, se quedó de pie frente a él y observó impresionada el rostro pensativo del muchacho, que de imprevisto, arrojó al suelo la pulsera.

Bianca no supo por qué lo había hecho. Hizo amago de agacharse para buscarla entre la maleza, pero Kai la detuvo por los brazos y la hizo mirarlo de nuevo.

—¿Soy igual? —preguntó con la garganta seca. Parpadeó asombrada por la pregunta. Las manos en sus brazos que la apretaban de ese modo, debieron asustarla o alertarla, pero fue todo lo contrario.

—¿Igual?

—Para ti.

—No… no comprendo. —Kai la acercó un poco más mientras la miraba fijo, como si estuviese en un trance, pensando y diciendo cosas que en la realidad jamás podría decir o hacer.

—¿Soy igual que todos?

—Suéltame, me lastimas —dijo tan queda y tan tranquilamente que él no salió de su trance.

—¿Por qué me miraste de ese modo?

—No sé de qué hablas.

—Esa noche, cuando te hablé del pez. Me miraste de un modo diferente, como si no fuera igual a los demás.

Bianca recordó la sensación que había tenido aquella noche y el nerviosismo la inundó solo de recordarlo.

—¿Soy igual que los demás, para ti? —Kai percibió lo abrumada que ella se sentía ante la pregunta y la soltó de improviso. Bianca casi perdió el equilibrio, pero se mantuvo de pie y lo estudió mientras él caminaba tres pasos hacia atrás y negaba con las manos con el semblante atormentado. Bianca se acercó a él, insegura, con la intención de ayudarlo.

—Kai…

—No te acerques. No sé qué me sucede —aceptó y alzó una mano para hacerla detener. Bianca, empero, no se detuvo y caminó despacio los pasos que él se alejaba.

—Solo quiero ayudarte —dijo asustada.

—El problema es que no me ayudas. Tú… tú eres el problema.

—¿Yo soy el problema? —preguntó sorprendida y se señaló el pecho con la mano.

—Sí. Desde que te conocí solo me has complicado todo.

Bianca no supo por qué le dolieron tanto esas palabras. Sintió que sus ojos se inundaban sin poder retener las lágrimas, estas escaparon y cayeron gruesas al suelo, como cristales que chocaban contra la maleza y permanecían allí sobre las hojas. Kai parpadeó sorprendido al ver sus lágrimas refulgentes y sólidas sobre el pasto, como gotas de rocío, y sintió una opresión horrible en el pecho. Ella se giró para caminar hacia sus cosas pero él la alcanzó antes de que llegara a su bolso, la detuvo por el brazo y la hizo volverse.

—Lo siento, lo siento —susurró sin saber por qué.

—Entiendo lo que dices; lamento haberte causado tantos problemas… no pensé, yo…

Kai movió la mano, de su brazo hacia su cintura, y la atrajo hacia él. Sabía que no era igual que todos para ella; desde que la había conocido lo supo. Deseó creer que era especial para ella. Bianca abrió los ojos anonadada cuando él se inclinó, porque suponía lo que iba a suceder, y eso fue lo que sucedió. Kai tocó gentil los labios de ella con los suyos y Bianca no pudo moverse por una fracción de segundo; apretó los ojos sabiendo lo que sucedería y un dolor agudo la atravesó de pies a cabeza. Kai separó su rostro del suyo y la miró preocupado al ver su expresión de dolor y escuchar sus agudos lamentos; la apretó contra él al advertir que ella se desvanecía y una luz cegadora salía de su pecho.

Supo que había cometido un error y que algo no estaba bien, pero no se apartó y entonces todo tuvo sentido. Nadie debía tocarla. Ni siquiera él.

La mitad de una vida

Apoyado contra el tronco de un árbol, Kai miraba la fogata sin realmente prestarle atención. Un complicado manojo de sentimientos se arremolinaba en su interior y su corazón no había dejado de latir con la misma rapidez desde hacía cinco horas, justamente el tiempo que llevaba Bianca inconsciente en el suelo, cerca de la fogata. Ahora había luz en muchos aspectos, pero continuaba sin comprenderlos por completo. Se llevó una mano a la cabeza y se sentó en el suelo aún apoyado contra el tronco del árbol, sintiéndose culpable y, al mismo tiempo decepcionado por lo que había hecho. Le parecía que aunque ahora sabía más cosas sobre ella, tenía la ligera sospecha de que cada vez sabía menos sobre él mismo.

Agarró una rama del suelo y jugueteó con esta. Estaba preocupado y no tenía idea de lo que debía hacer; la paciencia no era uno de sus puntos fuertes. Después de un cuarto de hora en la que jugueteó con la rama, la arrojó lejos, se levantó, caminó con precaución hasta donde ella estaba y se hincó a su lado. Le había colocado una cobija doblada debajo de la cabeza para que no le quedara sobre el suelo y la había arropado con otra manta.

La respiración de Bianca era acompasada, a diferencia de la de él que estaba agitada. Se sentía nervioso, exaltado; por un lado quería que abriera los ojos, y por otro lado no. Ella se movió un poco hacia él y Kai se hizo para atrás sintiendo una angustia terrible, porque quería tocarla pero sabía que no debía.

Minutos después, Bianca abrió sus ojos y entrecerró los párpados para tratar de enfocar; parecía no recordar lo que había pasado, porque se levantó y movió una mano a la cabeza, sin siquiera percatarse de que él estaba allí, junto a ella. Agitó la cabeza y, rápida como una gacela, metió su mano enguantada adentro del cuello de su vestido, sacó la piedra de color azul traslúcido e intentó estudiarla con cuidado; pero al no poder ver claramente por la poca luz, soltó la piedra que cayó de nuevo sobre su pecho y se dispuso a levantarse, mas se detuvo en su camino hacia arriba, al verlo sentado cerca.

—¿Te encuentras bien? —fue lo único que atinó a preguntar Kai mientras permanecía a un poco más de un metro de ella. Bianca produjo un sonido gutural que tuvo la intención de ser una respuesta pero que falló de modo miserable. Sin responder se terminó de levantar del suelo, caminó hacia el fuego y le dio la espalda. Cogió de nuevo entre sus manos la piedra de cristal y confirmó, frente a la llama, que ahora tenía una nueva marca.

Se dejó caer en el suelo lentamente, suspiró y apoyó la cabeza sobre sus rodillas elevadas. Kai no supo si acercarse o no y, tras pensarlo unos minutos, decidió permanecer en el mismo lugar.

—¿Estás bien? —volvió a preguntar. Bianca no levantó la cabeza; sin embargo, negó levemente con esta y Kai liberó una pesada bocanada de aire—. ¿Qué fue lo que te sucedió?

Tardó varios minutos en levantar la cabeza mientras tomaba valor para contarle la verdad. Cuando al fin elevó el rostro hacia el de él, abrazó sus piernas, apoyó su mejilla en una de sus rodillas y dejó su cabeza ladeada.

—Es algo complicado de contar.

—Tengo tiempo —comentó él. Se puso de pie y caminó con paso lento hasta llegar al tronco en el que había pasado las horas anteriores. Se apoyó de nuevo contra él y la apremió a continuar con la mirada.

—¿Recuerdas la torre de la que me hablaron la otra vez? —Kai arrugó el ceño, extrañado, sin saber a dónde iba con eso, pero asintió y Bianca continuó—: Yo viví allí. Fue mi hogar durante muchos años.

—¿En ese horrible lugar?, ¿estás jugando?

—Mi madre visitó la torre cuando yo era una bebé. Tuvo que dejarme allí… por varias razones.

—¿Con quién te dejó? —pregunto anonadado.

—Con una hechicera. Ella me crio. Una noche me dijo que alguien había lanzado un maleficio sobre mí y que, cuando fuera mayor, nadie podría tocarme.

Kai permaneció en silencio y continuó escuchando la historia que Bianca narraba con una voz suave y tranquila; casi como si contara un bello relato… o un cuento de hadas. No se mostraba perturbada ni triste; parecía haber abrazado su realidad con resignación.

—Mi madre dejó esto —dijo al levantar la cabeza y tomar entre sus manos la piedra—. Mi verdadera madre —aclaró.

—Lo vi brillar.

—Esta piedra representa mi vida. El hechizo que me pusieron me obliga a permanecer apartada de todos, sin ser tocada por nadie, de lo contrario se hace una marca aquí —dijo y señaló el cristal—. Es un año menos de mi vida.

A Kai le costaba creer sus palabras, de no ser porque lo había visto, probablemente jamás podría haber aceptado algo como eso. Ahora las cosas tenían mucho más sentido.

—Mi madre adoptiva me regaló este traje —confesó sonriendo con tristeza—. Ella misma lo confeccionó con una tela aislante. Me lo dio cuando tuve que irme de la torre. La verdad es que este no era mi destino.

—¿A qué te refieres con eso?

Bianca respiró dos veces profundamente, se acostó en el suelo para mirar hacia el cielo nocturno, estrellado, y continuó:

—Se suponía que debía permanecer en mi torre. Debía quedarme allí hasta hacerme vieja.

Kai levantó las cejas sorprendido por el modo en el que Bianca dijo aquello, pues su tono mordaz le hizo sentir un vacío en el pecho.

—Pero todo salió mal. El hechizo se activó una noche en la que estaba fuera de la torre y el hombre que me quitó dos años de vida, me delató.

—¿Por qué no lo dijiste antes? —preguntó Kai intrigado. Bianca se levantó del suelo y caminó hacia él, pero permaneció a una distancia razonable.

—No me hubieran creído. No podía decir algo así sin ponerme en riesgo… y no los conocía. No conocía realmente a nadie y no confiaba en nadie.

—Lamento mucho lo que sucedió hace… quiero decir… —Kai se detuvo y miró hacia el suelo, jugueteó con sus muñequeras unos segundos y finalmente la miró de frente. Bianca le sonrió de manera despreocupada y eso lo hizo sentirse peor.

—No fue tan malo. El otro hombre me quitó dos años de vida.

—Esto no es gracioso —dijo él con tono tan serio que a Bianca se le esfumó la sonrisa.

—¿Debo ponerme a llorar, entonces? —preguntó con actitud seria y caminó alrededor de la fogata mientras acariciaba entre las yemas de sus dedos el cristal azul sin dejar de mirarlo.

—¿Duele mucho cuando alguien te toca? —preguntó al dirigirse a ella. Bianca se masajeó la nuca y caminó con él pisándole los talones.

—Horrores —contestó y se sentó en una roca alta. Kai se hincó frente a ella.

—¿Es para siempre?

—Sí —pero para su mala suerte Kai se percató de que ella había contestado con demasiada premura, casi como si no se hubiera tomado el tiempo para pensarlo.

—No debí haberlo hecho —se reprendió en voz suave— ¿Puedo… revertirlo de algún modo?

—¿Para qué? Perderé muchos más en el futuro. No tiene caso recuperar uno cuando perderé ochenta; me da la impresión de que por mucho que lo intente no puedo evitar perderlos.

—¿Quién fue la persona que puso ese maleficio sobre ti?

—No eres el único con familiares disfuncionales —Kai la miró sintiendo empatía—. Mi tía. Según lo que sé, tenía celos de mi madre; es un asunto poco original. El maleficio solo podrá detenerse si recibo la mitad de una vida.

—¿Mitad de una vida? —preguntó con curiosidad, al no entender a lo que se refería. Bianca confirmó algo turbada por haberle proporcionado esa información.

—Alguien debe obsequiarme la mitad de su vida y jurarla con su sangre sobre esta piedra —continuó al señalar la piedra traslúcida.

—Si alguien hace esa promesa… ¿es para siempre? Es decir, ¿se podría revertir?

—No estoy segura —susurró y descansó ambas manos sobre sus rodillas—. No pude averiguarlo. Cuando los soldados atacaron la torre no tuve tiempo para escuchar todo lo que necesitaba saber. De todos modos es algo terrible; jamás le podría pedir a nadie que hiciera eso por mí. Es inhumano despojar a alguien de la oportunidad de vivir su vida completa. Como te dije antes, estaba resuelta a permanecer encerrada por lo que me quedara de vida, pero tuve que modificar mis planes.

Kai trató de digerir toda la información que había recibido en esa noche. Bianca le sonrió de nuevo y su estómago se volvió a contraer.

—Será mejor que vayas a dormir, es tarde y, aunque yo estuve inconsciente, tú has estado cuidándome. Ve a acostarte —ordenó, gentil. Se puso de pie y caminó hasta la manta que estaba en el suelo. Kai la siguió y esperó a que se acostara y se arropara con la manta; sin decir ni una palabra él fue por sus cosas, las acercó a donde ella estaba y se acostó a su lado, mirando cómo los rasgos de su rostro se veían diferentes a cada momento por la luz que brindaba el fuego.

—Lamento que hayas pasado por eso —dijo en voz baja.

—Nadie puede librarse de su destino —respondió.

—De verdad siento mucho haberte hecho daño. Yo no… —Bianca lo interrumpió y asió su mano que descansaba al lado de ella, con la palma encarando hacia el cielo.

—Para aclarar tu duda: sí eres especial para mí. No sé porqué; solo lo siento —confesó con las mejillas sonrojadas, azorada por aceptar algo así.

Él pensó que debería sentirse culpable por esa sensación de alivio que lo embargó al escuchar sus palabras; pero no apareció en él ni una pizca de culpabilidad. La contempló y se volvió de lado para quedar apoyado sobre su costado. Los ojos azules le regresaron la mirada hasta que ya no pudo controlar más el sueño y se dejó dominar por el cansancio.

Cuando despertó temprano por la mañana, como acostumbraba, abrió los ojos poco a poco y tembló por el cambio de clima. Bianca seguía dormida a su lado y respiraba con ritmo acompasado. La piedra que continuaba sobre su pecho se elevaba en cada inhalación. No pudo evitar pensar que ya no podía hacerse el tonto por más tiempo. Tenía muchos problemas y debía resolverlos todos de uno en uno, antes de que se le viniese el tiempo encima; mas no tenía idea de por cuál debía empezar.

Sabía, y le costaba trabajo reconocer, que Bianca le gustaba. Le había gustado desde ese día en el elevador y recordó el sentimiento de impotencia que sintió cuando tuvo que dejarla, pensando que no volvería a verla. Le gustaban sus ojos azules y su cabello… Kai se preguntó, mientras la observaba atento, si se trataba nada más de atracción. Ella lo atraía. Negó con la cabeza como si discutiera mudamente consigo mismo. No era nada más algo físico. Le gustaba su forma de ser, el modo en el que se tomaba todo tan optimistamente, le gustaba platicar con ella y el sonido de su voz. Eso era peor que solo sentir atracción física, sabía que ya había algunos sentimientos de por medio.

Por otro lado, estaban sus hermanos. No podía traicionarlos. Si él se negaba a llevar a cabo el plan, sus hermanos serían apresados por los soldados; quién sabía a cuántos se tendrían que enfrentar y si podrían pelear contra ellos cuando se diera a conocer su traición.

No podía poner en riesgo la vida de sus hermanos. Ellos lo eran todo para él. Eran lo único que él tenía. Solamente había algo que podía darle a Bianca… y eso era la mitad de su vida. Si la atrapaban al menos no le harían tanto daño. Sin pensarlo dos veces buscó en su mochila un cuchillo, se acercó a ella, se hincó a su lado y cortó una línea diagonal en la palma de su mano. Nervioso, asió la perla que descansaba sobre el pecho de la muchacha y la apresó en su mano. Las palabras fluyeron libres de sus labios.

—Comparto contigo…mi vida.

La piedra se iluminó, resplandeciente, dentro de su mano. Kai no sintió nada y se dio cuenta de que Bianca tampoco había sentido nada, pues seguía plácidamente dormida. Él acercó su mano sana y temblorosa al rostro femenino, y se detuvo antes de posar las yemas de los dedos sobre la mejilla. Respiró dos veces antes de hacerlo y en cuanto tocó su piel caliente y suave, su corazón latió rápidamente. La sensación de plenitud le duró pocos segundos porque Bianca abrió los ojos asustada y se incorporó a medias, dejándolo con la mano estirada.

Por su mirada, Kai advirtió que ella sabía lo que había sucedido.

—¿Estás loco? —fue lo primero que preguntó, al notar la herida en su mano. Él sonrió.

—Funcionó —anunció asombrado, más para sí mismo que para ella. Bianca negó con la cabeza, casi frenética, y se retiró un mechón que el aire llevaba constantemente a sus ojos.

—¿Por qué lo hiciste?

—Quería ayudarte. Me sentía culpable por lo que sucedió ayer —mintió.

—El hechizo no es culpa tuya y no tiene nada que ver contigo —reprendió y golpeó el suelo con el puño.

—Pensé que me lo agradecerías —comentó sarcástico.

—¿Se supone que debo sentirme bien porque le he robado la mitad de sus años a alguien que me ha quitado uno?

—No me los has robado. Te los he obsequiado.

—¡No los quería!

—Qué pena —argumentó con sorna y agregó—: Ya no los puedes devolver.

Bianca pestañeó varias veces, aturdida por todo lo que había sucedido. Que Kai hubiera renunciado a algo tan importante, así como así, la aterraba. No podía creer lo que había ocurrido… su mayor preocupación se había vuelto realidad.

—Cuando lleguemos a la frontera…

—Cuando lleguemos a la frontera vamos a separarnos y cada quien irá por su lado, pues si continúo compartiendo contigo mis años será un beneficio para ti: podrás tener una vida normal, y si no sigo compartiéndolos contigo, por lo menos habrás tenido unos días de descanso. —Ella no contestó. Estaba ausente y había perdido completamente la noción del tiempo, del espacio… de todo. Sentía un calor suave que invadía su pecho y las lágrimas volvieron a agolparse en sus ojos.

Kai no dijo nada, la miró estático y sorprendido. El día anterior no había sido una ilusión lo que había visto: ella, en efecto, lloraba lágrimas que se convertían en cristales brillantes que resbalaban desde sus ojos hasta el suelo.

—En serio que eres una chica extraña —aseguró, sin poder dar crédito a lo que veía. Recogió uno de los cristales del suelo y lo puso en su palma para estudiarlo con detenimiento.

—¿Qué es eso? —preguntó al limpiarse los ojos y las mejillas cuando se percató de que toda la atención de Kai estaba en su mano. Él se sorprendió aún más de que ella no supiera lo que guardaba entre sus dedos.

—Es… como un diamante.

—¿Un diamante? —preguntó azorada.

—Es una de tus lágrimas. —Bianca se señaló a sí misma con el dedo índice y trató de averiguar con esa acción, si él se refería a ella. Kai confirmó con un movimiento.

—No… no entiendo.

—¿Nunca te habías dado cuenta de eso? —preguntó y la miró de manera precavida. Ella denegó con la cabeza.

—Jamás. Lloré solo una vez desde que el maleficio se activó, tal vez tenga algo que ver con eso… no lo sé… yo… no recuerdo...

—Bianca —interrumpió con voz grave y ella permaneció en silencio—. Necesito hacerte una pregunta y quiero que seas sincera conmigo.

Ella no dijo nada pero asintió con ahínco sin dejar de mirar turbada los cristales alrededor de sí y los que habían caído sobre su vestido negro.

—¿Eres… eres una bruja?

Ella tragó grueso. El momento había llegado; sabía que alguna vez le harían esa pregunta… él en especial. Respiró lento para tratar de tranquilizar los latidos de su corazón y, después de unos segundos que a Kai le parecieron horas, lo encaró.

—¿Qué pasaría si lo fuera? —preguntó tan lentamente que a él le recorrió un escalofrío por la espalda.

—Esa no es una respuesta —dijo mortificado.

—La respuesta la tienes tú. ¿Crees que debe ser diferente lo que sientes o lo que piensas con respecto a mí, si lo soy o no lo soy?

—Esto no se trata de mí.

—Mi madre adoptiva fue una gran hechicera. La mujer más entregada y amable que he conocido en mi vida. Creo que la pregunta aquí, no debe ser para mí.

—¿A qué te refieres con eso? —preguntó; arrugó el ceño y apretó el pequeño cristal en su mano. Ella se acercó a él unos centímetros más y el pulso de Kai se aceleró.

—¿Qué tan importante es para ti?

Kai deseaba desesperadamente escuchar la verdad. Esperaba que defendiera su integridad y dijese que no lo era, que eran solo calumnias. Pero no lo había negado, y lo peor era que lo había hecho sentirse mal por juzgarla.

—Olvídalo —declaró de malas y se levantó del suelo. Caminó los pocos pasos que lo separaban de la bolsa que Len le había obsequiado y sacó el vestido verde, regresó con ella y se lo dio.

—No puedo usarlo.

—Ya puedes usarlo ahora.

Bianca resopló, preocupada por lo que había olvidado. Era cierto… el maleficio estaba en remisión.

—Iré a buscar si hay algún lago o río cerca para llenar las cantimploras —comentó mientras sacaba los envases de metal de su mochila y caminaba en dirección al Este.

Bianca lo miró alejarse y cuando no quedó rastro de él, se quitó el vestido, sintió el aire frío en el cuerpo y se vistió con el de la hermana de Len. Era bellísimo. Bianca nunca había usado vestidos coloridos, pues odiaba llamar la atención; aun así, usar esa prenda ligera y vivaz, la llenó de alegría. Lamentó mucho que Kai hubiese perdido su pulsera, pero por lo menos podía usar el vestido. Le quedaba como un guante. La hermana de Len debía de haber sido pequeña y delgada. El área del busto le quedaba solo un poco holgada.

Se sentó sobre una de las raíces elevadas del árbol que estaba a unos metros a su derecha y se peinó con una media cola alta, mientras pensaba que Kai tenía razón. Finalmente todo iba a terminar pronto.

Él, por su parte, no encontró ningún río ni lago a la redonda así que decidió regresar. Al llegar al lugar en el que estaba Bianca, su corazón latió acelerado en cuanto la observó sentada sobre una raíz, con el vestido verde que se pegaba a su cuerpo, y que revelaba curvas y formas hermosas por todos lados. Sus brazos largos y blancos, brillaban al ser tocados por el sol. Su cuello estaba bien delineado y sus clavículas saltaban a la vista, elegantes. Carraspeó y maldijo en voz baja cuando ella se percató de que la observaba como un tonto, parado a la mitad de la nada.

—¿Cómo me veo? —quiso saber al ponerse de pie.

—No está mal —aceptó a regañadientes y comenzó a acomodar las cantimploras en su mochila de viaje. Bianca sonrió emocionada por sus palabras, que ni siquiera describían un poco lo que él pensaba realmente.

—Es muy lindo. Nunca había tenido un vestido tan bonito.

Kai la miró como si no pudiese creerlo.

—¿Siempre usaste el vestido que te dio tu madre? —Bianca negó y comenzaron a caminar después de haber apagado la fogata.

—Vestía prendas sencillas y holgadas, normalmente de colores opacos. Nunca me gustó llamar la atención, prefería mantenerme alejada de todos y de todo.

Kai no podía terminar de comprender; para él, incluso con el vestido negro y completamente tapada, ella era bonita. Había llamado su atención desde la primera vez que la vio.

—Debieron estar ciegos —susurró por lo bajo.

—¿Cómo dices?

—Nada. Son solo tres días de aquí a la frontera —informó, mientras señalaba la dirección hacia donde debían dirigirse.

—Comprendo. —Bianca se quedó con la mirada clavada en la mano que le había señalado el camino—. ¿Puedo…? —pero no terminó la frase.

—¿Qué dices?

—Yo… nada. Solo pensaba.

—¿En qué pensaste? —preguntó y le sonrió mientras se detenía frente a ella para obligarla a hablar.

Bianca sacudió la cabeza de un lado a otro, como para tratar de quitarle importancia a sus pensamientos.

—Dímelo.

—Bueno, yo pensaba que tal vez podría tomar tu mano.

Kai alzó las cejas sorprendido y la sonrisa se borró de su rostro.

—Olvídalo, fue una idea sin sentido. Es solo que por un momento tuve ganas de hacerlo, eso es todo.

—Déjame adivinar —intentó, mientras entrecerraba los ojos—. ¿Sería la primera vez?

Bianca hizo mala cara al darse cuenta de que él se mofaba de su poca experiencia; así que se movió hacia un lado y continuó caminando hacia enfrente. Kai no tardó en alcanzarla.

—¿Nunca has tomado a nadie de la mano?

—Sí lo he hecho.

—¿Con un hombre?

—¡Sí! —respondió y levantó la barbilla de modo orgulloso.

—¿Sin guante?

Bianca se detuvo y lo miro con fastidio. Kai paró su caminata también y la evaluó con las cejas elevadas y los brazos cruzados, como si quisiera decirle que la conocía mejor de lo que creía.

—Nunca sin guante —aceptó—. ¿Feliz? —él negó con el dedo índice y levantó la mano.

—Quiero que lo hagas conmigo.

Ella sonrió a medias e intentó apaciguar la emoción que sintió cuando observó la mano de Kai, que encaraba hacia el cielo y esperaba a que ella la tomara.

—Lo arruinaste —le contestó con sarcasmo y siguió caminando.

Kai volvió a darle alcance y no dijo absolutamente nada. Después de cinco minutos, Bianca se percató de que él estaba más cerca de lo normal y caminaban costado a costado, sus brazos casi se tocaban. Kai la miró de reojo y sonrió al verla tan consciente de su presencia. Con calma deslizó su mano hasta la de ella. Su piel era cálida y suave a comparación de la de él, áspera y dura. Bianca se sobresaltó cuando él le acarició la palma de la mano con la yema de los dedos y sintió su corazón latir con fuerza. Una extraña sensación en la boca del estómago la apremió a aspirar una bocanada de aire. Kai desplazó sus dedos hasta los suyos y con un movimiento gentil, los entrelazó con los propios. Bianca se detuvo y él, ligado a ella, también.

Con sus ojos azules llenos de emoción, observó sus manos unidas y se sintió reconfortada. Jamás había sentido algo tan agradable y, que la hiciera recordar con tanta avidez, que estaba viva.

La tejedora

Bianca observó a Kai durante una hora completa, como si de un acertijo se tratase. Por supuesto que había una razón para ello, pues durante todo ese tiempo, sentado en una roca alta, se había visto absorto en una tarea que ella no terminaba de comprender. Con su navaja en mano raspaba y tallaba un pedazo de madera sin decirle absolutamente nada, como si ella no figurara en el plano.

A pesar de que Bianca había intentado entablar conversación con él varias veces, él consentía con monosílabos, así que no le había quedado de otra más que observarlo trabajar en lo que hacía. Esa misma tarde llevaban caminando más de cuatro horas, tomados de la mano y hablando de las cosas que les llamaban la atención de los lugares por donde pasaban. Kai se había detenido en seco de improviso, la había soltado de la mano y dejado el lugar que había estado cálido y lleno, ausente y frío.

—Ese roble tiene buena sombra —anunció al alejarse. Con una sonrisa como si hubiese descubierto un tesoro, señaló un árbol que estaba a más de diez metros de ellos. Bianca no había comprendido a qué se refería con exactitud, pero lo siguió y lo miró hacer, intrigada. Kai estaba absorto, subió al árbol y cortó un trozo de madera, luego regresó a ella y desde ese punto no volvió a dirigirle la palabra.

Bianca nunca había escuchado nada parecido. Incluso se había parado bajo un árbol y había estudiado la sombra. Por un instante se percató de que en efecto, no había un solo hueco en el suelo que recibiera un solo rayo de luz, la sombra era perfecta; así que se sentó sobre esta y miró a Kai, intrigada.

Jugó con unas ramas y con algunas hojas secas, se hizo una trenza varias veces, habló concienzudamente con un escarabajo que pasaba caminando delante de ella y, además, durmió una pequeña siesta apoyada contra el tronco.

Al despertar, comenzaba a atardecer y Kai continuaba con su tarea. Ella se puso de pie y cojeó, pues la pierna izquierda se le había entumido por la mala posición, masculló un leve quejido mientras se masajeaba la extremidad y Kai la miró y sonrió. Últimamente sonreía más que antes, advirtió Bianca. Cuando estuvo bien, trepó a su lado en la roca y se percató de que tallaba una flor.

—Eres bueno.

—La mayor parte de mi vida la he pasado en los bosques y siempre me gustó hacer figuras de madera, pero hacía mucho que no me daba el tiempo de hacer una.

—¡Es preciosa!

Kai volvió a sonreír y Bianca sintió de nuevo ese agujero en el estómago. Él terminó de hacer un pequeño hoyo en el centro de la flor y buscó en su mochila a tientas hasta que encontró un cordón, lo pasó por el centro de la flor y dejó dos extremos del mismo tamaño. Lo guardó en la bolsa de su pantalón y bajó de un salto de la roca con la mochila al hombro. Bianca hizo mala cara, pues acababa de subir.

—Ven.

Cuando estuvo con él, Kai volvió a tomarla de la mano y la acercó al árbol de nuevo.

—Hace muchos siglos existieron unos sacerdotes, cuya orden se caracterizaba por realizar prácticas paganas, sacrificios humanos y extraños cultos, pero eran inteligentes; tenían conocimientos sobre todo: se dedicaban a la filosofía por horas, estudiaban los astros y la naturaleza.

—Se ve que es un tema que te apasiona —dijo y él asintió. Se acercó al tronco para pasar las yemas de sus dedos sobre él, con detenimiento, casi como si quisiera dejarlos allí por siempre.

—Los druidas le dieron un significado más grande a este árbol. Decían que cada roble tenía una tejedora, un maravilloso ser que se encarga de entretejer las ramas, de manera tal que no haya ninguna herida, para que ningún haz de luz atraviese. ¿Lo ves? —preguntó y señaló al suelo. Bianca asintió con una sonrisa, conmovida por la emoción en los ojos oscuros.

—Lo veo. Es increíble —dijo mientras la sonrisa de él se ensanchaba.

—Ella te va a proteger.

Bianca no supo a lo que se refirió. Él volvió a tomarla de ambas manos y la acercó al tronco hasta que casi estuvieron pegados contra él.

—Debes rodearlo con tus brazos y pedirle a la tejedora que te proteja.

Kai se apoyó de costado contra el tronco, con su brazo derecho lo rodeó y con el brazo izquierdo abrazó la cintura de Bianca y la acercó a él. Ella rodeó el tronco con su brazo izquierdo y apoyó su mano derecha sobre el hombro de Kai.

—Debes decir las palabras correctas —susurró cerca de su rostro y ella sonrió.

—¿Cuáles son?

Kai conocía la historia desde que era pequeño y cientos de veces había querido hacer una petición a la tejedora. La imaginaba con una sedosa y larga melena oscura y una piel radiante. Ese día había encontrado el roble perfecto y, ese día, no iba a pedir nada para él.

—*"Rwy'n dod â'r felltith ac yma i mi adael"*.

Bianca entrecerró los párpados al escuchar las palabras; él las repitió para ella de una a una para guiarla, y juntos pronunciaron la frase, lentamente.

—¿Qué significa?

—Significa: "Vengo con el maleficio y aquí lo dejo".

Bianca lo contempló con ternura, sonrió agradecida y apretó la mano que había colocado en el hombro de él. Kai trasladó la mano de la cintura de ella hacia su rostro y acarició su mejilla. Bianca cerró sus ojos, atesoró esos segundos; sintió el calor de su palma y la vibrante energía que le compartía.

Cuando alejó su mano, la metió a la bolsa de su pantalón y sacó la pequeña flor de madera que había tallado. Sujetó la muñeca de Bianca y amarró los dos extremos para afianzarla.

—Lamento haber perdido la pulsera que ese sujeto te regaló. Olvidé buscarla luego de que te desmayaste. Espero que esta pueda compensarlo. La madera de esta tejedora te protegerá a donde vayas; además llevarás algo que hice para ti, estés dónde estés.

Bianca tragó con dificultad al estudiar la pequeña flor, tallada tan delicadamente y un escalofrío la recorrió. Tocó los bordes recién tallados con las yemas de sus dedos y sintió un nudo en la garganta. Levantó de nuevo la vista y él se acercó a ella un poco más mientras pasaba su mano por unos mechones que descansaban sobre su hombro.

—¿Puedes perdonarme? —pidió a milímetros de su rostro.

—¿Por la pulsera? —preguntó casi tocando con la punta de su nariz la de él.

—Por todo. Por mi comportamiento de antes, por haber sido mal educado —agregó—. Por apartarte, por haberte lastimado cuando te besé, por tocarte demasiado.

—Me gusta que me toques —admitió y movió la mano de él, que continuaba en su hombro, a su mejilla de nuevo. Kai sonrió y se sintió culpable por disfrutar tanto. Olvidándose de todo, apoyó su frente sobre la de ella y rodeó con sus brazos la cintura de Bianca que, sorprendida, liberó una bocanada de aire, mas en seguida sonrió y pasó sus brazos por detrás del cuello de él.

Kai escondió su rostro en el hueco que se formaba entre el cuello y el hombro de ella y sintió en sus párpados y en sus mejillas el calor que desprendía su piel. No recordaba haber estado tan cerca de alguien de ese modo. Quería guardar en su mente, con todos sus sentidos, la sensación de estar así. Estuvieron unos minutos abrazados, pero para él fue como un instante. Sintió el latido del corazón de ella contra su pecho y se mordió el labio inferior para forzarse a volver a la realidad. Lentamente se separó y Bianca no se opuso; sin embargo, cuando ambos estaban a distancia, ella se puso de puntillas, apoyó las manos en sus hombros y rozó con sus labios su mejilla. Él cerró los ojos y apretó las manos en puño para apaciguar las ganas de volver a abrazarla.

—Gracias. Me encantó —aceptó Bianca, con sus azulados ojos llenos de agradecimiento. Kai sintió un calor en sus mejillas que no se presentaba con frecuencia e intentó pensar en otra cosa para despejarse.

—Me alegra que te haya gustado. —Kai se agachó por su mochila, la puso en su hombro y levantó la mano hacia ella; Bianca sonrió y la aceptó. Antes de que pudieran emprender de nuevo el camino, él se detuvo y se acercó al árbol de nuevo. Lo observó con atención de arriba abajo y sonrió—. Gracias por la sombra —susurró. Bianca miró la flor en su pulsera y agradeció internamente por la buena sombra.

Continuaron el camino tomados de la mano. En cuestión de segundos, el cielo se ennegreció sobre ellos y Kai se detuvo con un mal presentimiento. Estaba acostumbrado a estar en campo abierto y sabía que esa no era una buena señal… se aproximaba un torrencial.

—Debemos apresurarnos —apremió mientras sujetaba su mano con más fuerza.

Casi corrieron el último tramo, antes de que los primeros truenos se escucharan tan cerca, tan cerca que Bianca dio un brinco involuntario y se resbaló. Kai la sujetó firme de la mano y ella recobró el equilibrio. Continuaron deprisa por unos diez minutos hasta que escucharon el ruido de agua caer. Ambos se miraron extrañados, Bianca alzó la mano al cielo con la palma abierta.

—Pero no llueve —observó desconcertada y Kai tronó los dedos y movió varias veces su dedo índice.

—Debe haber una cascada cerca. Debemos apresurarnos, si comienza a llover perderemos la ubicación de la cascada. La lluvia no nos dejará escuchar.

Después de andar entre caminos llenos de piedras de diferentes tamaños y árboles frondosos, llegaron a la cascada. Era pequeña, de unos ocho metros de altura, calculó Bianca, mientras la apreciaba desde la orilla. El agua que caía a borbotones creaba espuma y burbujas ante su choque constante con la superficie de la pequeña poza, que tendría unos veinte metros de diámetro y no parecía ser tan profunda. La brisa que producía el agua de la cascada llegaba hasta donde ella estaba parada. Bianca cerró los ojos y levantó la cara para respirar ampliamente el delicado rocío.

Kai dejó la mochila sobre una roca cubierta de musgo, miró a la de ojos azules y recordó una situación similar.

—Así fue aquella vez —murmuró para sí mismo y ella abrió los ojos.

—¿Cómo dices?

—Hablo de la primera vez que salimos juntos, ¿recuerdas?

—Cuando la lluvia —recordó con nostalgia—. ¿Qué tiene de especial?

—Hiciste lo mismo que ahora.

Bianca frunció el ceño y rememoró lo que había sentido aquel día. Miró hacia la cascada de nuevo y sonrió.

—Llevaba días sin sentir nada —explicó—. Cuando la lluvia comenzó a caer, las gotas que chocaban contra mi rostro me hicieron sentir viva…, como que todavía podía percatarme del escozor y el frío de los pequeños y constantes golpes.

Bianca se encogió de hombros como dando por terminada la explicación y él sonrió. Ella brillaba literalmente, parada sobre una roca frente a la cascada, llena de pequeñas gotas de rocío por todos lados… Brillaba.

Otro trueno. La lluvia comenzó a caer con tanta rapidez y fuerza que los tomó por sorpresa y ambos se encogieron en sus lugares. Kai la sujetó de la mano y caminó con ella por la orilla de la poza, rodeándola hasta que llegaron a la cascada.

—Pasa primero. El camino es muy estrecho para que pasemos los dos. Pégate bien a la roca.

Bianca subió por las rocas que él señalaba hasta encontrar el camino estrecho que llevaba hacia la parte de atrás de la cascada: una profunda y oscura gruta. Se sacudió el vestido y esperó a que él llegara. Kai no tardó en aparecer y también se sacudió la ropa.

—En momentos como este, creo que prefiero mi otro vestido —comentó al temblar de frío y con los dientes castañeándole frenéticamente. El agua de la lluvia estaba helada, pero la cueva era mucho más fría. Kai sacó una de las mantas de la mochila y la rodeó con esta; después comenzó a frotarle, con ahínco, los brazos con la manta para darle calor. La abrazó y la sostuvo contra su pecho.

—¿Está mejor?

—Un poco —confesó y escondió su cabeza en el pecho de él.

—¿Quieres que te dé tu vestido?

Bianca lo pensó con detenimiento. Sabía que con el vestido, el frío desaparecería, pero prefería el calor que el abrazo le brindaba.

—Aún no —susurró y Kai produjo una pequeña risa que le dio a entender que él sabía lo que había pasado por su mente. La abrazó más fuerte y apoyó su mentón en la cabeza de Bianca.

—En tiempos como este la distracción es la mejor opción.

—¿La distracción?

—Sí —contestó él sonriendo—. ¿Cuál es tu color favorito? —preguntó mientras la abrazaba.

—Adivina.

—¿El verde? —ella denegó con una sonrisa—, ¿el morado?

—No.

—Supongo que el azul tampoco.

—Supones bien. —Luego, con voz suave, declaró—: El rosa.

—¿El rosa? Eres extraña en todo, menos en tu color favorito. La mayoría de las chicas aman ese color.

Bianca comenzó a reír y se acomodó unos mechones mojados por detrás del hombro.

—Mi madre suele indicarle el color a la torre en la que vive.

—¿No es tan horrible como lo es por fuera?

—No. Por dentro es como un pequeño castillo rosado —sonrió por el simple hecho de recordarlo—. Pero cambia de color de vez en cuando. Si se siente triste, enojada, preocupada o aburrida, la torre cambia de color por dentro. Siempre me ha gustado el color rosa, pues me da tranquilidad; con ese color sé que ella está bien, que se siente alegre y despreocupada de la vida.

—Comprendo —dijo, mientras volvía a frotarle la espalda con sus manos. El sonido del agua de la cascada le hacía adormecer, pero se obligó a continuar alerta y despierto para calentarla.

—¿Cuál es el tuyo?

Kai esperó unos segundos, se separó de ella un poco y agachó la cabeza con una sonrisa.

—Pensé que ya lo sabías.

Bianca se sintió avergonzada y el rubor se extendió sobre sus mejillas, que hasta hacía solo unos segundos estaban pálidas. Respondió cambiando de tema:

—Yo… Ya se me ha quitado el frío. Creo que podré cambiarme de ropa sin problema.

Kai la liberó y concordó con un movimiento de cabeza.

—Iré a llenar las cantimploras.

Bianca se cambió rápidamente de vestido y tembló hasta los huesos, por lo que en cuanto volvió a sentir la tela contra su cuerpo, se sintió aliviada, pues de inmediato el frío desapareció. Se sentó lo más alejada que pudo de la caída de agua y se peinó con los dedos los mechones húmedos que se le habían enredado.

—Estará imposible hacer una fogata. Toda la madera está mojada —anunció Kai al entrar de nuevo por el mismo camino que habían recorrido antes. Bianca se percató de que él seguía mojado.

—Al menos deberías quitarte la camisa y los zapatos para dejarlos secar.

Kai no se mostró muy entusiasmado con la idea pero, consciente de que no había mucha alternativa, sacó una de las cobijas secas de la mochila. Sin esperar a que se volviera, se quitó la camisa estando de espaldas y ella lo miró sorprendida. No alcanzaba a ver mucho más que su figura bien torneada pues no había suficiente luz. Kai se rodeó el torso con la cobija, la pasó por encima de sus hombros y se sentó a su lado.

—Yo ya habría muerto de frío si fuera tú —dijo sonriendo.

—No soy friolento. Tantos años de estar a la intemperie me han curtido bastante bien.

Bianca subió los pies, que aún estaban cubiertos por las botas, arriba de la roca en la que estaba sentada y Kai la miró hacerlo con atención.

—Tienes pies pequeños —comentó. Sonrió y pasó su dedo índice por la bota de su pie derecho.

—Me han servido bastante bien hasta ahora —respondió afablemente.

—No lo digo como si fuera algo malo; de hecho son muy lindos.

—Gracias.

Bianca observó la flor de madera que colgaba de su muñeca con la poca luz que entraba desde los lados de la cascada.

—¿Puedo preguntarte algo? —cuestionó, absorta todavía en la flor. Kai la miró de reojo y tosió por la bocanada de aire frío que había inspirado.

—Sí.

—Una vez escuché que, de ustedes tres, es decir de ti y tus hermanos, tú eres el que tiene una conciencia más fuerte.

Kai se rascó la punta de la nariz con el nudillo de su dedo índice y modificó su postura para poder mirarla desde un mejor ángulo.

—Supongo que eso es lo que ellos piensan.

—¿No crees lo mismo?

Kai quiso decirle que hasta hacía unos días, él lo podría haber afirmado, pero ya no estaba tan seguro.

—Al final del día soy como la mayoría. Recuerdo que mi madre solía hacerme todo tipo de preguntas que pusieran en juego mi moral. Ella platicaba conmigo por las noches cuando mis hermanos dormían.

—¿Qué tipo de preguntas?

—Recuerdo una en especial. Yo tenía que elegir el menor de los males. Debía decidir si, en una situación de peligro, salvaba a una sola persona o a cuatro.

Bianca arrugó la frente, inquieta ante esa idea, pensando en cómo se habría sentido él, tan pequeño, teniendo que decidir qué vida valía la pena salvar.

—Claramente, quiero decir, el menor de los males es dejar morir a una persona para poder salvar a cuatro —le explicó con una sutil sonrisa.

—Si no hay forma de salvarlas a todas, supongo que sí.

—¿Eso harías también? ¿Sacrificarías a una persona para salvar a las otras cuatro?

—Creo que sí.

—Pero, ¿qué tal que esa persona es alguien a quien amas?

Bianca abrió los ojos sorprendida por el rumbo que había tomado la conversación y no supo qué contestar.

—Cuando mi madre me hizo esa pregunta yo había estado tan seguro de la respuesta que me ruboricé de la vergüenza. Dentro de mí sabía que no podría dudarlo; me olvidaría del mayor de los males y salvaría a la persona amada.

—Es una pregunta cruel para un niño.

Kai negó con la cabeza, entrecruzó los dedos de sus manos y apoyó los codos en las rodillas con la mirada atenta en la cascada.

—Mi madre me dijo que no debía sentirme mal por mi elección. Es humano proteger a lo conocido; muchas veces no puedes mandar en tu cabeza ni en tus sentimientos y actúas no por maldad, sino por lo que crees que será menos dañino para ti y que te asegurará la sobrevivencia. Muchas veces piensas y tratas de actuar de la mejor manera posible, y en el momento decisivo te das cuenta de que simplemente no puedes hacerlo.

—¿Tu madre hablaba con tus hermanos de estas cosas, también?

—No. Madre sabía que cada uno tenía sus propias fortalezas. Al parecer una de las mías era mi nobleza y decidió entrenarla.

Bianca sonrió y observó en silencio cómo la noche inundaba el interior de la cueva. El sueño comenzó a apoderarse de ella y, sin pedir permiso, se recostó de lado y dejó descansar su cabeza en las piernas de él. Kai levantó los brazos sorprendido por el movimiento que lo tomó desprevenido, pero no hizo ningún comentario ni le pidió que se moviera. Así que apoyó la espalda contra la piedra y cerró los ojos.

Estaba quedándose dormido, cansado ya de tanto andar, cuando escuchó su suave voz:

—Creo que sería aún peor tener que escoger a quién salvar de entre varias personas a las que amas. Debe ser como el mismo infierno.

Kai sintió su corazón latir desbocado, pero no contestó. Ella había ilustrado la situación en la que él se encontraba. Bianca se volvió y pensó que él ya se había quedado dormido, por lo que tocó con gentileza la mano que descansaba en su hombro, la acarició con las yemas de los dedos y se perdió en la contemplación de la cascada.

—Cuando llegue el momento no tendrás que hacerlo —escuchó que susurró ella con determinación.

Contra la corriente

Al día siguiente, Bianca y Kai cruzaron tan pocas palabras como hay dedos en las manos. Kai estaba enterado de sus propias razones para no hablar. Estaba deprimido, pues sabía que cada paso que daba, lo acercaba cada vez más a la cabaña de la frontera. Se sentía tenso y desganado; pero no sabía por qué ella parecía estar absorta en sus pensamientos; tampoco entendía lo que ella había dicho la noche anterior. Kai había llegado a pensar que simplemente había sido algo dicho sin pensar o por empatía, pero el eco de sus palabras lo había perseguido desde que había amanecido.

Bianca caminaba a su lado, mucho más rápido de lo normal. Él no. Su paso acompasado la hacía detenerse continuamente.

—¿Por qué caminas tan lento?

—No camino lento—aseguró y pateó una roca que había encontrado en el camino—. Lo que sucede es que tú estás caminando muy rápido.

—No es verdad. —Aminoró el paso, pero después de diez minutos, volvió a acelerarlo. Kai la alcanzó y sujetó su mano para detenerla.

—Lo estás haciendo de nuevo. Mira, por allá hay un manzano y junto a él podemos detenernos a comer algo —señaló con el dedo índice.

Bianca negó con la cabeza.

—Es mejor que continuemos.

Kai apretó las manos en puño y no dijo nada. Tenía miedo. Tenía miedo de llegar cerca de la frontera, de encontrar la cabaña y de esperar tranquilamente a que los soldados se la llevaran.

—¿Tienes prisa? —preguntó con tono sarcástico.

—Pues a decir verdad, sí. He caminado por semanas, días y noches; estoy fastidiada y quisiera llegar a un lugar en el que pueda descansar y olvidarme de todo. Solo quiero que acabe.

Bianca sabía que al atravesar la frontera, habría otra jurisdicción, los militares no podrían buscarla del otro lado. Pero pensó que de nada iba a servir ya que la cabaña a la que iban a llegar, estaba a una o dos horas a pie antes de llegar a la frontera.

Continuaron el camino sin hablar, y antes del atardecer llegaron a un campo. A lo lejos se divisaba un pequeño pueblo.

Kai lo reconoció y recordó que los habitantes de ese lugar se dedicaban a transportar mercancía de un reino a otro.

—La cabaña está al Oeste del pueblo. Por allá —anunció él y señaló una depresión, en donde se divisaban algunas copas de árboles.

Pasaron más de cuarenta minutos hasta que llegaron a la depresión y encontraron la cabaña. Kai se dijo que esa era. Él había estado allí anteriormente en sus correrías por todo el reino. Recordaba haber dormido solo unas pocas noches allí.

Kai la ayudó a bajar por una senda inclinada y ella le sonrió agradecida.

Cuando estuvieron frente a la cabaña, Bianca suspiró con pesar y él no tuvo idea de si era porque estaba muy cansada o porque tal vez, como él, ella no había querido llegar tan pronto. La cabaña era pequeña, no tenía habitaciones, y solo tenía una cama al fondo, algunas cubetas llenas de telarañas, trozos de leña que eran demasiado pequeños para servir como combustible de la chimenea, una mesa cuadrada y demasiado baja y tres bancos, dos debajo de la mesa y uno cerca de la chimenea.

—La frontera está a una hora a pie —dijo sin pensarlo—. Corriendo… a cuarenta minutos.

Bianca frunció el ceño, desconcertada por su aclaración.

—Gracias por decírmelo, pero no pienso correr por el día de hoy. Mañana me levantaré temprano y continuaré con mi camino.

Kai apoyó las manos en las caderas.

—Iré a conseguir algo de comer. Puedes ordenar un poco si deseas.

—De acuerdo.

Bianca comenzó a toser intensamente al arreglar las cosas. Todo estaba lleno de polvo, así que usó un pedazo de tela que encontró en la mochila de Kai para taparse la nariz. Abrió las ventanas, tiró los leños inservibles, quitó todas las telarañas enrollándolas con un palo de madera que encontró en el pequeño pórtico, y la cabaña quedó un poco más habitable. Cuando Kai regresó con varias manzanas, sonrió al ver la cabaña tan iluminada.

—Necesito ayuda con el colchón —dijo la joven, y señaló el objeto.

Entre los dos sacaron el colchón afuera de la cabaña y lo golpearon continuamente hasta que estuvo decentemente sacudido.

—Es una buena actividad catártica —confesó con una sonrisa mientras ella le daba las últimas palmadas.

—Sí, lo es.

Bianca sintió el sol sobre su rostro, miró hacia el cielo y se tapó con la palma de la mano parcialmente su área de visión. Le sorprendía el clima… había estado muy cambiante. Regresó a la cabaña y volvió a cambiarse de vestido mientras él se encargaba de cortar unos leños.

Cuando estuvieron listos, ambos se sentaron en los escalones del pequeño pórtico a comer.

—Están deliciosas.

—¿Qué tan buena eres cocinando? —quiso saber.

Bianca se tragó el bocado y con el dorso de la mano se limpió la comisura de los labios.

—Soy buena.

—¿Solías hacerlo antes? —preguntó, mientras arrojaba una de las semillas de la manzana lejos de allí.

—Cuando vivía en la torre lo hacía casi todo el tiempo.

—¿Tu madre no cocinaba?

Bianca negó y mordió otro trozo de manzana, sonriendo cuando un pedazo se le resbaló desde los labios al suelo.

—Rayos —susurró—. Ella casi nunca cocinaba. Odiaba la cocina porque ahí estaba Ceres.

—¿Quién?

—Su ex novio.

Kai terminó con sus manzanas y se enjuagó la boca y las manos con el agua de la cantimplora. Esperó a que ella terminara de comer y le pasó el agua.

—No quisiera ser entrometido, pero… ¿qué hacía el ex novio de tu madre en su casa?

Bianca se enjuagó también. Antes de contestar, vislumbró unas pequeñas matas con bayas rojas. Las señaló y él le dijo que sí con la cabeza; ambos se encaminaron hacia allí y cuando llegaron se sentaron en el suelo y tomaron las frutillas con cuidado.

—Él estaba hechizado.

—¿Es recurrente en tu familia?

Bianca rio y se introdujo una frutilla en la boca. El sabor ácido y dulce al mismo tiempo la reconfortó.

—Parece que lo es.

Kai estiró una pierna y dobló la otra para después apoyar su muñeca en la rodilla. Se comió tres frutillas de un bocado, cortó una hoja de menta que había cerca y la olisqueó.

—María Antonieta… ¿recuerdas que te conté de él?

—Sí —luego, al darse cuenta de que esa oración tenía poco sentido, volvió el rostro hacia ella—: ¿Él?

—Mi madre es sumamente excéntrica. Ella lo nombró así.

—¿A tu amigo?

—Bueno… lo que sucede es que fue amigo de ella primero. Se conocieron cuando eran más jóvenes, él no tenía poderes y resultó estar gravemente enfermo. Mi madre transportó su alma a una escoba cuando él murió.

—¿María Antonieta era una escoba?

Bianca sonrió. Se puso feliz de poder contarle más cosas sobre ella y sobre su vida en la torre. Recordarlo le hacía sentirse mucho más fortalecida.

—Sí.

—Y el ex novio de tu madre… ¿qué era?, ¿un sillón? —preguntó divertido, mientras jugaba con la hoja de menta y mordía la punta. Bianca negó y comió otra frutilla.

—Lo convirtió en fuego. Lo dejó como utensilio de invierno.

—¿Él también iba a morir?

—No. Eso fue por venganza.

Kai alzó las cejas sorprendido.

—Recuerdo que me contaste algo con respecto a eso…

—Él la engañó.

Kai volvió a hacer el mismo gesto y arrojó a un lado la hoja de menta, la encaró y apoyó la palma de su mano izquierda en el suelo.

—Con su hermana.

—Uy —susurró él con cara de pesar—. Eso debió ser en verdad terrible. Desgraciadamente en esta vida hay demasiadas cosas que uno no puede controlar.

—¿Cómo qué?

—Justo como eso —puntualizó él y apuntó hacia ningún lado en específico—. Enamorarte de la persona equivocada.

Bianca negó con la cabeza y puso mala cara.

—Él no estaba enamorado de la hermana de mi madre.

—Ah, ¿no?

—No.

—Entonces era un cabrón.

Bianca parpadeó varias veces sorprendida por la palabra que había usado él para referirse a Ceres. Imaginó al hombre en la chimenea de su torre y volvió a negar con la cabeza.

—No creo que haya sido eso tampoco.

—¿Por qué si no iba a engañar a tu madre con su hermana?

—Pues… —y se acercó unos centímetros más, mientras bajaba la voz, como si tuviera miedo de que alguien más pudiese escuchar—. Parece ser que la presión social pudo mucho con él. Era joven y su familia no aceptaba a mi madre; ella era la rara y al parecer nadie quería tener que emparentar con ella. Su hermana, en cambio, era el epítome de la perfección y él tuvo que aceptar el hecho de que sus padres jamás querrían a mi madre.

—¿Es decir que nunca sintió nada por la hermana de tu madre?

Bianca se encogió de hombros, pues no sabía a ciencia cierta la respuesta.

—No estoy del todo segura, pero creo que no. Yo creo… siento que él siempre amó a mi madre, solo que tomó malas decisiones en su vida.

Kai comprendió perfectamente ese tipo de dificultades. Ambos se pusieron de pie, Bianca se sacudió el vestido y caminaron de nuevo hacia la cabaña. La tarde llegó aún más pronto de lo que él hubiese deseado y se sintió desconsolado. Tuvo, de súbito, unas ganas terribles de echarse para atrás, de irse de allí. Se detuvo enfrente de la cabaña. Bianca ya había subido los dos escalones y al percatarse de que él no la acompañaba se volvió.

—¿Estás bien? —preguntó y lo evaluó con sus ojos azules.

—¿Qué piensas hacer?

Ella se sorprendió por la pregunta que había salido de la nada y bajó un escalón para quedar casi a su altura; aún estando un escalón arriba, él le sacaba un poco menos de media cabeza.

—¿A qué te refieres?

—¿Qué vas a hacer, luego de que hayas pasado la frontera? ¿Aún no puedes decirme por qué necesitabas llegar aquí con tanta premura?

Bianca se remojó los labios y bajó el rostro para estudiar la madera bajo sus pies.

—Pensaba quedarme allí por un tiempo, hasta que… —resolló con fuerza y él se agachó para mirarla desde abajo.

—¿Hasta qué?

—Ya no importa. No haré nada de eso —evadió y dio media vuelta para volver a subir la escalera.

—Bianca —dijo con lentitud y ella se detuvo. Su voz tenía un efecto poderoso sobre ella, y sabía exactamente el porqué. Nunca se había enamorado de nadie, jamás había sentido atracción ni física ni emocional por nadie y, a pesar de ello, sabía que existía algo diferente… algo que era más potente que cualquier otra cosa que ella hubiera experimentado antes. Sin volverse, habló:

—¿Alguna vez estuviste enamorado de alguien?

Kai dio un paso hacia atrás, como si hubiera pisado un terreno resbaloso. Finalmente ella se giró y volvió al primer escalón.

—No. ¿A qué viene eso? —preguntó y trasladó una mano a su nuca, incómodo y con el pulso acelerado. Bianca dejó salir un suspiro suave y se encogió de hombros.

—Por nada. Supongo que no puedes ayudarme en ese caso —y volvió a encaminarse hacia la puerta de la casa pero, antes de cruzar el umbral, escuchó los pasos veloces de él detrás de ella y su mano se cerró sobre su muñeca.

—Puedo intentarlo —dijo con voz trémula. Bianca lo enfrentó y sintió la brisa fría que sopló y atravesó su vestido verde—. ¿Qué es lo que quieres saber?

Ella se abrazó con el brazo libre y se frotó el brazo desnudo con la palma de la mano.

—Quiero saber cómo se siente.

Kai percibió un latido desconocido en sus sienes; se le secó la boca y no pudo pronunciar palabra. Su corazón bombeaba sangre con tanta rapidez que tuvo que carraspear con ímpetu para tratar de despejarse. La soltó y se metió las manos a los bolsillos de enfrente del pantalón.

—Es… complicado.

Bianca volvió a suspirar con pesar y su rostro reflejó decepción.

—Supongo.

—Pero puedo tratar de explicarte. —Kai se sintió atascado, pero ella lo miraba tan intrigada y deseosa de entender, que no pudo evitar decir lo que pensaba—. Pues… se siente… una opresión en el pecho a veces, como si no pudieras respirar; como si estuvieras vacío y lleno al mismo tiempo. Sientes la necesidad de estar con esa persona en la que piensas todo el tiempo aunque te regañas por no poder quitarla de tu mente. Siempre recuerdas su cabello, sus ojos, su sonrisa; el modo en el que parece ser totalmente extraña, y a la vez, sientes que la conoces de toda una vida. Es como una pesadilla. —Bianca abrió la boca sorprendida por la comparación, pero no dijo nada, pues él no la dejó—. Y a la vez un sueño del que preferirías no despertar nunca.

—Yo no…

—¿Pero sabes qué es lo peor? —Iba a contestar, pero él sonrió y continuó—: Que piensas que puedes luchar contra eso… En tu interior tienes la esperanza de que sea algo pasajero, porque sabes que de ser lo contrario, estarías metido en un enorme problema.

—Suena terrible —confesó y entrelazó sus manos.

—Pero no lo es… tendría que serlo… pero no lo es. Porque te sientes bien de estar con esa persona; completo. Se siente como si nada importara más que el hecho de estar juntos.

—Eso es muy gráfico. Pensé que habías dicho que no te habías enamorado nunca —comentó con un tono sedoso, y frunció el ceño. Él se acercó dos pasos a ella, sacó las manos de los bolsillos de su pantalón y, sin estar totalmente seguro de lo que hacía, entrelazó sus manos con las de Bianca.

—Nunca me enamoré de nadie. —Acercó su rostro al de ella, se inclinó en dirección a su oído y susurró—: Hasta ahora.

Bianca abrió sus ojos desmesuradamente cuando lo escuchó. Él se alejó una distancia mínima, la encaró de nuevo y se acercó con lentitud a su rostro, pero ella retrocedió involuntariamente contra la pared, aterrada. Kai llevó una de sus manos a su mejilla y la acarició con el pulgar con delicadeza.

—Te prometo… que esta vez no te dolerá.

Los ojos azules brillaron de tal manera que lo dejaron extasiado. Bajó el pulgar de nuevo, en un repaso lento sobre el rostro estático de la muchacha y se acercó a ella hasta quedar a la distancia perfecta para poder absorber su esencia. Posó su mano debajo del mentón femenino y lo alzó para poder acercar sus labios a los suyos, hasta que los tocó. La besó con cuidado, de manera poco exigente. Sus labios eran frescos y dulces, tal como él había pensado que serían… como lo había soñado. Profundizó el beso; sus brazos se deslizaron alrededor de su cuerpo acercándola plenamente contra sí. Era delgada y delicada, su cuerpo flexible y ligero. Él sintió como ella comenzó a moldearse contra él y se relajó. Suspiró contra su rostro y terminó el beso solo para alejarse unos milímetros y ver su reacción.

Abrió sus ojos para mirarla; estaba sonrojada y luminosa. Él se encontró hipnotizado por la fantasía tan azulada de sus ojos, que luchó para recordar cualquier cosa en la que hubiera pensado o hubiera considerado antes de eso. Su mente estaba borrosa y su respiración estaba agitada contra la suave mejilla femenina cuando repasó su mentón gentilmente con sus labios.

Bianca intentó sujetarse de algo y primero reparó en la pared detrás de ella y apoyó una mano abierta, pero no sirvió de nada, sentía que iba a caerse… a desmoronarse en el suelo, así que se aferró con las dos manos a los bordes de la chaqueta de Kai, jalándolo más hacia ella sin querer.

Al buscar de nuevo sus labios, él regresó y dejó una fila de besos húmedos y cálidos contra su piel hasta que se detuvo sobre ellos.

Esta vez no fue tan delicado. Su beso fue firme y urgente, su lengua se hundía entre sus labios, calentándolos. Los brazos de ella subieron temblorosos e inseguros y rodearon su cuello, sus dedos se deslizaron a tientas por su cabello con delicadeza. Kai se percató de que estaba mareado por el placer y la sensación de plenitud que lo inundó. Él no podía acercar su cuerpo lo suficientemente cerca; quería estar pegado contra ella por horas y horas. Se sintió casi como si un hilo enredara sus cuerpos y no pudiera alejarse, aunque tampoco lo quería. Una imagen llegó a su mente como un bólido y fue que se dio cuenta de que había algo importante que debía decirle. Se separó de ella y volvió a mirarla de lleno a los ojos azules.

—Ya no importa —dijo para sí mismo y ella, que aún estaba como en un trance, tardó en hablar.

—¿Qué es lo que no importa?

—No me importa lo que eres. No me importan los males que cargues, ni de dónde vienes, ni los secretos que escondes. Ni siquiera me importa si eres o no una bruja.

—Yo no…

—Estoy enamorado de ti. Desde que te vi en ese elevador… desde que me miraste con tus preciosos ojos… desde que sacaste la navaja. Ven —Bianca sonrió y quiso contestar, pero él la sujetó de la mano y entró con ella a la cabaña, la sentó sobre el colchón y ella se sostuvo con ambas manos del filo del mismo.

—Quiero mostrarte algo.

Ella no podía hablar todavía. Simplemente lo miró hacer. Kai se quitó la chamarra, la arrojó al suelo. Bianca lo estudió algo turbada. Él se quitó la camisa, despacio, y ella se quedó sorprendida por lo que vio. Los músculos bien torneados y su piel bronceada, quedaban opacados por el tatuaje que descansaba debajo de sus costillas izquierdas. Se levantó como en trance de la cama y levantó el brazo para tocarlo con la yema de sus dedos; lo dudó por un instante, pero Kai asintió para animarla.

—Es increíble —dijo al trazar con el índice y el dedo medio, los símbolos alrededor de un pez koi, cuyas aletas daban la impresión de flotar realmente sobre su piel. A Bianca le llamó la atención una delgada línea roja que estaba trazada desde una aleta del pez y que continuaba hasta llegar a la parte alta del pecho del lado izquierdo; detuvo su mano en el lugar en donde finalizaba la línea, sintió el corazón de Kai latir con fuerza contra la palma de su mano y sonrió. Él elevó su mano y la colocó sobre la suya—. ¿Qué significa esta línea? No parece llegar a ningún lado.

—Es el hilo rojo del destino… y llega a mi corazón.

—¿El hilo rojo?

—Mi madre lo hizo todo. Pero el hilo rojo lo agregó cuando tuve más edad. Ella dijo que sólo debía mostrárselo a la persona… —él guardó silencio, pues las palabras se habían atascado en su garganta. Bianca sintió una gran calidez, a pesar de que las ventanas estaban abiertas y la chimenea no estaba encendida—. Es por eso que nunca se lo había mostrado a nadie.

Bianca quitó la mano de su pecho y se acercó a él, acarició con sus labios el final de la línea roja y se detuvo allí mientras sentía el corazón de él latir con fuerza contra su piel. Era suave y cálida, pero por otro lado derramaba fortaleza por cada poro. Kai la acunó por las mejillas y la hizo levantar el rostro hacia él, tratando de grabarse sus rasgos en la mente. Ella se puso de puntas y volvió a depositar sus labios, confiada, sobre los suyos.

Tambaleándose hacia adelante con ella entre sus brazos, Kai la trasladó a la pared cercana, la pegó contra esta y extendió una mano para apoyarse contra el cristal de la ventana de la cabaña que estaba al lado de la cabeza de Bianca. La besó con apremio, en bruto, sin reservas, sin pensamientos, sin miedos, y se deleitó con la sensación de su cuerpo en contra del propio. Movió una mano hacia el cabello de ella, sujetó varios mechones y los encerró dentro de su mano, para después halarlos hacia abajo, con la intención de obligarla a echar la cabeza hacia atrás y poder besarla profundamente.

De repente, él se separó tan de súbito, que la hizo alarmar. Kai la analizó aturdido con la respiración entrecortada y negó con la cabeza.

—Tenemos que irnos. Debemos regresar —dijo, casi de manera ininteligible, y con una vehemencia que ella nunca le había escuchado. Como bólido recogió la camisa del suelo y se la volvió a poner. Bianca lo miró hacer, sin decir ni una palabra; sintió que las piernas le flaquearon y se dejó caer en el colchón que estaba a solo tres pasos de distancia, mientras él continuaba recogiendo las cosas y se colocaba la mochila al hombro—. Vámonos.

—¿De qué hablas? Acabamos de llegar —dijo y lo miró desde su nueva altura.

—Levántate.

—Kai… no entiendo. Estoy cansada —gimió en voz baja. Kai dejó caer de nuevo la mochila en el suelo y se arrodilló frente a ella.

—Lo sé… lo sé. —Él posó sus manos en las rodillas femeninas y miró hacia arriba—. Sé que estás cansada. No te lo pediría si no fuera necesario. Necesitamos irnos.

Bianca se opuso con un movimiento de cabeza.

—¿Por qué? Quiero dormir. Solo un rato… ¿podemos dormir solo por unos minutos?

Kai resopló y se irguió de nuevo. Dejó la mochila en el suelo y caminó hasta la puerta de la cabaña y de regreso, unas dos veces.

—Hay algo que te inquieta. Quiero saber de qué se trata.

Pero él no se sentía preparado para confesarlo tan pronto. No podía hacerlo ahora; ella había confiado en él y él la había traicionado. No podía decírselo; simplemente debía sacarla de allí, dejarla en un lugar seguro y regresar a arreglar las cosas.

—Escucha —dijo ella y jadeó con cansancio—. Dormiré solo unas pocas horas. Cuándo despierte nos iremos. ¿Está bien? —Él sopesó la idea y después de un rato dio su brazo a torcer.

—¿Lo prometes?

—Lo prometo.

Kai movió su mochila de lugar y se apoyó contra la pared al lado de la cama; ella lo miró, se envolvió con sus propios brazos y se frotó la piel por el frío.

—¿Podrías encender la chimenea? —preguntó antes de quitarse las botas y en seguida se tapó con una de las mantas que él había dejado a los pies de la cama desde hacía rato. Kai negó.

—No puedo encenderla —dijo en tono terminante. Ella lo miró de nuevo, sintiendo que cada vez él se alejaba poco a poco de la cama. Le tendió la mano pero él no la aceptó y cruzó los brazos sobre el pecho.

—¿No vas a dormir?

—No tengo sueño.

Bianca enarcó ambas cejas, asombrada por sus palabras, y en seguida volvió a alzar la vista.

—Bueno, pues tendrás que acostarte conmigo. Estoy helada.

—Pues cámbiate de vestido —dijo sin poder pelear la sonrisa que surcó por sus labios.

—No.

—¿Por qué no?

—Simplemente no. Tú puedes negarte a hacer muchas cosas sin darme explicaciones. Bueno, pues haré lo mismo.

Kai negó con la cabeza, todavía sonriendo y la apoyó contra la pared para dejar de mirarla.

—¿Puedes recostarte un instante conmigo? —Él no dijo nada, ni siquiera se dignó a mirarla—. Por favor —suplicó en voz baja—. Abrázame solo unos minutos. Solo serán unos minutos.

Él se descruzó de brazos y la miró de reojo.

—Bien. Solo hasta que entres en calor.

Ella sonrió y se movió a un extremo de la cama para dejarle espacio; él levantó la cobija, se resguardó debajo de esta y acercó su cuerpo al de ella. Bianca esperó a que él se colocara cómodamente y le pasó los brazos por el cuello.

—No pensé que dormir con alguien tuviese que ser así de apresurado —comentó sonriendo y con un tono sarcástico, pero Kai no pudo evadir el sonrojarse por sus palabras.

—No tiene que ser así de apresurado. Quiero decir, generalmente no lo es.

—¿Tienes mucha experiencia? —Él sonrió al escuchar un dejo de celos en su voz.

—Jamás he compartido la cama con nadie.

Sonriendo, Bianca se acercó a él y volvió a besarlo, solo tocó sus labios con los propios y los acarició con lentitud, pero percibió que al parecer, no podía dejar de hacerlo, pues en cuanto separaba sus labios, él la acercaba de nuevo y ella volvía a besarlo. Minutos más tarde, él tomó el control de la situación, dejó de jugar y la besó poco insistentemente al principio; se dio su tiempo antes de introducir la lengua entre sus labios hasta tocar la de ella. Bianca abrió los ojos sorprendida de no encontrar o saber el modo en el que debía hacer aquello, sin tener idea de si debía o no mover la suya contra la de él, o si era mejor quedarse inmóvil. Kai le acarició la espalda de manera hipnótica y trató de tranquilizarla, pues había notado como su corazón había comenzado a acelerarse. Bianca apretó las manos en puño, a ambos lados de su cuerpo, para impedirse tocarlo; después de un tiempo se percató de que las ganas que tenía de tocar su cuerpo eran mayores que su miedo a arruinar el momento. Él le masajeó la nuca con las yemas de sus dedos y ella suspiró entre sus labios, mientras el frío se alejaba cada vez más rápido. Kai succionó su labio inferior y a ella le gustó, así lo demostró, frotando su pecho contra el de él. Kai la alejó sin aviso. Se mostraba divertido por haberla hecho perder los estribos, pero también turbado, como si no confiara en su propia habilidad de control. Ella percibió el labio hinchado por los besos, carraspeó, y se llevó una mano al pecho que subía y bajaba con rapidez, reflejo de su acelerada respiración.

—Es tu oportunidad para dormir o voy a llevarte por la fuerza. —Ella hizo mala cara y luego intentó girarse para darle la espalda, pero él la detuvo, la abrazó y la pegó a su cuerpo—. Duerme.

Kai la miró absorto por un largo tiempo. Quería estudiar todos sus rasgos, quería pasar todo el tiempo que pudiera con ella. Acarició la melena oscura y enredó sus dedos en los mechones como lo había hecho en el granero hacía semanas. No podía negarlo… él también se sentía exhausto, pero no quería dormir… no debía. Después de minutos, recostado a su lado, sintiendo el calor de su cuerpo, comenzó a sentir los párpados pesados e involuntariamente, los cerró.

Bianca se levantó como había prometido, en la madrugada, posiblemente unas dos horas antes de que amaneciera. Kai se había quedado dormido a su lado y respiraba tranquilo junto a ella. El frío le calaba hasta los huesos, a pesar de estar acompañada. Lentamente se levantó, trató de no hacer ruido para no despertarlo y bajó del colchón. La puerta de la cabaña estaba cerrada y Bianca se apresuró a cerrar las ventanas que había abierto desde la tarde, para cortar la entrada de aire. Caminó hasta la puerta, la abrió y se asomó al pórtico; algo brilló a unos metros de distancia, como una estrella fugaz a mitad del campo. Había unos pedazos de leña junto al barandal del pórtico, los cogió y volvió adentro con ellos; los colocó uno encima del otro sobre el hueco de la chimenea y buscó en la mochila de Kai un encendedor.

—Aquí estás —susurró al encontrarlo. Prendió la leña, se quedó hincada y contempló cómo las llamas consumían la madera poco a poco. Después de eso fua a su bolsa, sacó su navaja con una sonrisa y la guardó en su bota.

Kai, todavía acostado, comenzó a sentir calor. Movió la mano entre sueños y se percató de que no había nadie con él. Abrió los ojos de sopetón y miró de un lado al otro. Bianca estaba frente a la chimenea, la cual estaba encendida. Kai sintió que el alma se le caía a los pies y se levantó de la cama como impulsado por un resorte.

—¡Te dije que no podíamos prender la chimenea! —la regañó en cuanto llegó a su lado y Bianca lo miró atenta, sin sentirse alarmada por su tono. Se puso de pie y lo agarró de las manos.

—Tranquilo. Lo tengo todo bajo control —explicó mientras se acercaba a él y lo miraba apaciguadoramente.

—No tienes idea de lo que acabas de hacer.

Bianca le acarició el dorso de la mano con el pulgar y se puso de puntitas. Rozó con sus labios los de él y en seguida le pasó los brazos alrededor del cuello.

—Es que sí lo sé.

Kai que hasta ese momento sentía que el corazón iba a salírsele del pecho, se quedó pasmado por sus palabras. La sujetó por los brazos y la separó de él, para mirarla con cuidado.

—¿Qué es exactamente lo que crees que sabes?

—Yo sé lo que va a suceder.

—No puedes saberlo —contestó con vehemencia.

—Pero lo sé. Los escuché hablando esa noche, Kai.

Él dio dos pasos hacia atrás, sorprendido en su totalidad por la declaración. Ella se acercó de nuevo y resguardó sus manos entre las de ella.

—No es posible —susurró y la miró con los ojos entrecerrados, como si quisiera intentar comprenderla.

—Iba a regresarle a Yun la brújula que me había prestado cuando me di cuenta de que discutían. No pude evitarlo; ciertamente, siempre me he considerado alguien que se mantiene al margen, pero esa noche sus voces sonaban fuera de sí. —Kai trató de digerir toda la información y negó con la cabeza una y otra vez—. Solo quiero que sepas que la acusación que hicieron contra mí es falsa.

—Eso no importa —susurró y la miró angustiado.

—Sí importa. No soy una bruja, y quiero que lo sepas. Nunca te engañé, ni a ninguno de ustedes. No podía decirles la verdad acerca del maleficio, pero no soy lo que dicen sobre mí.

—¿Por qué crees que eso me importa ahora? No entiendo. Si sabías lo que mis hermanos querían hacer contigo, ¿por qué viniste conmigo?

Bianca sonrió y dejó salir una serena risa de sus labios.

—Si hubieras tenido que vivir con una situación como la mía por años, realmente no tendrías que estarte preguntando esto. Desde que era pequeña, supe cómo estaba trazado mi destino. Tú has luchado por sobrevivir todos estos años, pero yo no puedo luchar contra lo que sé que me va a suceder. Yo no puedo luchar, como tú, para sobrevivir; el reloj va en mi contra. Cuando ese hombre me agredió en el bosque y sentí el más horrible dolor de mi vida, pensé… me juré a mí misma, que no iba a volver a sufrir eso de nuevo. Tal vez no lo entiendas, pero cuando los escuché hablando sobre mí, sobre lo que pensaban hacer, me di cuenta de que ustedes tenían más posibilidades de sobrevivir, de ser felices, de tener una buena vida; podían tener mucho más de las que yo podría tener. Quise hacer algo loable, algo noble. Por primera vez en mi vida me interesé en ayudar a alguien más. Pero también… también quería estar contigo todo lo que pudiera.

Kai sintió que le fallaban las piernas y se apoyó contra la pared detrás de él.

—Por la noche noté que comenzabas a sentirte inseguro. Me sentí en serio honrada de que pensaras en mí antes que en nadie más. Te lo agradezco. —Él negó con la cabeza. No supo de dónde sacó las fuerzas para volver a ella, la acunó por las mejillas con ambas manos y la miró con sus ojos anegados en lágrimas.

—Lo siento. Lo lamento tanto… no debí haberte traído aquí. No quiero que te hagan daño —confesó contra su rostro, y ella le sonrió con una tranquilidad abrumadora.

—Sé que no. Ahora lo sé y eso me hace muy feliz. Pero eso ya no importa, Kai.

—Podemos irnos.

—No podemos.

—¿Por qué?

—Porque ellos ya están cerca. Lo he notado cuando salí por la leña.

Kai gimió desesperado y se movió hacia las dos ventanas.

—Tienes que irte —dijo y señaló hacia la ventana de la izquierda.

—No me iré a ningún lado. No acabas de comprender… gracias a ti, no sufriré dolor. Me llevarán y cuándo hayan leído mi sentencia y la hayan llevado a cabo, volverás a recibir tus años. Y yo no tendré que vivir con miedo a que alguien me vuelva a tocar. Tus hermanos y tú serán libres, podrán vivir sus vidas, como siempre lo han deseado. —Kai la rodeó con sus brazos con fuerza y ella se quedó callada, con el rostro escondido en su pecho.

—Me dijiste que era especial —se lamentó él contra su oído.

—Lo eres. Eres muy especial para mí. Es por esa misma razón que ha sido tan fácil decidirme a hacer esto.

—No —contestó con un tono helado y se aferró a ella.

—Kai… —Bianca se quedó callada cuando escuchó unos pasos fuera de la cabaña. La respiración y el latido de su corazón se detuvieron y Kai la abrazó más fuerte, pegándola contra su cuerpo.

La puerta de la cabaña se abrió desde afuera sin aviso y de modo violento. Los soldados los rodearon de un segundo a otro y les apuntaron con las armas, pero él no se alejó.

—Tenemos orden de llevarnos a esta mujer. Por favor, hágase a un lado —anunció el que Kai supuso que era el de rango superior en el grupo. Kai rodeó con una mano la cabeza de Bianca y miró a su alrededor.

—¿Y si no lo hago?

Bianca se alarmó en cuanto escuchó el seguro de las armas desactivarse y separó la cabeza de su pecho para mirarlo.

—Si alguno de los dos se resiste los mataremos en el acto. Haga favor de alejarse.

—Kai… no hagas esto —suplicó angustiada y él apretó los dientes.

—¿Se supone que debo aceptar que mueras en mi beneficio sin hacer nada? —susurró contra su frente.

—Ya has hecho mucho. Me regalaste parte de tu vida —le contestó y dejó de abrazarlo lentamente. Kai se rehusaba a dejarla y eso la preocupó; así que puso sus manos en su pecho y lo empujó hacia atrás. Uno de los hombres bajó el arma, se acercó y la haló del brazo tan violentamente, que aún después de unos segundos, se percató de que el dolor no desaparecería. Otro se adelantó hacia él y lo golpeó con el arma en la boca del estómago, provocándole una arcada de dolor que lo forzó a hincarse en el suelo. Bianca profirió un grito, asustada por lo que le habían hecho.

Kai se quedó hincado en el mismo lugar, petrificado y sintió que algo ardía en su interior con tanta fuerza que debía concentrarse para alejar la idea de desmembrar a esos hombres.

—Le agradecemos su cooperación. —Él no contestó y observó cómo Bianca lo miraba por sobre el hombro, mientras cuatro hombres la escoltaban hacia la puerta.

—Hay algo que tengo que decirte —dijo él y alzó la voz. Ella sonrió mientras atravesaba el umbral de la puerta. Él aún no podía comprender de dónde sacaba ella todo ese valor y un sentimiento de ternura lo inundó.

—¿De qué se trata? —preguntó, sin permitir que las lágrimas salieran de sus ojos. Sin embargo, los soldados continuaron su camino sin detenerse y él la miró adentrarse en la oscuridad.

—Te lo diré en un minuto —susurró cuando una ráfaga de viento entró por las ventanas, y lo poco que quedaba del fuego en la chimenea se extinguió. Sabía que estaban allí, pero no tuvo ganas de voltear a verlos.

Una mano se posó en su hombro y sintió el fuego de la ira crecer dentro de su cuerpo, cada vez con más ahínco.

—Viejo… ¿qué fue todo eso? —cuestionó la voz de su hermano menor, casi en su oído.

Kai se removió para hacerle notar que le molestaba que lo hubiera tocado y Yun de inmediato se alejó. Miró a Ryu que estaba parado a su izquierda con los brazos cruzados y una expresión inescrutable. Yun no podía dejar de sentir una opresión en el pecho al notar que los pasos de los hombres se alejaban poco a poco con los de Bianca. Se sentía terrible, pero no lo suficiente para impedirlo. Había visto a Kai demostrar sus sentimientos muy pocas veces, incluso las podía contar con los dedos de sus manos. Pero ese día, cuando lo había visto a través de la ventana, sosteniendo a la muchacha con fuerza supo que algo no andaba bien.

Ryu, por su parte, parecía haberlo descubierto desde la noche anterior, ya que Kai no había hecho la señal que les permitiría saber que ya estaban en la cabaña y, posiblemente había pensado que, tal vez, se habían retrasado, o les había sucedido algo. Pero, de algún modo, una parte de él presentía que Kai se estaba echando para atrás.

—¿Tienes el documento? —escuchó que preguntó su hermano con voz gélida.

—El do…

—¡La maldita dispensa! ¿La tienes o no?

Yun enarcó las cejas, aturdido por el repentino comportamiento de su hermano. Ryu descruzó los brazos y asintió despacio para aclararle la duda.

—¡Bien! —Y sin esperar nada más, Kai se puso de pie y miró hacia la puerta abierta de la cabaña con gran determinación. Yun le cortó el paso de modo violento y lo detuvo por los hombros.

—¿Qué demonios pasa contigo?

—Hay algo que debo hacer —les dijo a los dos, y con el dorso de ambas manos movió los brazos de su hermano hacia los lados.

—¿Y qué es eso que planeas hacer, Kai? —preguntó Ryu en tono demandante. Kai no contestó, pero Ryu casi pudo leer su mente—. ¿Crees que podrás ir por ella? —Kai reconoció la lástima en la voz de su hermano y eso lo enfureció aún más.

—Voy a ir por ella. Ustedes se pueden largar, ya son libres al fin y yo tengo asuntos que debo resolver.

—¿Estás loco?, ¿piensas arriesgar tu vida por esa chica? —preguntó Yun con la voz casi entrecortada de la impresión—. Kai, piensa bien las cosas. No será como otras veces, no podrás solo contra todos esos hombres.

—No pienso perder el tiempo hablando con ustedes.

Se encaminó hacia la puerta, pero Ryu avanzó más rápido y se posicionó frente a él.

—Hazte a un lado.

—Si no vienes con nosotros, te llevaré a la fuerza. —Kai pudo sentir que la amenaza en la voz de su hermano era real y se enfureció aún más, pues sabía que no podía darse el lujo de perder el tiempo.

—Ella lo sabía. Lo supo todo el tiempo —le confesó con la voz más calmada que pudo utilizar—. Ella fue quien les mandó la señal.

—Un momento… —comenzó Yun desde atrás de él—. ¿Dices que ella sabía que la entregaríamos y aun así vino?

Kai confirmó con un movimiento de cabeza mientras se quitaba las muñequeras de las manos y en seguida las arrojó al suelo. Se tocó ambas cicatrices y dio las gracias a su madre por haberlas causado. Por fin tendría ocasión de usar con honor el regalo que ella le había confiado.

—Era cuestión de tiempo para que la encontraran; tal vez estaba consciente de eso.

—¿Por un crimen que no cometió? No es lo que ustedes piensan.

—O tal vez sí lo es… Mírate, es como si hubiera lanzado un embrujo sobre ti.

—Es la persona más noble que he conocido en toda mi vida. No te atrevas a hablar mal de ella.

—No voy a ser parte de esto —contestó su hermano mayor enfadado.

—No te lo estoy pidiendo. —Y, sin esperar ni un segundo más, lo empujó hacia un lado con tanta fuerza que Ryu terminó contra la pared y con el hombro adolorido. Cuando pudo enfocar bien, su hermano se había ido.

—Es un estúpido —susurró y se sobó el hombro que le palpitaba. Yun se acercó a él con rostro preocupado y después miró hacia la puerta abierta de la cabaña. Sonrió jovial y dijo:

—Es un estúpido admirable.

Nuevos horizontes

Bianca no quiso volver la mirada hacia atrás después de que bajó los escalones del pórtico de la cabaña. Tenía la impresión de que si lo hacía, se traicionaría a sí misma y trataría de escapar o de correr hacia él. Cerró los ojos con fuerza y caminó dócilmente por el laberinto de árboles que se cernía frente a ella en la oscuridad.

Los dos hombres que la llevaban por los brazos, le daban miradas mortificadas, a sus ojos en especial, casi como si esperaran que les lanzara un maleficio. Bianca suspiró lento e hizo una mueca de dolor en el momento en el que uno de ellos la apretó más de la cuenta al bajar por una senda de poca altura. Él, por obvias razones, no se disculpó.

Minutos después, vislumbró a lo lejos la línea del horizonte que comenzaba a iluminarse; la noche había durado muy poco para su gusto. No quiso preguntarse lo que Kai había expresado que tenía que decirle. Pensándolo bien, prefería no saberlo.

—No luces como ella —apuntó uno de los hombres a su lado y Bianca lo miró con los párpados entrecerrados, pues no tenía idea de lo que decía—. A la bruja de la torre —aclaró él.

No tenía ganas de hablar, así que no le contestó. Solo recordar a su madre le puso la piel de gallina. Imaginar lo que pensaría de ella por haberse sacrificado por unos mortales, como solía llamarlos; seguro estaría terriblemente enfadada y la tildaría de imprudente e ingenua, como siempre lo había hecho. Bianca tuvo que preguntarse si había alguna parte de su ser que se arrepentía por haber tomado una decisión así, pero supo que no. Estaba cansada de huir y estaba cansada de haberse escondido por tantos años en su torre. Estaba fastidiada de tener miedo de hacer amigos y de temerle al contacto de las personas. Estaba triste porque, en algún punto de su vida, había creído que su destino era permanecer encerrada para siempre. Ahora, estaba decidida a hacer que eso no sucediera.

El aire gélido de la madrugada entró directo por sus fosas nasales y le lastimó la garganta; tosió un poco al identificar la picazón y los hombres se detuvieron abruptamente, como si temieran que el sonido de su tos los fuera a destruir. Bianca pudo contarlos alrededor de ella, cuidándose todos los flancos entre ellos. Eran veintidós. Quiso reír tan solo de pensar que toda esa tropa había viajado, por tantos días y tan lejos, nada más para escoltar a una mujer que no tenía habilidades mágicas.

Continuaron y Bianca calculó que habían pasado más de cinco minutos de camino y de lo único que se arrepintió fue de no haberse cambiado el vestido. Cada vez que avanzaban más, hacía más frío y ella no podía ni siquiera abrazarse a sí misma para calmar sus repetidos temblores. De pronto, volvieron todos a detenerse, pero esta vez no fue por ella. Los hombres a su alrededor alzaron sus armas y apuntaron hacia adelante. Bianca movió la cabeza de un lado a otro para intentar ajustar su visión a lo que sucedía delante de ellos, pero solo logró ver a lo lejos un destello plateado que se elevaba en el aire y, con temor, supo perfectamente de quién se trataba. El corazón volvió a detenerse en su pecho cuando Kai se acercó a ellos poco a poco.

—¡Es ese tipo de nuevo! —gritó el que estaba más cerca de él al volverse hacia el jefe del grupo, quién de inmediato corrió hacia adelante para cerciorarse de la información. La voz de Kai se alzó hasta donde ella la pudo escuchar.

—¡¿Estás bien?!

—¿Pero qué demonios cree que hace? —se preguntó a sí misma, desesperada por cómo iban las cosas.

—¡Oye! —gritó el jefe y le apuntó también con el arma. Kai fingió prestar atención y dejó de buscar a Bianca entre los hombres, pues la había localizado cuando uno de los tipos que la sujetaba se había movido ligeramente para alcanzar a verlo. Debía tener el espacio bien estudiado antes de atacar, pues no quería lastimarla en el proceso—. ¡Hicimos un trato! —Kai no respondió y se acercó dos pasos; debía estar más cerca. Contó las armas que antes, en la cabaña, no se había ni tomado el tiempo de ver y una gota de sudor resbaló por su sien a través de la bandana; eran muchos, y él no sólo debía atacar, sino que tenía que esquivar también las balas de veintidós armas. Haberse parado allí, haberlos seguido y querer recuperarla, era totalmente una locura… pero no le importaba—. ¡Si te rehúsas a marcharte, daré la orden para disparar!

Kai volvió a jugar con la moneda entre su mano derecha como lo había hecho solo unos minutos antes. La lanzó y volvió a atraparla tres veces. Era cierto que eran muchos hombres, pero solo necesitaba derrotar a uno. Kai volvió a lanzar la moneda por última vez, pero no la atrapó y la dejó caer a la tierra. Bianca gritó al escuchar el sonido de los disparos en la oscuridad al ver que Kai se abalanzó veloz como un rayo hacia el grupo de hombres. Ella se tapó los oídos y agachó la cabeza para no ver. Kai corrió hacia enfrente y, como bólido, atravesó los escasos diez metros que lo separaban del grupo. Justo cuando escuchó el sonido de las balas que volaban hacia él, se elevó en el aire con un mortal hacia atrás y aterrizó frente al jefe del grupo, esquivando todas las balas. El hombre, al verlo frente a él, tan cerca, disparó de nuevo y Kai solo tuvo tiempo para desviar el arma centímetros hacia un lado, por lo que la bala se encarnó en su brazo. Al saberlo herido, el hombre comenzó a gritar, frenéticamente, por ayuda, pero Kai le quebró de un golpe la muñeca de la mano con la que sujetaba el arma. Asiéndolo, lo volteó y lo mantuvo frente a él a modo de escudo. La sangre le resbalaba por el brazo y caía al suelo humedeciéndolo. Kai supo, por el color y la consistencia de la sangre, que no era nada grave, pero, si no se apresuraba, comenzaría a debilitarse. Nadie se atrevió a disparar de nuevo, por miedo a herir al hombre que él sostenía contra su pecho. Kai sabía que era solo cuestión de tiempo para que uno de los francotiradores lo alcanzara.

Con fuerza, apretó al hombre por el cuello con el antebrazo, escondió su cabeza detrás de la de él y se aseguró de que todos sus puntos vitales estuvieran cubiertos. Bianca se percató de que uno de los hombres detrás de ella subía a una roca alta, se hincaba y alzaba el arma, tomándose su tiempo para apuntar. Supuso que el hombre era un francotirador. Trató de zafarse del amarre que mantenían los dos hombres a su lado, pero no consiguió nada.

—¡En la roca! —gritó con todas sus fuerzas. Kai la escuchó y ubicó al sujeto al que esperaba. Aún con el antebrazo en el cuello del que estaba frente a él, levantó el brazo malo para atraer la moneda que había quedado en el suelo. Estatardó un instante en llegar a él. En fracción de segundo Kai la atrapó con la mano y con un movimiento continuo volvió a elevarla y la mandó hacia el hombre que estaba hincado sobre la piedra. Todos siguieron el trayecto plateado con mirada desorbitada, hasta el francotirador, que permaneció unos segundos en la misma posición y luego se desplomó hacia abajo de la piedra, donde quedó inerte. Bianca sabía, sin embargo, que para cuando había llegado al suelo, ya estaba muerto, pues la moneda le había atravesado la cabeza. Kai movió su mano hacia atrás y la moneda volvió a su mano, cubierta de sangre.

—¡Qué demonios! —exclamó con voz ronca el hombre que Kai sostenía con fuerza contra su pecho. Kai cerró los ojos y aguantó la punzada que sintió en el brazo cuando lo movió para recibir la moneda.

—Dígales que bajen sus armas, o a todos los atravesaré como acabo de hacerlo con ese tipo.

—¡Disparen! —Kai sintió admiración por el hombre que tenía enfrente y se preparó para lo peor, pero nada sucedió. Ningún soldado disparó. Kai pensó que nadie podría querer dañar a su líder, pero no fue eso. Observó con cuidado a los hombres del grupo frente a él y reparó en que sus ojos reflejaban miedo. De reojo vislumbró, a su derecha, un halo de luz, y sonrió aliviado.

—Gracias por venir —dijo en voz suave, sin mirar hacia los lados.

—No nos diste muchas opciones. —El tono sarcástico de Yun lo hizo recobrar energías.

—Encárguense de las armas —ordenó a sus hermanos.

Ryu corrió como una gacela con su cadena tensada en el aire y cortó, por el flanco izquierdo, las armas de metal de todos los sujetos que se ubicaban en ese lado. Yun se quedó en la distancia y disparó la estrella de metal que voló por los aires y se deshizo de las armas de los hombres que estaban del lado derecho, rompiendo los gatillos e imposibilitándoles el disparo. Kai apretó con fuerza el cuello que tenía entre su pecho y su antebrazo hasta que escuchó el tronido de cuando lo desnucó. Lo soltó y el cuerpo cayó inerte al suelo. Corrió detrás de Ryu y comenzó a atizar golpes a diestra y siniestra, contra los hombres que iban quedando desarmados y trató de usar lo menos posible el brazo herido. Aun así, eran demasiados y todos estaban excelentemente bien entrenados para combate cuerpo a cuerpo. Kai tuvo que esforzarse en cada golpe que daba y pensar con rapidez los movimientos que podrían noquearlos lo más pronto posible. Cuando sentía que peleaba a la vez contra más de los que su cuerpo le permitía, alguno de sus hermanos lo auxiliaba. Ni Yun ni Ryu eran tan buenos como él en combate cuerpo a cuerpo, pero se defendían con buenas habilidades.

—¡Kai! —El grito que escuchó a lo lejos lo hizo perder la concentración y recibió un duro golpe en la quijada. En cuanto se repuso del noqueo, pateó al soldado por detrás en la cabeza y volvió la vista por todo el lugar para buscarla. Fue entonces que se percató de que los soldados que la habían sujetado todo el tiempo, la llevaban lejos de su campo visual. De reojo, notó que uno de los soldados que, aparentemente, no había quedado noqueado por completo, se levantó del suelo y corrió hacia él embistiéndolo con los brazos y la cabeza contra su estómago. Kai resopló y el aire salió de golpe por su boca cuando el hombre lo desplazó hasta un tronco y se golpeó en la espalda. Intentó deshacerse del amarre, pero estaba desesperado porque cada vez perdía más de vista a Bianca, así que utilizó la moneda. Se concentró, la levantó en el aire y la lanzó, guiándola con su mano derecha entre los árboles mientras hacía lo que podía para detener a su atacante con la izquierda.

Bianca se retorcía entre los brazos de los dos hombres que la arrastraban por el camino y, de la nada, uno de ellos cayó en la tierra y se golpeó con un pedazo de tronco en el suelo. Ella vio el resplandor de la moneda en el cuerpo del caído y su acompañante lo miró con ojos desorbitados. Kai, desde el lugar en el que peleaba contra el soldado, no podía mirar hacia dónde debía apuntar y Bianca sabía que estaba demasiado lejos; así que, aprovechó el anonadamiento del soldado, se liberó de su amarre y corrió de regreso a donde estaban los demás. No obstante, se detuvo en el instante en el que escuchó el seguro de un arma desactivarse y levantó los brazos reaccionando ante el sonido.

—¡No te muevas! —le gritó una voz desde atrás. Bianca estaba a mitad de camino; desde allí podía ver a todos peleando a pocos metros de ella. Giró lentamente la cabeza y vio al soldado que le apuntaba con una pistola de mano—. Vuélvete… despacio —ordenó al acercarse a ella poco a poco.

Bianca sabía que tenía que avanzar. Aunque sus piernas le decían lo contrario y todo su cuerpo se negaba a continuar; su mente la apremiaba a seguir corriendo.

Kai movió la cabeza para ubicar a Bianca y sus miradas se encontraron, lejanas, pero firmes. Y corrió. En cuanto dio el quinto paso, escuchó el disparo del arma, pero no se detuvo. Al tiempo en el que Kai vio la determinación de Bianca que comenzó a correr, se impulsó hacia el suelo y tanto él como el tipo que lo sujetaba, cayeron; él sobre el soldado, atrapándolo con su peso.

Lo golpeó con el codo derecho y llamó a la moneda con su mano izquierda lo más rápido que pudo. Al ver el destello dorado de la bala a menos de un metro de ella, gritó su nombre y se escuchó el sonido del metal chocando, cuando la moneda golpeó la bala que estaba a punto de entrar en el cuello de Bianca.

Kai golpeó en la sien con todas sus fuerzas al hombre que estaba debajo de él, se levantó y, tropezando, corrió hacia ella, brincó un enorme tronco y arrojó la moneda con la mano derecha hacia el hombre que volvía a apuntarle a Bianca. Se dio cuenta de que ella se había detenido de golpe, se hincó con una rodilla en el suelo, sacó su navaja y con mirada determinada apuntó hacia el árbol en el que había estado él solo segundos antes. La moneda, la bala y la navaja se cruzaron en el aire; la primera se incrustó en el pecho del hombre que le apuntaba a ella. Kai chocó con Bianca cuando ella se incorporó, la rodeó por la cintura y la haló hacia abajo para evitar que el segundo disparo le llegara. Antes de caer al suelo, de reojo, vislumbró la navaja, que voló rápidamente por el aire y se incrustó en la garganta del tipo que él había golpeado al lado del árbol y que tenía el arma en la mano con intención de dispararle. Ambos rodaron por el camino que estaba levemente inclinado y él sujetó la cabeza de Bianca para impedir cualquier daño.

Cuando dejaron de rodar, él quedó sobre ella, abrazó su cuerpo y levantó solamente el rostro para asegurarse de que la zona fuera segura y de que no hubiera nadie más apuntándoles. Cuando tuvo la certeza de que todo parecía estar bien, levantó la mano derecha y llamó a la moneda, que viajó por los aires hasta que chocó contra la palma de su mano.

—¡Kai! —Sus hermanos llegaron a su lado en un abrir y cerrar de ojos; él, contento de que hubiera terminado todo, dejó caer su cabeza al suelo, descansó sus párpados cerrándolos sobre sus ojos con lentitud y tranquilizó su respiración conscientemente. En su pecho, Bianca trataba de controlar las ganas de llorar; se había aferrado a su camisa y escondía su rostro entre su cuello y su clavícula.

—Ya pasó… todo está bien ahora —susurró él en su oído; ella comenzó a llorar sin poder retener el llanto por más tiempo. Las gruesas lágrimas comenzaron a caer desde sus ojos, rebotaron en la tierra y se convirtieron en cristales. Yun y Ryu miraron anonadados el suelo, que comenzó a cubrirse de un manto transparente con una rapidez increíble. El menor se inclinó, recogió con las yemas de sus dedos, cuidadosamente, una de las pequeñas esferas y se dejó caer en una roca, mientras la observaba con admiración.

—Supongo que sí eras una bruja después de todo —dijo al aire. Bianca dejó de llorar y se escondió más en el pecho de Kai, que le acarició la espalda con suavidad para tranquilizarla.

—Ella no es una bruja —contestó con fastidio.

—¿De qué se trata todo esto, Kai?

—Antes de pedirme que les explique todo, deberían ofrecerle una disculpa.

Bianca hizo amago de alejarse, pero Kai la retuvo contra su pecho. Yun y Ryu se miraron entre ellos y el mayor se puso en jarras.

—Supongo que si estás tan seguro de que todo esto fue un error y de que nos equivocamos al…

—Ryu. —Kai le dio una mirada de advertencia. Su hermano resopló.

—Lo lamentamos —respondió él sin mirarlo directo a los ojos.

Kai le permitió a Bianca levantarse despacio y la ayudó con el brazo que no le dolía. Cuando estuvo sentada a su lado, Kai se percató de que miraba hacia el suelo avergonzada, se volvió hacia ella, acercó su rostro al suyo, tocó su barbilla y la levantó con tiento.

—Mira hacia el frente, porque no tienes nada de lo que avergonzarte.

Bianca sintió que la inundaba una inmensa gratitud y le sonrió ampliamente. Kai se volvió hacia sus hermanos y les explicó todo sin tomarse el tiempo para detalles. Ella, por otro lado, contestaba atentamente y con paciencia las preguntas que los dos hermanos le hacían. Cuando quedó medio aclarada la situación, tanto Ryu como Yun estaban absortos en sus pensamientos y negaban con la cabeza, como si no pudieran aceptar lo que escuchaban.

—¿Hay una forma de eliminarlo? —preguntó Ryu con tono suspicaz al notar que él la tocaba. Kai y Bianca se miraron de súbito y el hermano mayor supo que algo andaba mal.

—No hay modo de eliminarlo. Solo puede contrarrestarse —contestó Kai y sujetó a Bianca de la mano. Ryu lo evaluó y negó lentamente con la cabeza, casi como si pudiese adivinar todo.

—No quiero creer que hayas hecho algo que pueda perjudicarte, pero te conozco lo suficiente como para saber que probablemente sí lo hiciste.

—¿De qué se trata? —cuestionó Yun, mientras los observaba con una sonrisa a medias.

—Alguien debe compartirme la mitad de su vida —respondió ella. Ryu silbó por lo bajo y alzó las cejas, sorprendido.

—¿Y ese alguien resultaste ser tú?... Demonios... ¿En qué te has metido?

—La decisión fue mía. Tengo la libertad para poder hacerlo.

—Entiendo. No se diga más. Si hay alguien en este mundo que sepa a la perfección, cómo, por qué y cuándo debe tomar las decisiones... ese eres tú. Bienvenida a la familia, pues.

—Es una familia pequeña —anunció Yun al pararse de la roca y acercarse a ellos.

—Y nada tranquila —puntualizó Ryu con la mirada en su hermano pequeño.

—Seguro habrá días en los que quieras dejarnos atrás —dijo Kai con una sonrisa a medias. No quería desbordarse de alivio ni de felicidad frente a sus hermanos.

—Pero estamos todos para apoyarnos. Aunque, como sabes, a veces no pensamos bien las cosas. ¿Puedo? —preguntó el mayor, alzando su mano cerca de ella y Bianca sonrió emocionada; hizo caso omiso a la mano que se estiraba frente a ella, se acercó unos pasos y le tiró los brazos alrededor del cuello.

—Sé que no querías venir a ayudarnos, pero lo hiciste, y te lo agradezco mucho —susurró contra su oído. Ryu que se había quedado de súbito impactado por su muestra de afecto, sonrió y le rodeó la cintura también.

Kai también le agradeció internamente. Su hermano jamás le había fallado y sabía que podía confiar en él, pero había veces, como aquella, que el no haberle fallado, era inmensamente importante. Bianca se separó de él y le sonrió a Yun.

—¿Puedes perdonarnos por haberte echado a los lobos? —preguntó y Bianca se acercó a él también.

—Sé por qué lo hicieron y lo entiendo a la perfección. En verdad no estoy enfadada con ustedes. —Yun abrió los brazos para abrazarla y Bianca se acercó, pero Kai la rodeó por la cintura desde atrás y la jaló hacia él, dejando a su hermano con los brazos estirados.

—Lo siento, confío menos en ti que en él —confesó Kai y señaló a su hermano mayor con la cabeza. Bianca lo miró por sobre el hombro y le sonrió.

—Eres egoísta, hermano.

—Soy precavido. Y, un hombre precavido…

—Vale por dos —terminó ella con una risa de labios cerrados.

Kai observó a su alrededor.

—¿Cuántos hombres muertos hay? —preguntó, casi como si le doliera conocer la respuesta. Ryu se encogió los hombros.

—Unos cinco o seis, a lo mucho. Los demás están inconscientes.

—Debemos hacer algo con ellos; si despiertan y recuerdan lo que ha sucedido, probablemente nuestra categoría de delito, subirá.

—Lo importante es que hemos conseguido la dispensa. Según sé, ningún otro regimiento estaba enterado del trato que hicimos con el sargento. Parece que hacer ese tipo de cosas es ilegal y él iba a usar su captura como una forma de elevarse en el sistema.

—No podemos asesinarlos a todos… sería una masacre.

—Estoy de acuerdo contigo, Kai, pero no tenemos otra opción.

Bianca recordó las técnicas que solía estudiar con su madre.

—Sí la hay. Conozco la manera.

—¿De qué se trata?

—Yo me encargaré.

Bianca caminó hasta llegar al grupo de hombres que se veían indefensos en el suelo; los estudió, verificó el área a su alrededor y dijo:

—Necesitaré que me ayuden a encontrar beleño o una mandrágora.

—¿Cómo piensas usarlas?

—Debo hacer una infusión, pero debe ser rápido. Antes de que despierten. Deben tener cuidado al manipular la mandrágora, si la encuentran. Tráiganla desde la raíz, pero no la toquen con su piel directamente.

Los tres hermanos se desplazaron por los alrededores en busca de las plantas, mientras Bianca permanecía en el mismo lugar y calentaba agua en una fogata que Ryu le había ayudado a hacer antes de irse. Después de veinte minutos, Yun regresó con una mandrágora y Bianca realizó la infusión sin esperar a los otros dos hermanos, que continuaban en la búsqueda.

—¿Para qué sirve?

—Hay diferentes tipos de plantas que tienen escopolamina —explicó, mientras revolvía la mezcla cuidadosamente.

—No encontré nada —dijo Kai cuando regresó, acompañado de su hermano mayor.

—Yun me la ha traído.

—¿Cómo funciona esto? —preguntó Ryu al alejarse del olor de la infusión.

—Tiene escomina —dijo Yun sonriendo.

—Escopolamina —corrigió ella y le regresó la sonrisa.

—¿Qué es eso? —preguntó Kai.

—Es un tipo de alcaloide que produce lagunas mentales. Debe usarse con mucha precaución ya que si no se manejan las dosis correctas, puede causar la muerte.

—¿Pérdida de la memoria? —indagó Ryu, admirado por la información y Bianca confirmó con un movimiento de cabeza.

—Listo. Mi madre me enseñó cómo hacerlo. Me dijo que si alguna vez necesitaba borrarle a alguien la memoria, debía usar esto. Es altamente efectivo.

Uno de los hombres gruñó e intentó levantarse con trabajos; Ryu se acercó a él, lo golpeó en el rostro y lo dejó en el piso de nuevo. Bianca terminó y vació la infusión en una de las cantimploras; en seguida fue con cada uno de los hombres uniformados y vertió unos mililitros dentro de sus bocas.

—Ya está. Debemos deshacernos de la infusión.

—Yun, llévatela lo más lejos que puedas y viértela sobre algunas rocas.

El rubio asintió y se fue para deshacerse del remanente de la infusión con cuidado. Ryu apagó la fogata y Kai se acercó a ella.

—¿Cuánto tiempo más estarán inconscientes?

—Toda la noche; probablemente despierten mañana a esta misma hora.

Cuando menos lo pensaron ya estaban cruzando la frontera los cuatro juntos. Aunque Kai, Yun y Ryu tenían una dispensa oficial, a Bianca todavía la buscaban y no podían quedarse en Birmandia; lo único que podían hacer era esperar en la ciudad principal del reino de Cratas y, de algún modo, tratar de conseguir una dispensa oficial para ella.

La ciudad era inmensa. Mucho más grande que cualquiera que ella hubiese podido imaginar.

—Es magnífica, ¿verdad? —preguntó Kai con una tierna sonrisa y Bianca concordó.

—Nosotros vivimos aquí muchos años. Cuando huimos de casa tuvimos que cruzar la frontera y esperar a que los años pasaran y nuestro físico cambiara, para poder regresar —explicó Yun y miró con una extraña añoranza en sus ojos, la ciudad que se erigía frente a él.

—Será tu hogar ahora —le murmuró Kai al oído.

—No importa en dónde estemos… mientras estemos juntos.

El corazón de Kai se detuvo y la apretó de la mano con fuerza. Bianca siempre recordaría la mirada llena de envidia sana que los dos hermanos le dirigieron a Kai y pidió en su corazón, esa felicidad que ella compartía con él, para ellos.

—¿Y por qué él? —quiso saber Yun mientras cruzaban el puente de entrada. Bianca se asomó hacia abajo, donde un río de color rosado, paseaba acelerado—. ¿Te hechizó su nobleza? —preguntó en tono burlón y Kai le dio una mirada de fastidio.

—No preguntes tonterías.

—A mí también me gustaría saberlo —dijo Ryu—. Es decir, somos tres, ¿por qué te decidiste por él, sabiendo que tiene un genio de los mil demonios?

Kai resopló cuando Bianca comenzó a reír y continuaron caminando sobre el puente, sin que ella diese respuesta.

—Vamos Bianca, confiesa —intentó Yun de nuevo y Kai no pudo evitar pensar que sus hermanos parecían unas chicas metiches.

—Tal vez le impactó su habilidad para pelear —intentó adivinar el mayor.

—O quizá su don nato para conversar.

—Es más simple que eso —contestó Bianca, entretenida por las bromas de ambos—. Me decidí por él porque es el más atractivo de los tres.

Yun se detuvo y puso una cara que decía que jamás había escuchado una blasfemia como esa. Kai se rio al ver que sus dos hermanos parecían conflictuados, pues especialmente Yun siempre había hecho halago de sus propios atractivos físicos.

—¿Qué tontería es esa? —preguntó Yun a su hermano mayor en un murmullo y Ryu sonrió con incredulidad.

—Creo que necesita lentes —contestó el mayor y le dio palmadas en el hombro para aliviarlo de la crítica.

—Eso es evidente. ¿Tú crees que él es el más atractivo de los tres? —volvió a preguntar sin creérselo y Ryu lo arrastró hasta el final del puente para continuar con su tarea para animarlo. Kai miró de reojo a Bianca y volvió a sonreír.

—Eres terrible —acusó mientras se frotaba las cicatrices de las muñecas. Bianca le devolvió la sonrisa y se acercó a él, lo sujetó de las manos, observó sus cicatrices y las acarició con las yemas de los dedos.

—No es mentira. Para mí, lo eres; pero no se trata de eso solamente.

—¿De qué se trata entonces? —preguntó mientras apoyaba su frente sobre la de ella.

—Te elegí, porque eras el único que parecía realmente que me conocía, sin siquiera conocerme. —Bianca se puso de puntitas y le rodeó el cuello con los brazos—. Gracias por volver por mí.

—Cuando gustes —contestó seguro. La rodeó por la cintura y la apretó contra sí, sonriendo.

Con un ágil movimiento la subió al borde del barandal del puente, la sentó y le dejó las manos en la cintura para asegurarla; ella quedó una cabeza sobre él. Bianca lo miró con los ojos brillantes. Su vida había dado un giro completo y, de sentirse sola, triste y desesperanzada, ahora estaba allí, y se sentía acompañada y protegida. Pasó sus dedos por el espeso y rebelde cabello de Kai y él cerró los ojos, cómodo por la caricia; luego se inclinó un poco y rozó sus labios contra los de él, que se quedó quieto y disfrutó pacientemente de la suave presión que ejercía la delicada piel femenina.

Él, por otro lado, no recordaba cuándo había sido que había disfrutado de una felicidad tan plena y tan tranquila como esa. Había vivido escapando y tratando de sobrevivir día tras día, sin darse tiempo para vivir en realidad.

—Lamento que hayas tenido que renunciar a años de tu vida —se disculpó con una sonrisa triste, al separarse de él.

—No lo lamentes. Gracias a ti, ahora tengo la oportunidad de vivir.

—Pero vivirás menos.

—No me importa —susurró contra sus labios con una sonrisa que se reflejaba ampliamente en sus ojos—. Vivir este tiempo contigo es mejor que vivir cien años sin ti.

Bianca lo abrazó feliz y él la sujetó de la cintura, la cargó y dio vueltas con ella entre sus brazos, mientras la tarde caía despacio sobre ellos.

Made in the USA
Middletown, DE
12 May 2024